盗まれた顔

羽田圭介

STOLEN FACE
Hada Keisuke

幻冬舎

盗まれた顔

装幀　片岡忠彦

1

目の奥が、弛緩《しかん》する。

その感覚に導かれるように、白戸《しらと》は群衆の中に現れた一つの顔へ一瞬だけ目を向け、視界の左斜め前からやって来る男の顔を目の端で捉《とら》え直した。

自分の眼前を通過する直前に再びその横顔を正視し、目尻と耳の形を頭に叩《たた》き込む。

あの顔を、間違いなく自分の脳は知っている。目の奥が緩むほどの親しみを感じるのだ。

寄りかかっていたロータリーのガードレールから身を起こすと、白戸は五メートルほどの距離を維持しながら尾行し始めた。

八月末だというのに、くたびれたネイビーのスーツに、ソールのすり減った革靴。スーツを着る逃亡犯、と、警察の裏をかいたつもりなのだろうか。逃走することをあまり考慮していない格好だ。正午過ぎの新宿駅西口の人口密度は高い。無警戒な歩き方からしても男が尾行に気づく可能性は低く、白戸は四メートルほど後方にまで距離を詰めた。

長距離バスにでも乗られたら、事は一気にややこしくなる。北の歌舞伎町方面から歩いてきた男は南口方面へと歩調を変えずに歩いている。白戸はナイロン製ショルダーバッグを開き、バッグの中で手帳を開いた。

指名手配犯たちの顔写真が五〇〇人分、ファイルされた手帳。

目の端では男の姿を捉え続け、他の通行人からの視線は遮るようにして、素早くページをめくる。

ある写真が、白戸の頭に飛び込んだ。

この感覚――間違いはない。

塚本孝治《つかもとこうじ》、三七歳、元外資系精密機器メーカー社員。東京都北区で弁護士を殺してその二日後、長野で歯科医師を殺害した容疑で、四ヶ月前に指名手配。

男についての情報は写真横の余白部分に手書きしたテキストのみで、あとは正面からの顔写真一枚に、横顔が左右それぞれ一枚ずつ。

二四日ぶりの〝当たり〟だ。

手帳をバッグにしまうと同時に白戸はストレッチデニムのジーンズの尻ポケットから携帯電話を取り出し、登録済みの短縮ダイヤルで発信した。容疑者の顔を直接見ぬよう、足下だけ視界の端に入れながら、対象との距離を七メートルほどまであける。

――はい、谷《たに》です。

「今どこにいる？」

――アルタ前です。

「ホシを見つけた」

塚本、の名を口にしようとして、白戸はやめた。充分距離をあけたとはいえ、逃亡犯は自分の名前が発せられることに対しては耳ざとく敏感だ。雑踏の中に仲間がいるという万一の可能性も考えれば、最初に破裂音がきて耳につく「塚本」という名前を口にするのは不用心といえた。

「今、西口の地上ロータリー沿いを南口方面へと歩いている。小田急百貨店前からもうすぐ京王前へさしかかるところだ。安藤《あんどう》の手が空いていれば、彼女と一緒に南口へ来てくれ」

――了解です。すぐ向かいます。

通話を終えた白戸は塚本との距離を再び詰めた。後ろ姿の写真は手帳に貼《は》られていないものの、白戸は長年の経験で、正面写真と横顔写真さえあればその人物の骨格を全身に至るまで想像できる。

塚本は右手のロータリーに並ぶバスやタクシーのいずれかに乗ることも、左手にある京王百貨店に入ることもなく、南へまっすぐ進んだ。地下通路へと続く地上出入り口へは顔も向けず通り過ぎていることから、被疑者はこの街に用があってやって来たのだろうと推測できる。

なんの用があるのか。逃亡犯は繁華街のパチンコや風俗店といった店に出入りする傾向にあるが、逃亡前から元メーカー社員にその趣味嗜好《しこう》があったとも思えず、現に今、歌舞伎町とは真逆の方向へ歩いている。塚本が若い女のティッシュ配りを無視し通り過ぎてから数秒後、白戸はキャップをかぶった同じ女からティッシュを受け取った。

「ありがとうございまーす」

手渡されたティッシュの包装ビニールには、出会い系サイトの広告が印刷されている。女は、道行く男全員にティッシュを配っているわけではなく、彼女なりの基準に従って選別しているようだった。自分も、塚本も、その選別基準にのっかったということ。性欲を持て余し、それを発散することもできていなさそうな無害な男。

逃亡犯の気配を消せているとは、上等じゃないか。白戸は五メートル先を行く男に感心し、自分が刑事の気配を消せていることにも安堵《あんど》した。

甲州街道との交差点が目前に迫っていた。前方、右方向ともに横断歩道は信号待ちの人の群れがゆっくりと膨らんでいる状態で、塚本はそれらに加わることなくルミネビルに沿うように左へ曲がり、突然歩みを止めるときびすを返した。

気づかれたか？

白戸は止まるわけにもいかずそのまま進む。きびすを返した塚本との距離は縮まり、数秒で擦れ違った。しかし、自分に向けられる視線を白戸は感じなかった。気づかれてはいない。怪しまれないようもう数歩進んだところで、車道脇に停車中の白バイ隊員の姿が目に入った。

塚本はあれを避けたのだろう。交通課警察官でも、犯罪者にとって警察は警察だ。犯罪者の身体《からだ》は薄水色の制服に対しほとんど無意識レベルで拒否反応を起こす。

ゆっくりと振り返った白戸は、信号待ちの人混みの中に交じった塚本を見つけた。甲州街道をサザンテラス側へと渡ろうとしている。いったんは角のルミネを左折し東へ向かおうとしていたことから、白バイを避けるためだけの遠回りである可能性が高い。ＪＲ新宿駅南口改札の間近であるこちら側より、甲州街道を挟んだ反対側のほうがいくらか人通りは少ない。血迷った犯人が民間人を人質にとる可能性も考えれば、できるだけ人気《ひとけ》のない場所で、それでいて交番の近くで身柄をおさえるのが最良だった。

だがそんな好条件下で任務を遂行できることなど、滅多にない。横断歩道を渡った先で、塚本が右折するのか左折するのか、はたまた左折直後に右折しサザンテラスを代々木方面へと向かうのか、それすらもわからない。さらにいえば、どのような捜査の末、塚本に容疑がかけられたのかも、白戸はまったく知らない。

ただ、顔を見つけた。

毎日一〇〇万人が行き交うといわれる新宿西口のあの場所に立ち、群衆の中に飛び込んできたたった一つの顔を見つけ出したのだ。

それを、捕まえるだけのこと。

快晴の空の下、熱気に包まれた都市は猛暑なのにもかかわらず、一吹きの風に白戸は全身を撫《な》でられたように感じた。白いTシャツから露出している真っ黒に焼けた両腕の毛が、逆立っている。その身体反応が逆説的に、見つけた顔が手配犯そのものだということを証明していた。

歩行者用信号が青になった。歩きだした塚本から五メートルの距離を置き歩を進める白戸の右横に、長身の男が並んだ。

「ホシはどいつですか?」

モスグリーンの半袖ミリタリーブルゾンにインディゴブルーのダメージド・ジーンズ、靴はナイキのナイロン・コルテッツ——無難なコーディネートで、洒落《しゃれ》てはいるが奇抜ではなく、印象には残りにくい格好。白戸と同じく真っ黒に日焼けした肌、ワックスで無造作風に整えたミディアムレングスの黒髪、眼球は大きく目尻は垂れ気味で鼻の高い、顎も適度に隆起している優男の顔。まず、刑事には見えない。

「あの派手な白ジャケ姉ちゃんの後ろについて歩いてる、ネイビースーツの男。四ヶ月前に弁護士と歯科医殺しで手配された元メーカー社員だ」

白戸の言葉を聞いた谷遼平《りょうへい》は自分の手帳で確かめるでもなく対象の後ろ姿をそれとなくうかがう。この長身の刑事がネイビースーツの男に注意を向けていることに、周りの通行人たちはまず気づいていないだろう。

「安藤は？」

「東口からちょうどこっちに向かってきています。あ……」

横断歩道を渡り終えた塚本が左へ曲がった。横顔を確認でき、谷が息を呑《の》んだのが白戸にも伝わる。

「間違いないですね。あの男」

「安藤にも、確認してもらおう」

白戸が短縮ダイヤルでかけるとワンコールで安藤は電話に出た。

「今どこだ？」

——東南口の、ハイウェイバスきっぷ売り場です。

「ちょうどいい。そしたら髙島屋側からサザンテラスに出て、小田急サザンタワー経由でルミネへ向かうルートで歩いてくれ。俺たち二人の前を元外資系精密機器メーカー社員の塚本が歩いてるから、正面からの視認を頼む」

——わかりました。

「変更があればまた伝える」

電話を切った白戸は、もうこの段階で塚本に声かけしてもかまわないと思ってもいる。昔は単独行動が普通であったたし、身柄を拘束するにしても女である安藤の力はたいしたプラスにはならない。しかし彼女の相貌《そうぼう》識別能力は、白戸や谷のそれを上回っていた。彼女が視認してなおホシに見間違いなければ、男は塚本以外の何者でもないと確信できる。念には念を入れて損はない。

塚本はすぐ右に曲がり、サザンテラスへと入った。安藤にルート変更の連絡を入れる必要もなくなった。

「渋谷区に入っちゃいましたね」

谷のぼやきに白戸もうなずいた。甲州街道を挟んでサザンテラスから南側は渋谷区であり、管轄する警察署も変わる。警視庁本部所属の白戸たちからすればどこの交番へ身柄を引き渡してもかまわないが、管轄をまたいだ制服警官同士の混乱は避けたい。この状況でホシの身柄搬送をスムーズに行うには、新宿区内で事を済ませるのがベストといえた。

「パトカーを甲州街道につけてもらえ。ここらで捕まえて、身柄を引き渡す」

「新宿に搬送ですね？　了解です」

谷が電話でパトカーの応援要請を始めた時、十数メートル前方から向かってくる若い女の姿が白戸の目に入った。ヒールの高さもあり一七〇センチ近い長身で、綺麗《きれい》な歩き方をしている。

左斜め前方から近づいてくる女へ塚本が顔を向けたが、女に睨《にら》み返されると顔を戻し、そのまま擦れ違った。

女は白戸に目を向けると胸の前でさりげなく「当たり」のハンドサインをした。

化粧の濃い派手な顔立ちのその女も、まず刑事には見えない。女は白戸たちとも擦れ違い、数秒後にようやく男二人の後ろについた。

「間違いないです。ホシです」

後ろからかけられた安藤香苗《かなえ》の澄んだ声に、白戸は前を向いたままうなずいた。

「俺が声かけする」

応援要請を終えた谷とともに、白戸は対象との距離を徐々に詰めてゆく。すぐに、足音がはっきりと聞こえるほどの距離にまで近づいた。

指名手配中の元外資系精密機器メーカー社員を、新宿の街中で、三九歳相応の声色の自分がどう呼ぶか――。

塚本さん、塚本、塚本孝治、塚本君、塚本ちゃん……三七歳という年齢からすればさんづけされる機会のほうが多いだろうが、逃亡犯に声かけする中年男としては、呼び捨てが自然か。

声かけ――この仕事の中で、最も緊張する瞬間だ。

塚本の横腹を注視する。その膨らみで呼気と吸気のリズムを視認し、自分自身も被疑者と同じリズムで呼吸する。

完全に同調させて数秒後、呼気のタイミングで、白戸は自らの息に声をのせた。

「塚本」

白戸が息を吐ききるより早く、男が後ろを振り向いた。

また会えた。

至近距離で目を合わせている初対面の男に対し、白戸は再びそう感じた。

「よう塚本」

やがて足を止めた塚本は、わけがわからないという顔をしていた。突然名前を呼んできた男の顔に覚えがなく、不可解すぎて、狼狽《ろうばい》すらできていない。背後を長身の谷に固められていることにも本人はまだ気づいていない。

「塚本孝治だな?」

白戸の問いかけにようやく塚本は目を泳がせ、何か声を発したがその掠《かす》れ声は言葉になっていなかった。

「あんたらが、そうなのか?」

「あんたら?」

白戸が訊《き》き返すと、塚本はかろうじてという感じでうなずいた。

「警察だけど、わかるよね?」

「け、警察……冗談だろう」

白戸が警察手帳を掲げると、それを見つめた塚本の顔から生気が失《う》せた。

「……違う」

「違うって、違わないでしょ、塚本さん」

白戸の言葉に身を硬くした塚本は、安藤へ目を向け顔を歪《ゆが》めた。ついさっき擦れ違ったばかりの女が、警察官だと名乗る男の隣に立っているのだから無理もない。

「お忙しいところすみません。とにかく、落ち着いてください」

安藤がわずかに笑顔も交ぜながらそう口にし、塚本の背後では谷がわざと大きな声で無線連絡を行う。被疑者にこちら側の圧倒的優位を見せつけ絶望感を与えつつ、一方では共感することによって安心感も与える。追いつめられた末の逃走や通行人への危害、あるいは自傷行為へと至るすべての衝動を奪い取るには、双方向からのアプローチが非常に有効であった。

「とにかく落ち着いてくれよ、な？　とりあえず今から、最寄りの交番まで来てもらうから」

いくらか親しみをこめた口調で白戸が言っても塚本は首を震わせ、それを見た谷が身構える。

「違う、私じゃない」

いったんは事態を呑み込んだ犯人が、暴走するかしないかという二者択一の行動パターンに分かれるこのフェーズ。白戸は後頭部を射貫くイメージで塚本の眉間《みけん》へ視線を集中させた。

「塚本孝治だろ？　フダ、出てるよ」

「だから、私は塚本だが、やってはいない！」

「落ち着いて、あとで話は聞くから」

「国策逮捕だっ！　はめられたんだ、あんたは、ちゃんと私の容疑が立証できるのか⁉」

「そのことはあとでゆっくり聞くから」

白戸の返事に、塚本は言葉を失った。

手配犯の顔を見つけた。だから捕まえる、それだけだ。

ホシは自分が塚本であることを認めた。口を半開きにしたままの塚本に任意の身体捜検を促すと黙ってうなずき、谷が塚本の身体をあらためた。武器の類《たぐい》は持っておらず、財布から運転免許証が見つかった。四年前に免許センターで撮られた正面写真の今よりだいぶ健康そうな顔は、「塚本孝治」に間違いなかった。本人確認が完了した時点で正式逮捕できるものの、ほとんど抵抗しないホシをあまり目立たせぬよう連行しようと白戸は考えていた。しかし既に結構な数の通行人から異様な光景を見られていた。とても刑事には見えない男女三人に囲まれたスーツ姿の男が手帳を見せられた直後身柄を拘束されるという一部始終を見ても、わけがわからないままの者も多いだろう。見当たり捜査の逮捕は通常そのどれもが「緊急逮捕」にあたるが、現場で手錠は使わないのが慣例となっている。二〇メートルほど離れた甲州街道を振り返ると、新宿署のパトカー二台が到着したところだった。

「あのパトカーに、とりあえず乗ってもらうから。落ち着いてくれよ」

谷に左腕を組まれた塚本の右腕をとり、白戸は甲州街道までの道を引き返し始める。パトカーから降りた制服警官四人からすぐに白戸たちは視線を向けられ、その他大勢の通行人たちからも同様だった。

目、目、無数の目。群衆の中でたった一人の顔を見つけ出した自分が、今はこうして群衆に見られている。こんなにも多くの顔の正面が、一時《いっとき》に自分に向けられる機会は他にない。それらの顔を広角視野で捉えてしまうのも、もはや白戸の身体に刻まれた習性であった。興味深げな顔、笑う顔、哀れんでいる顔、関《かか》わりを避けようとする顔、目の奥を弛緩させる顔――。

白戸はその顔の主を視界の中に探した。

しかし流動性を取り戻しつつある人混みの中に、再び白戸の目の奥を弛緩させる顔は見つからない。

「どうかしました？」

左斜め後方からついてくる安藤にそう訊かれ、なおも視界の中を探すが、親しみを感じさせる顔は見つからない。

勘違いか。しかしシャツから露出した両腕を見てみると、鳥肌が立っていた。この身体反応が現れた時は、なにがしかの顔を見つけたことにまず間違いはない。

知っている顔に、見られていた。

それは異常なことだった。自分が見るべき対象から、見られていた。

一体、誰だったのだ？

2

寝室で鳴りだした目覚まし時計の音、というより振動を、床に敷いた煎餅《せんべい》布団伝いに白戸は感じた。目を開けると、障子越しでも日光に網膜を刺激される。閉じたまぶたの裏に陽炎《かげろう》が浮かんだが、再び開閉しても、慣れてしまったのか同じ像は映らなかった。

目覚ましが止められてから一分も経《た》たないうちに、廊下の向こう側から足音が近づいてくる。白戸が両肘《ひじ》で上半身だけ起こしたところで、リビングにやって来た千春《ちはる》が間続きの和室へ目を向けた。

「おはよう」

「おはよう」

寝間着姿の千春に、その挨拶《あいさつ》だけは必ず返す。昨夜床に就いたのは千春のほうが早かったはずだが、ひどく眠そうな様子であった。台所へ水を飲みに行った彼女の後に続くように、白戸も立ち上がった。

「大丈夫か？」

「……筋肉痛。昨日、スタッフに欠員が出て、穴埋めで重労働させられたから。慣れたつもりでも、たまにこういう具合になるし……」

介護ヘルパー歴五年目になる千春は、その先の言葉を続けない。白戸は鈍感を装い、自分も音を立てて水を飲んだ。千春に表情をうかがわれているような気もしたが、彼女はすぐに冷蔵庫を開け朝食の準備を始めた。

不定休かつ家を出る時刻も定まらない白戸の都合に関係なく、千春は自身が出勤する日の朝、必ず料理を作る。自分用の弁当もまとめて作る手際の良さはすっかり所帯じみており、だからこそ、二人の関係を今さら形式的にも整える必要があるのかとも思ってしまう。つき合って五年。同棲生活も四年になるが、未《いま》だ籍は入れていない。

三九歳の自分がこの先結婚するとしたら、間違いなく相手は千春になるだろうと白戸は思っている。警察官ほど、男にとって異性との出会いの機会を設けにくい職業も少ないだろう。堅い職業柄、上司から地元の名士の娘を紹介されたり見合いめいた飲み会を斡旋《あっせん》されたりもするが、白戸としては警察関係者、もしくは警察関係者の目の行き届く範囲で出会う女と交際をもつことにはもう懲りていた。そのような会に参加しなくなってから久しく、今では誰からも声がかからない。

「ところで今日は出勤なの?」

「ああ」

出勤日でも休日でも、千春が起きた時には起きるようにしていた。同居人の気配を感じてしまうと二度寝できない白戸自身の生理に根ざしてもいたが、せめて朝だけは相手の生活リズムに合わせておかなければならないという自制がはたらく。

ダイニングテーブルで向かい合わせに座り、二人して朝食をとり始める。ベーコンエッグからベーコンを箸《はし》で切り離している臼戸に千春が訊いた。

「今日はどこをまわるの？」

「捜査機密」

その答えを鼻で笑った千春は、あさりの味噌汁に手をつけた。

「渋谷だよ、今日は」

見当たり捜査を行う場所について、本庁の誰からも指示されることはない。警視庁刑事部捜査共助課所属の見当たり捜査員一二名は原則、都内全域のどこで捜査してもかまわないが、一応、第二班の班長である臼戸が、他の二名の班員に対しておおまかな捜査区域を毎日指示する。昨夜新橋から帰宅する途中、電車の中から谷と安藤に送ったメールで、〈明日は渋谷〉とだけ指定しておいた。

「あら、そうなの」

箸を動かす千春の指は、出会った頃より、たくましくなったか。太くなったわけではないが、骨に筋肉、血管という構造が露《あら》わになってきている感じか。同年輩の他の女とまじまじ見比べる機会もないからわからないが、三三歳相応の手をしているのだろうと臼戸は思う。卵形の顔についている大きな目に細い鼻、細い顎は、それぞれのパーツが目立ち、ノーメークでもそれなりに顔が出来上がっている。その凹凸の強弱と皮膚の薄さにより、あと五年もすれば皺《しわ》が刻まれ易《やす》い顔になるはずだと想像してしまうのは職業病か。

「先々週みたいに、また捕まえられるといいね」

「本当だよ。最低限、一ヶ月に一人は見つけて捕らえたい」

「じゃなきゃ、また荒《すさ》んじゃうもんね」

三ヶ月あまり、一人の指名手配犯も見つけられないでいた数年前のあの時期、たしかに精神状態は良くなかった。しかし、自分のどのような所作に対し彼女が荒みを感じたのか、わからない。外面には表出させていないつもりであった。

「今日は遅くなるの？」

「いや、本庁には昨日行ったし、現場を流したら直帰する予定だよ。帰り際にホシを見つけられれば別だけど」

口にしてすぐ、千春が本当に問いの答えを訊きたがっているわけでもないことに白戸は気づいた。

「千春は今晩遅いの？」

「私も、遅くはならない予定だけど、どうなるかはわからないな」

着替えと化粧を手早く済ませた千春は、テレビ棚の上に置かれていた原付のキーを手に取った。テレビの天気予報ではちょうど、午後から雷雨のおそれ有りという情報が流れている。

「九時過ぎまで降り続けるのか」

「路面に、バイクは気をつけないと」

キーとキーホルダーを右掌《みぎて》の中で弄《もてあそ》ぶ千春に、白戸は続けて言った。

「車でも買うか？　軽くらいでもあればだいぶマシだよな」

「どっち名義で？」

微笑《ほほえ》みながら訊き返してくる千春の口調が少しばかり挑発的に感じられ、白戸は黙ってしまった。

「いいよ、原付のままで。今日も帰りはたぶん、誰かに送ってもらうか、じゃなければ電車とバスで帰るし」

もっとも、本人にその気はなく、自分が勝手に勘ぐっただけかもしれないが。

「気をつけてな」

「崇正《たかまさ》もね」

千春が家を出た時点で、まだ六時五二分だった。直接現場へ向かう場合の集合時刻は、白戸の班長判断でいつも九時と決めてあった。単独でやっていた四年前まではもっと早い時間帯から街を流していたが、犯罪者の生活リズムに合わせないと意味はない。罪を犯すような短絡的で愚かな者たちが、朝から規則正しい生活を送るわけもないのだ。

それに、普通の公務員や会社員なんかと比べ出勤時刻こそ少し遅いかもしれないが、現場に身を置くだけが仕事ではなかった。家を出るまで、一時間ほど時間がある。白戸は和室から取ってきたナイロンバッグの中から手帳を取り出し、ソファーに座ってページを開いた。

顔、顔、顔。

罪を犯し、逃走中である手配犯たち、五〇〇〇人分の顔。

それを脳に記憶として焼き付ける時間こそが、見当たり捜査という仕事の本質ともいえた。

逮捕された者の写真をファイルから抜き、また新たな手配犯の写真を入れるという入れ替え作業は、昨日本庁のデスクで済ませた。あれから二四時間足らずのうちに誰かが新たに逮捕されていない限り、この顔手帳に載っている五〇〇人全員の顔を、白戸は街中で見つける必要がある。

一〇時を過ぎる頃になると徐々に、渋谷を行き交う通行人の種類が複雑・多様化してくる。ひとくくりに会社員風といっても、通勤ではなく営業といった勤務中の移動であれば表情や持ち物もわずかに異なってくるし、学生や、自由業といった者たちの姿も増えてくる。

ここら一帯のどこかで配置についているだろう二人の班員とは、現場に着いてから一時間経った現在、未だ顔を合わせていない。警察組織の他の課、もしくは普通の会社と違い、顔を合わせ何かを話し合ったところで、職務内容に進展が見られるわけでもない。その代わり、現場へ出る前の孤独な記憶作業に、すべてが問われる。

極端にいえば、班長である白戸が出勤日に現場へ向かわず家で寝ていたとしても上からのお咎《とが》めはないが、手配犯を見つけて捕らえない限りは評価してもらえない過酷な世界であった。無逮捕日数が延びれば延びるほど、周りからの評価というよりは見当たりに従事する者自身の中で、刑事としての存在価値は低くなってゆく。特に、無逮捕が一ヶ月を越えると、症状は加速度的に悪化する。それを味わうことだけは避けたい。

先々週新宿で元外資系精密機器メーカー社員を逮捕してから、一〇日目。第二班三人合わせても、四日前に有楽町で安藤がホシとおぼしき女を見かけ全員で重点確認を行ったものの、結局確証を得られぬまま取り逃がし、逮捕件数はゼロだった。

全四班で構成される捜査共助課全体でみると、一昨日、第一班班長にして捜査共助課見当たり捜査班全体のリーダーでもある大野《おおの》警部が、八王子で大阪府警手配の恐喝犯を捕らえていた。

モヤイ像の側《そば》に朝からずっと立ち続けている白戸へ、警邏《けいら》中とおぼしき渋谷署の制服警官二人組が注意を向けた。今朝、来たばかりの時にも一度見られている。一時間以上も同じ場所に立っている男を見れば、気にはするだろう。白戸と同年輩の警官と、いかにも警察学校を出たてという風体のニキビ面の若い警官はわざとらしくモヤイ像を二周したが、結局白戸に職務質問をするでもなくガード下をくぐりハチ公方面へと消えた。まったく動じなかった白戸に不審の影を見いださなかったか、もしくは刑事だと気づいたか。後者の可能性は低いといえた。


正午過ぎともなると人混みはもっと過密化し、この街独特の歩きにくさにいくらか気疲れしながら白戸はハチ公前へとわずかな距離を移動した。六路線が乗り入れている渋谷駅で、最も人通りの多いエリアは見当たりをするにも効率はいいが、改札からすぐの位置に交番があるため、用心深い手配犯はまず避けるエリアでもある。ここを通る手配犯がいるとすれば、馬鹿か豪傑かのどちらかといえた。

ハチ公前に着いて半時間ほど経った頃、白戸は人混みに流されるようにしてスクランブル交差点を渡ってみた。右斜め前方のガラス張りのビル、Qフロントの前に知っている顔を見つけ注視する。スポーツテイストの青いパーカーを着ている長身の男は谷だった。谷のほうも白戸の顔を目で捉えていて、睨むような表情はすぐに緩み、この街に似合う軟派の優男になった。

「おはようございます」

白戸が途中で進行方向を変えQフロント側へ渡ると、谷が今日初めて声をかけてきた。

「どうだ、怪しいのはいたか?」

「全然ですね。そういえば、さっき安藤と109《マルキュー》前で会いましたよ」

「そうか」

そこで長居をするわけでもなく、次に歩行者用信号が青になるのに合わせて白戸はスクランブル交差点を渡りハチ公前へと戻った。私服警官二人とはいえ、刑事同士がブリーフィングをすればその気配に気づく者も出てくるかもしれない。班員との接触は最低限にとどめておくべきだが、今日で無逮捕連続五三日目となる谷の精神的ケアも少しは必要といえた。プレッシャーも過度になってしまうと、見当たり捜査という一種の身体技法の精度は格段に悪くなる。記憶のコントロールには、リラックスとストレスの使い分けが不可欠であった。

三メートルほど離れた植え込み近くに立っている少女二人組が、さっきからしきりに自分へ視線を送ってきているのに白戸は気づいていた。強いて挙げれば眉が太く耳が少し大きく、つぶらな瞳であるくらいしか特徴のない自分は、決して男前ではないと、白戸は自覚している。彼女たちが地味な風体の中年男へ目を向けてきている理由はすぐに推測できた。

ハチ公前の同じ場所に一〇分以上立ち、人混みへひたすら目を向けている日焼けした浅黒い男。白のスラックスに黒のポロシャツという今日の格好もあり、芸能スカウトと勘違いされても仕方なかった。染め慣れてすらいないような明るすぎる髪色の少女二人はホットパンツから伸びる生足を組み替えしきりにアピールしてくるが、白戸の無反応にやがて怪訝《けげん》そうな顔を寄せ数秒間何か囁《ささや》き合ったかと思うと、けたたましく笑いやがてスクランブル交差点を道玄坂方面へと渡って行った。

3

午後八時過ぎに五反田での見当たりに見切りをつけた。白戸は電話連絡で班を解散させ、一人でJR山手線に乗る。停車する度に少しずつ入れ替わる乗客たちの顔へ、目がいってしまう。混み合った車内は堅気の勤め人風がほとんどで、乗り換えで降りた有楽町駅と有楽町線の車内も同じようなものであった。

桜田門駅で下車し、四日ぶりに本庁を訪れた白戸は捜査共助課のデスクへ向かった。エレベーターや廊下で擦れ違う人々から特に声をかけられるでもない。何か特定の事件について組織だって捜査しているわけでもなく、横との継続的な繋《つな》がりを必要としてない者に対して関心を抱かないというのは自然だろう。所轄での刑事課や生活安全課時代からすれば考えられないが、捜査共助課五年目ともなる今の白戸は周囲からの無関心には慣れ切っていたし、昔に戻りたいと思うこともなかった。

共助課のデスクには誰もいないが、他部署の者たちが醸し出すフロア全体の空気に気が散る。ナイロンバッグから手帳だけを取り出しデスクから離れると、白戸はいつも利用している空き会議室へ向かった。壁二面が段ボール箱や折り畳まれた状態のパイプ椅子で覆われた狭い空間の中央に、長机二台とパイプ椅子が一二脚置かれている。段ボール箱の山を背に、左に窓を見通せる席へつく。

持ってきた手帳を開くと、写真をランダムに入れ替える作業を始めた。見当たりを始めた当初こそ、写真を指名手配された年月順や手配犯の名前五十音順に並べたりしたこともあったが、結局今のランダムな並べ方に臼戸は落ち着いている。

手配犯たちの行動と、なんとなく場所を決め日々行う自分たちの見当たり捜査の間に、関連性などない。特定の誰か一人を狙《ねら》って探すのではなく、記憶した数百人のうちの誰か一人の顔でも視界に現れてくれないかと、ひたすら待ち続けるのだ。東京に潜伏し続けても一〇年近く逃亡生活を送れている者もいれば、手配後二日で見当たりの網にひっかかってしまう者もいる。規則性よりランダム性のほうに親和性があるのも当然かもしれなかった。

一〇分ほど行った入れ替え作業の後、掛時計を見ると八時五〇分だった。千春の帰りが何時になるのかは読めないが、あの２ＬＤＫの部屋で彼女の気配を感じながらでは、写真の記憶に集中できない。逆に、少し混み合った喫茶店なんかでは集中できた。自分以外に人が三人以上集まればむしろ人の気配は消え、それは風景に近いものになり意識の邪魔をしない。あと一時間ほどここで没頭するつもりで、臼戸はランダムに入れ替えたばかりの顔手帳のページを、ランダムにめくった。

潜在的に犯罪者としての素質を有していた者も、偶発的に犯罪者となってしまった者も、この手帳に収められている者たちに関していえば、過去に写真を撮られている。警戒している者はまず写真に収められることを避けるため、逆をいえば撮られている写真に関しては必然的に、険しい顔をしている写真はあまり多くない。連続通り魔も、敵対組織の構成員を三名射殺した元ヤクザも、同僚を刺殺し金を盗んで逃亡したホステスも、誰かにごく普通に写真を撮られたりするような時間を過ごしていたということ。撮影時点と指名手配時点に数年のズレがあることなどざらだが、少なくともその写真を撮られた時点では、こうして警察によって正面写真と横顔写真として加工され、手配写真として使われることなど微塵《みじん》も考えていない顔をしている。元から凶悪だった者ですら、指名手配されれば顔つきは変わる。心安らぐことなく逃亡生活で険しい顔をし続けていれば、表情筋がその顔に凝り固まってゆく。本人にそのつもりはなくとも、逃亡中の手配犯の顔になってしまう。

八年前に指名手配されたとある殺人犯の女の手配写真は、一〇年も前のものであった。撮影時は二八歳で、犯行に及んだのが三〇歳、現在は三八歳。二十代から三十代にかけての女の一〇年ではかなり顔も変わるし、美容整形を施したり、そうでなくとも化粧や髪型を変えただけで随分と印象は変わってしまう。

それでも、おさえておけばどうにかなるポイントがいくつかあった。

顔全体におけるそれぞれのパーツの配置、目玉、耳。

それらだけは、加齢による経年変化が少なく、人工的に変えようにも変えられない。白戸はその三点を中心に、写真を凝視し視覚記憶として脳内に叩き込んでゆくのだった。

記憶の集積がなければ、見当たり捜査員に存在意義はない。数百人分の手配犯の写真を記憶し、出会う可能性など皆無に近い人物たちを街中でひたすら探し続けるという気長な職務を、順当にこなさなければならなかった。

自宅最寄り駅から歩いてマンションへたどり着いた白戸の視界に屋外駐輪場が入ったが、透明なルーフの下に千春の原付は見えなかった。まだ帰宅していないのだろうか。共同玄関の郵便受けを開錠してみるも、平日としては珍しくなんの郵便物もチラシも入っていなかった。

最上階である一五階に停まっていたエレベーターが降りてくるのを待ちながら、壁に貼られている掲示物へ目を通す。今度のマンション理事会で、防犯カメラ五台増設について賛否の投票を行うという。白戸たちのような全戸のうち約四分の一を占める賃借住人に投票権はないが、有権者たちはどちらに票を入れるのか。エントランス内をエレベーター前の立ち位置から一瞥《いちべつ》するだけで、白戸は三台のカメラを発見することができた。マンション内外、各フロアにも同じような密度で既に設置していれば、はっきり言ってこれ以上設置しても防犯効果は変わらない。カメラに臆《おく》する者は一台見つけただけでも関わりを避けるし、平気な者は顔を隠し堂々と犯行に及ぶ。管理人——人間の業務を減らし代わりに機械へやらせればコスト削減にはなるが、機械は与えられた役割以上の働きをしてくれることはない。監視都市ロンドンからのレポートによると、違法駐車等の取り締まりには効力を発揮する防犯カメラ網も、殺人や強盗といった犯罪を抑制する効果はデータ上、みられなかったという。暴徒が侵入しようとしても、カメラはそれを直接阻止してはくれない。白戸も交番勤務時代から防犯カメラの映像を目にする機会は多かったが、犯行現場をおさえた映像も、それが直接犯人検挙に繋がる可能性は低かった。防犯効果も検挙率も、一定の割合以上は見込めないということだ。むしろ、不必要に監視の目を増やされることへの不快感を抱く者たちが出てくることのほうが懸念される。

九階の自室の前に着いた時、わずかに漏れ出る部屋の明かりに気づいた。開錠し玄関へ入ると、千春の通勤用スニーカーがあった。

「ただいま」

そう声を発しながら明かりのついたリビングへ入ったが、人気はない。ローテーブルの上に置かれた郵便物の束が手つかずの状態であった。本庁捜査共助課の部屋でコンビニ弁当を食べてきた白戸は風呂へでも入ろうと和室のチェストから部屋着を出し始めたところで、障子の外に影を感じた。

千春の声がしたが、発せられる声は自分に向けられているものではないと白戸にはすぐわかった。訛《なま》りだ。彼女の故郷《ふるさと》だという熊本弁らしき異言語で東京のマンションの一室が満たされるのが奇妙だったが、それもすぐ尻切れになり消えた。

リビングに面した掃き出し窓がゆっくりと開けられる音がし、カーテンから千春が顔をのぞかせた。

「あら、おかえり」

千春は白戸の帰宅に今気づいたかのような声色と表情を軽くしてみせたが、それが本心からであればもっと驚いているはずだ。右手に握っていた携帯電話を、彼女はスウェットの尻ポケットへしまった。故郷の肉親とでも話していたのだろうか。出会って五年間で、彼女の熊本弁を耳にするのは初めてであり、彼女が本当に熊本出身だったということを五年目にしてようやく信じることができたのもまた事実であった。

「ただいま」

準備を淡々と済ませバスルームへ向かおうとソファーの前を横切ると、座っている千春から向けられている視線を感じた。無関心を装っていたつもりだが、自分は刑事の目になっていたのかもしれない。

「そういえばバイク、どうしたの？　駐輪場にはなかったけど」

「ああ、同じ時間にあがった人の家が近くだったから、車で送ってもらったの」

「そうか」

　中廊下からバスルームへ入りながら、今日は一時も雨など降っていないことを思い出す。天候が悪いわけでも酒を飲んだ様子もないのに、車で送ってもらうメリットがわからない。直線距離で十数キロしかない勤務場所へ、電車とバス、徒歩合わせて五〇分近くかけて行く面倒くささが嫌だと言い張り原付を買ったのは千春自身だ。明朝の出勤時が慌ただしくなるだけだと思うが、それを訊く気も自然に失せた。人は、不可解なことを、する。犯罪者も、刑事も、介護ヘルパーも。

4

　池袋のサンシャイン60付近での見当たりを朝から行っていた白戸だったが、思わず身体が反応してしまうような顔とは一つも出会わないでいた。

　土曜の昼、人通りは多い。しかし犯罪者の気配は薄いように思える。雇い主から厳密に身元を照会されるような職に就いている可能性の低い逃亡犯たちには平日も土日もないだろうが、それでも、ある種の者たちは無理矢理にでも土日で一週間を区切ろうとする。かつて親しかった知人たちから離れ、社会的繋がりを極力排除している者たちにしてもどこかしらで、大なり小なりかつて自分たちが秩序を乱した社会との接点をもちたがるものらしかった。そういった連中に出会える可能性は高まるものの、度を越えた人混みに対し普通の犯罪者は気圧《けお》され気味になるだろうと白戸は感じていた。

東武東上線の終着駅でもある場所柄、埼玉から流れてきたとおぼしき中高生の集団が多い。一目でフェイク素材だらけとわかるファッションの、小学生に毛が生えたようなあどけない顔の少女たちがクレープ屋の前で騒ぎ、黒いジャージに金のネックレスという似たような格好の少年たちも自動販売機の前で声変わりし終えていない声を周囲へアピールするように大声で笑っていた。繁華街は年中混んでいるものだが、池袋のここ一帯は平日と土日では姿を変える。九月末に入り、大学の夏期休暇も終わって久々に顔を合わせたのだろう、大学生らしき集団も多い。あどけない顔だらけのこんな場所に、逃亡生活で表情の荒みきった手配犯などが現れれば、一目でわかる。

白戸は場所を変え、要所要所で立ち止まりながら、北口方面へと移動していった。東武や西武グループといった開発資本の手の及んでいないエリアは、北進するにつれラブホテル、風俗店、そして雑居ビルだけの景観になる。見かける若者の姿といえば、ラブホテルにチェックアウト時間ギリギリまで泊まっていたとおぼしきカップル、日本人でないことだけはかろうじてわかるアジア系の黒髪の者たちくらいだ。

そこらじゅうの雑居ビルの出入り口、もしくは外壁には、かなりの確率で中国語表記の看板が掲げられている。

池袋チャイナタウンと呼ばれるようになって久しい、この街の中国人街はこれまでのそれらとは形態が異なる。横浜中華街のように、シンボルとしてわかりやすい大々的な門が構えられているわけでも、中国資本に買い上げられたビルが乱立しているわけでもない。日本人オーナーの所有するビルに間借りした事務所や店舗内で、各人がそれぞれの事業を展開していた。一昔前までなら外国人に借りられることを嫌がったオーナーたちも、この不況下、空きが出るよりはマシと判断するのだろう。あるいは既にビルごと買い上げられているのか。中国語の看板は日に日に増えていた。

白戸が常時記憶している五〇〇人分の顔のうち、一割弱が外国人――多くは中国人か韓国人であった。そういった連中の魚影が、この一帯は濃い。誰かしらの顔を見つけられるのではないかと期待しつつ、白戸は車の通行量のあまりない交差点の一角に立った。

中国から仕入れた食材を売る二四時間営業のスーパーに、中国人はもちろんのこと、日本人も出入りしている。繁盛しているこの店は既に二号店を近くに構えており、もうすぐ三号店を出店すると聞いている。店に出入りする中年以上の者たちは、不必要に笑わない中国人と不必要に笑う日本人という点ですぐ見分けもつくが、若者となると、顔だけでどちらなのか見分けるのはいささか難しかった。一人っ子政策が実施された八〇年代以降に生まれた中国人は、それまでの中国人たちとは育てられ方が違う。ましてや、日本に子供をやれるくらいの経済力を有する家庭の出だ。酸いも甘いも噛《か》みわけられるだけの人生経験をしていなければ、同じアジア人同士、日本人も中国人も顔は変わらないのかもしれなかった。

それにしても、指名手配犯をいっこうに見つけられない。

既に二〇万以上の顔はこの数時間だけでも目にしているはずだった。池袋は日本有数の繁華街である。一人も見つけられないのはおかしいと思う時もあった。

心配なのは、顔を記憶している手配犯を視界に収めていながら、取り逃がしてしまっている場合だ。

取り逃がしてしまっているかもしれない事実を確認する神の目がどこかにあるわけでもなく、自分が神の視点そのものにならなければいけないという使命それ自体が、重圧となって白戸にのしかかった。

大勢の他の刑事たちが地道な捜査の末に容疑者として挙げ、潜伏先を洗ってもなお身柄を確保することができず、都道府県の管轄区域を越えた広域指名手配を行ったという過程が、土台としてある。

記憶した顔を見つけて、捕らえる。

ある種の単純さに特化した仕事に従事している自分たちは、最後の砦《とりで》として機能しなければならない。街中で擦れ違っておいて見逃す、などということがあってはならないのだ。

何も発見しないまま午後一時を迎えた白戸は、携帯電話を取り出し安藤へ電話をかけた。

——安藤です。

三コール目で出た安藤の声は張りつめている。

「どう、そっちはどんな感じ？」

——ええ……そうですね、特にめぼしい顔は。

白戸の大ざっぱな質問に、とりあえずは応援要請でないことを理解したようだ。声色から緊張もほどけている。

「ところで今どこに立ってるんだ？」

——北口です。

「本当か、俺も同じだよ。まだ昼飯、食ってないだろう？　谷も呼んで、そこらの中華屋に入ろう」

――そうですね、わかりました。

それからすぐ連絡をとった谷も北口へ呼び出し、白戸は所定の場所で待機していた安藤と先に合流した。ただでさえ派手な顔立ちに濃い化粧の女が、ただ人待ちをしているように見せかけ、眼前を通り過ぎる通行人たちの顔を脳内のデータベースと一瞬で照合している。むろん、そんな静かで過酷な作業が行われていることに、一般人は気づかない。

白戸が声をかけようとすると、その前に若い男二人組が安藤に声をかけた。ナンパだろう。ホスト風の黒っぽいファッションで着飾っている二人のうち片方は色白で、片方は色黒だ。表情を全然変えることのない安藤に、二人は間延びした言葉を途切れることなくかけ続けている。化粧をバッチリ決めた若い女が人通りの多い所へ突っ立っていれば、彼らがナンパ待ちだと思うのも自然だろう。

見当たり捜査員は己の身分を悟られてはならない。捜査遂行中であるということを、時には声をかけてきた制服警官相手にすら秘匿するケースもあった。

警官という身分を明かさずに、邪魔者を追い払うのは意外と面倒だ。ましてや、企業の一般職OLくらいにしか見えない安藤が直面している面倒くささは、男である白戸のそれを数倍上回っているだろう。力を貸すことにした。

「おう、待たせた」

白戸が野太さを強調した声をかけながら歩み寄ると、二人の男は振り返った。

小さく手を挙げた安藤に何か言おうとして、白戸は今気づいたというふうに男二人に目を走らす。二人とも目を伏せ、苦笑いすることもなくすぐ立ち去った。

「その顔、マル暴じゃないですか、白戸さん。助かりましたけど」

「刑事やってたら、おまえもそのうちこうなるよ」

自分が堅気とは異なる顔を見せたのは久しぶりじゃないかと白戸は思ってもいる。無意識のうちに顔をしかめていた所轄の刑事課や生活安全課時代と違い、いかに一般人の顔をして街に溶け込むかを日頃から意識していれば、粗暴な雰囲気をつくるのにも逆に意識を必要とした。

「嫌ですよ、そんなおっかない顔。そしたら私は姐《あね》さんになるってことですか？」

話しているうち、近づいてくる長身の男に目がいった。

「あいつ、休日にパチでスって苛《いら》ついてるサラリーマンにしか見えないな」

「本当ですね。でも、苛ついているような顔は演技でもなんでもないような気がします」

「たしかに……。今日で連続不逮捕、七二日目だしな」

白戸の茶化しに、安藤は笑っていいものかどうか困っているようだった。丸々二ヶ月以上、なんの手柄も立てられないまま給料をもらう。直接責める者はおらずとも、そういった状況に陥り自責の念にかられない見当たり捜査員はいない。

白戸自身は新宿で検挙した元外資系精密機器メーカー社員を最後に、無逮捕二九日目を迎えていた。見当たり捜査員は、非番日でさえも連続無逮捕日数にカウントされる。研ぎ澄まされた目があれば、オフの時間でも関係なく見つけてしまえるものだという理屈である。職歴を重ねても、誰にもぶつけられないこの焦燥感だけはうまく飼い慣らすことができない。

「どうだったんですか?」

「駄目だよ。そっちは?」

「空振りです。三七日目にして未だ当たりなしです」

安藤と谷の掛け合いを背に聞きながら、先導する白戸は一軒の雑居ビル入り口まで進んだ。

「ここでいいか?」

中国語の看板を特に注視するわけでもなく、二人ともうなずく。一階は何かの事務所、狭い階段を上ると二階は零細出版社、三階に目当ての中華料理屋がテナントとして入っていた。

「いらっしゃませー」

入り口に立つ白戸たち三人に気づいた小柄な女性からすぐに声をかけられた。一目で、日本人と判断されたことになる。窓際の小さな円卓席に通された白戸たちへ、五組いる客のうち誰かしらは目を向ける。

「ご注文決まりましたらどぞー」

メニューを渡してきた女性が去る前に、白戸は二人に要望を軽く訊きながら、何点かの料理を注文した。

「かしこまりましたー」

表情筋の動きが過剰なほどの満面の笑みを浮かべた後、女性は厨房《ちゅうぼう》へ向かいながらけたたましい中国語で何か叫んでいる。

「来たことあるんですか?」

「いや、初めてだ。前に、ラブホテル街の外れにあるカラオケ店のオーナーに、すすめられたんだよ」

　安藤に白戸が答えると、谷が大きくうなずいた。

「ああ、あのオーナーですね」

　組織犯罪対策部や公安部にとっての情報提供者として重宝される人物である林周《りんしゅう》。一応は場所柄、白戸も谷もその名を口にはしない。警察学校卒業後、交番勤務を経て警視庁刑事部捜査共助課配属となった安藤には他部署での経験がなく、一人だけそのあたりの事情には疎い。もっとも、蓄積された経験や情報が少ないというだけで、有能さは保証されている。一般企業の二六歳の女性と比べれば、彼女のタフさはかなりのものだろう。そんな安藤の派手な容姿へ、客の男何人かが時折目を向ける。

「安藤、ここだと余計に目立つな」

「本当ですよね。店の雰囲気に全然合わない」

　白戸の言葉に谷が続くと、安藤は困ったような顔をした。

「だから言ってるじゃないですか、なにもお洒落がしたくてこんなにファンデ塗りたくってるわけじゃないんですよ」

「寿退社狙ってるＯＬか風俗関係の女にしか見えないけど」

「谷さん、それ、セクハラ。見当たりやってると、どうしても日焼けしちゃうじゃないですか。私もなんの対策もしてなかったら、今頃谷さんや白戸さんみたいに真っ黒に日焼けしちゃってるはずなんです。だからせめて、紫外線から肌を守らないと」

「だったら日焼け止め塗ればいいだろ」

「もう何回か言ったと思うんですけど、谷さん、日焼け止めは肌に負担がかかるんですよ。でも、パウダーファンデーションは肌への負担がほとんどない上に、ＳＰＦ二〇程度の日焼け止め効果はありますし、海にでも行かない限り、都市部では充分なんですよ」

「だから、日焼け止め塗っただけのナチュラルなお顔じゃなくて、ファンデ厚塗りのケバいお姉ちゃんになるわけか」

「そういうことです。白戸さん、この説明、もう何回もしてますよね？　谷さんだけですよ、覚えてないの」

一回り以上年下である安藤の化粧談義を微笑みながら聞いていると、とても彼女のことを優秀な見当たり捜査員だと思うことはできなくなってくる。

捜査共助課での研修中の二週間だけで、安藤は七〇人覚えさせられた手配犯のうち二人を、実際に発見した。

見当たり捜査員の仕事としては、一年に一〇～一二人――一ヶ月に一人手配犯を捕まえられれば上出来だとされる。

そんな中、二週間で二人という驚異の戦績を、研修中の女性警官が叩き出したのだ。

噂は一時期語り種《ぐさ》になり、一部のテレビや新聞でも報道された。もちろん研修終了後すぐ、安藤は捜査共助課に配属された。人当たりも良い彼女は犯人捕捉《ほそく》時に所轄からの応援を頼むのもいつもスムーズで、一班三人体制が撤廃されまた昔のような単独行動制に戻ったとしても、充分やっていけるだろう。もしくは特異な能力を買われ、組織犯罪対策部に引き抜かれるのが早いかもしれない。容姿のいい女性警官ならなおさら、若いうちから重宝したいと彼らは考えるだろう。

男では囲いにくいタイプの情報提供者を、安藤なら工作できるはずだ。

「お待たせいたしましたー、醬大骨《ジャンダーゴウ》と炸醬麵《ジャージャーメン》です」

中華料理といっても、日本の一般的中華料理屋では一度も目にしたことのない料理が並ぶ。豚の背骨を煮付けた料理は固く、炸醬麵も前菜にしては油がたっぷりと使われている。その後運ばれてきた鉄板狗肉《ゴウロウ》も見たことのない料理で、池袋へ訪れる度に新規開拓し続けている白戸も、まだまだ口にしたことのない料理が多いことを実感した。

「本格中華、ですね」

数口かじったきり醬大骨へは手をつけなくなった谷が、水で舌を冷ましながらつぶやく。

「そう。本場の味を日本で楽しみたいなら、デパート内の高級中華料理店ではなく、老華僑《かきょう》たちが地元と共存の道を模索しながら造り上げた横浜中華街でもなく、中国人向けに造られた中国人街の店へ入るに限る」

「本当ですよね。手軽な値段で、本国と同じ味が楽しめるなんて」

「でも、この店は本国とまったく同じかどうかはわからない。あのウェイトレスの子、完全に日本人の客対応になってるだろ？　だから味に関しても、ある程度は日本人に合わせてるかもしれない。客の顔見て、香辛料や油の量を調節するくらいならしてるかも」

白戸の言葉に谷はうなずき、安藤は黙々と四つの皿に箸を伸ばしていた。ふと、オフの日に彼女がどんなふうに過ごしているのかと、白戸は気になった。不定休では、同じ年頃の友人たちとも簡単には遊ぶ約束をできないだろう。異性関係に関しても、捜査共助課に配属後すぐ別れたと聞いてはいたが、その後彼氏ができたか否かは耳にしていない。

「顔を記憶して、見つけて、食べて、また記憶して……健康的だね、安藤さんは」

白戸がつぶやき安藤が表情だけで笑うと、谷が軽く頭を下げた。

「すんません」

「いや、そういうつもりじゃ……」

七二日間誰も検挙できていない谷を責めているつもりはなかったが、本人にはそうとられてしまった。白戸は自らの迂闊《うかつ》さを後悔した。一瞬箸を止めた安藤は気づかぬフリが得策と判断したのか、黙々と料理を口にし続けている。


中華料理店での食事を済ませて以降、白戸は西口近辺を流していた。西口公園から東京芸術劇場の周りも試しにチェックしてみるが、池袋署のすぐ近くであるここらに犯罪者の影は少ないように思える。再び北へ移動し始めた。

午後三時を過ぎた今から、場所を変えるという手もある。しかし冷静に考えてみれば、池袋は新宿、渋谷と並ぶ犯罪者の集結地だ。酒、博打《ばくち》、女——三つを内包している街と犯罪者は親和性が高い。

今から他の街へ移るという選択は、単なる現実逃避だと白戸の身体が告げていた。この繁華街で見つけられないなら、他の街でも見つけられない。

人混みでごったがえす通りを北へと歩きながら、左手に位置する劇場通りをゆっくりと流すパトカーが見えた。おそらくパトロール中なのだろう。それを目にした通行人の何割かが一瞬身体を強《こわ》ばらせた。

逃亡犯が姿を現すという予感が、白戸の中で湧いてくる。

一言で片づけてしまえば勘である。街の気配が、犯罪者や刑事を同じ時に同じ場所へ集めてしまうということはあるだろう。

約二時間ぶりに戻った北口のチャイナタウンは、またいくらか様相を変えていた。

午後五時を過ぎる頃には、日もかげってきていた。しかし九月末、この時間だとまだ残暑もあり、半袖姿で通りへ繰り出す者たちは数を増していた。雑居ビルの三階、中国人向けの自動車学校の窓へ目を向ければ受講生の顔が見え、中国人向けコミュニティー新聞の発行事務所の明かりも灯《とも》っている。

彼らは、土日も関係なしに無休で働く。日本で稼ぐだけ稼ぎ祖国で裕福な生活を送るため――それだけが理由だったのは少し前までで、今では単純に、過当競争に追い込まれているという理由もあるらしかった。街を一見すれば、それもうなずける。いくら同胞たちが多く集まるとはいえ、これだけ多くの店が密集すれば、過当競争は避けられないだろう。とてもじゃないが、不眠不休で働いたとて日本人客を獲得しなければ生き残れない。

尻ポケットに入れていた携帯電話がバイブした。白戸はすぐに開き、「安藤香苗」という発信者名を確認した。

「はい、どうした?」

――ホシを見つけました。今、大丈夫ですか?

白戸の心臓が波打つ。

「ああ。場所はどこだ?」

——チャイナタウンの、文化通りを北へ向かっています。中国人の……チン・ショウホウです。名前の部分だけ、一段と小さくこもった声色で言う。

「文化通りなら近くだ。二分で追いつく。谷には？」

——これから連絡します。

「いや、俺が連絡する。中国人の仲間がいるかもしれない。慎重に追尾しろ」

——わかりました。

白戸のいるトキワ通りから、文化通りとの交差点が見えた。安藤とはすぐ近くで見当たりをしていたことになる。短縮ダイヤルですぐ谷へ連絡をとった。

「安藤が文化通りで見つけた。来れるか？」

——大丈夫です。

「よし。ホシは文化通りを北上しているらしい」

——中国人ですか？

「チン・ショウホウ。手帳で確認してくれ」

——了解。すぐ向かいます。

通話を終えた白戸は歩きながら、ナイロンバッグから取り出した手帳を素早くめくる。見当をつけていた中国人の顔と、名前が一致した。

陳少峰。三四歳、中華人民共和国福建省出身。身長約一八〇センチ。留学生として来日後、密航組織〝蛇頭〟へ加入。二年半前、密航資金の未払い者を千葉県浦安で殺害、遺棄。

写真は、日本語学校へ通っていた頃に撮られた古いものであった。首もとまで写っていて、二ットの上には、線の細そうな輪郭の顔。濃い眉に、切れ長の目、そして大きな耳が特徴的だ。少々自分の顔に似ていることを、白戸は気持ち悪く思っていた。

手帳をしまって歩きながら、疑問が浮かぶ。中国密航組織〝蛇頭〟の一員として悪事をはたらいていた者であれば、日本での犯行後、とっくに密航で祖国へと逃亡していてもおかしくないはずだ。実際、日本で殺人まで犯したアジア人たちを捜査してゆくと、密航で逃げ帰った形跡にぶちあたることが多かった。

安藤が見つけたのは本当に陳少峰なのだろうか。

それを、これから確かめる。

トキワ通りを歩いていた白戸はすぐに文化通りとの交差点にさしかかり、左折した。北へと足早に向かってすぐ、通行人の流れに紛れた安藤を発見した。

うまくなっている――。

白戸は端的にそう感じた。安藤の追尾を久しぶりに後ろから目にしたが、前方にいる誰か一人をストレートに追っているでもなく、不規則な歩きでわざとらしいカモフラージュを凝らしているでもない。こうべをうつむき気味にさせて歩く彼女は、都心にしては家賃の安いこの辺の賃貸住宅に住み、帰宅しようとしている社会人、そんな印象がぴったりであった。たとえホシの仲間に別の位置から追尾点検されていたとしても、一キロ未満の距離では気づかれないはずだ。

誰を尾《つ》けているかわからない。安藤の前方七〜一〇メートル先の範囲にいるどの男が陳なのか、白戸でもすぐにはわからなかった。

やがて、一〇メートルほど先を行く、ハーフパンツに赤いTシャツといういでたちの比較的大柄な男に白戸の目は留まる。

　奴が陳か。

　手帳に貼られてから二年半見続けてきた男の写真。正面からの写真が一枚と、横顔が左右それぞれ一枚ずつ。それらから類推すれば、ある程度の立体像は自然と脳内に浮かび上がる。

　想像上の後ろ姿に、似てはいる。

　白戸はまず安藤へ向けられている視線がないかを確認した。彼女への追尾はない。それを確認すると距離を縮め、安藤の右横へ並んだ。

「ありがとうございます」

「赤いTシャツ?」

「そうです。右頬のホクロも一致しました」

　ホクロ——本人特定のための重要なポイントだ。レーザーで消しでもしない限り、その刻印は一人物の皮膚の上に一生残り続ける。

「ホクロまであるなら間違いない。ましてや、おまえがホシだと思ったのなら」

　白戸の言葉に、安藤は謙遜するでもなく軽くうなずいた。本人は意識していないのかもしれないが、その小さな所作は確信の強さを表していた。

　赤いTシャツの男は、陳少峰以外の何者でもないということ。

「あの赤い奴ですか?」

　背後からかけられた低い声色の日本語に安藤は前を見たままうなずき、白戸だけが振り返った。谷が、白戸だけの知人であるかのように振る舞っており、それを受けて白戸も安藤の後ろに下がり谷の左横に並んだ。日本人の男二人組が、なんとなく日本人の女の後ろを歩いているという構図でしかないだろう。三人組と思われるより、追尾の秘匿性は高まる。

「安藤はホクロの一致まで確認したそうだ。俺たち二人で重点確認して、確信がもてたらそのまま声かけしよう」

「応援はどうします？」

「パトカーの気配に気づかれどこかへ逃げ込まれるほうが厄介だ。池袋署は近いし、そのまま連行する」

「了解です。しかし凶器の心配だけありますね」

「ホシがあんな軽装でよかった。短パンのポケットに手を入れられないようにさえ注意すれば大丈夫だろう」

「利き手どっちですかね？」

「不明だ」

白戸がそうボヤいた直後、前方を歩いていた赤Tシャツの男が歩みを遅くし、右を向いた。通りの向かって右側へ位置する中国人経営のスーパーへ入ろうと、少し後戻りするように身体を翻した。

一瞬だけ、正面からの顔がのぞけた。

写真の顔と似てはいない。しかし、各パーツの配置は記憶している陳のそれと寸分違わない。

対象と六メートルほどにまで接近していた白戸は、己の目で赤Tシャツの男が陳少峰である可能性が限りなく高いという事実を確認できた。

店を通り過ぎてしまうと、戻ってきた時に不自然さを周囲に与える。白戸が指示を出すまでもなく、二歩前を歩く安藤はごく自然に右へ進路を変えてスーパーへ入り、白戸たちも後に続いた。雑居ビルの一階に展開しているスーパーの店内は窮屈で、陳は入り口すぐの所にあるタバコカウンターの前で立ち止まっていた。さらにその奥へ進もうとする安藤と別れ、白戸たち二人は店先の棚に積まれた品々を物色するフリをして出入り口の外にとどまる。中国語パッケージの菓子類を手に取ったりしながら意識を店内に向けていると、陳が右手の指で鼻を掻《か》き、右手でパッケージを一つ手に取った。

「右利きだ。谷、おさえてくれよ」

「声かけはどうします？」

外国人相手の声かけは厄介だ。いくらネイティブな発音を意識しても、ホシが思わず振り返ってしまうような自然な響きをもたせることは難しい。日本人相手の時とは違い、半ば強引に、短時間で済ませるほかない。

「俺が呼んでわずかにでも振り返ればすぐ確保、振り返らなければ職質」

職務質問には本来、強制力はない。すなわち、相手を半ば拘束する形で挑むのであれば、誤認逮捕の可能性を排除しておかなければならない。

店内でも一度擦れ違い確認を行った安藤は奥の冷蔵棚の前に立ち、白戸たちだけにわかるようにハンドサインを送った。ホシに間違いなし。あとは白戸たち二人が判断を迫られていた。

短パンの右ポケットから取り出した小銭で会計を終えた陳はその後中年女性店員と二言三言話し、十数秒ほど経ったところでようやくレジから離れた。

こちらへ向かってくる。

左右に分かれ棚を物色している白戸と谷の間を、陳が通った。少し前向きの耳に太い眉毛、右頰のホクロ。

白戸の目の奥が、緩んだ。

陳少峰は二人に目を合わせるでもなく、再び通りを北へ向かって歩きだした。白戸が店から離れ、谷も続く。

「間違いないですね」

「ああ、右腕を頼む」

陳との距離を五メートルにまで詰めながら、白戸はアプローチの仕方を詰めていた。ホシは語学留学生という身分に隠れて密航組織に入り、殺人を犯してもなお本国へ逃亡せず日本にとどまっている。なんらかの稼業を今も行っており、そのため日本人との繋がりもなくはないだろう。変にネイティブぶった発音をする必要はないと白戸は判断した。

「いくぞ」

「はい」

歩きながらタバコを吸いだした陳の背後まで足音を際だたせぬよう近寄り、横腹の動きと煙を吐き出すペースに、白戸は自らの呼吸を合わせた。

呼気、に合わせ、声を発した。

「陳」

ごく自然に振り返った陳は、すぐに前に向き直った。

谷が斜め後ろから右腕をとろうとした時――

陳はいきなり走りだした。ワンテンポ遅れ谷が走りだし白戸も後に続いた。サンダル履きの陳に谷が半ばタックルの形で抱きつき、もつれあったままアスファルトの地面に倒れた。上半身を拘束する谷の両腕からなんとか自由になろうともがいている陳の右腕を白戸は両手で摑《つか》み後ろに引っ張り上げた。

そこでわずかに油断した刹那《せつな》、陳は左腕だけ谷による拘束から自由にさせ、裏拳を谷の左側頭部に叩き込んだ。そのまま右ポケットにまわそうとしている陳の左腕を白戸は左足で踏みつけた。谷が陳の左手首を摑み後ろ手にホールドしてもなお、白戸は一度、左膝《ひざ》で陳の背中を蹴った。外国人殺人犯に対してはすぐにでも手錠をかけたいが、こんな時でも慣例遵守の精神は白戸の身に染みついていた。

「陳少峰！」

谷の言葉に陳は身体的抵抗こそやめたが、首を横に振った。

「立たせるぞ」

二人で両腕をとりながら立たせた陳は、左頰と両膝に擦過傷を負っていた。

「陳少峰、だな？」

白戸の言葉に、意味を聞き取れないという顔でしらばっくれる。徐々に増えつつあった周りを取り巻く人々に向かって中国語で何かアピールしたが、それに対し言葉を返す者はいない。やがて無線のノイズが近くで聞こえ、安藤がやって来た。

「パトカーの応援頼みました」

「助かる」

安藤は、大きな瞳で陳の顔を見上げた。陳も安藤の顔を不粋な目線で見下し、そして笑った。

「あなたたち、誰？」

「警察」

谷が不愛想に答えても、陳は笑みを崩さなかった。

「そうは見えない。本当に警察？」

陳に対してではなく、パトカーが到着するまで野次馬たちに邪魔されないよう、白戸は右手に警察手帳を持ち、掲げた。

「警視庁捜査共助課だ」

手帳へ目を向けた陳は軽くうなずいた。

「ところであなたたち、誰、探してる？　私じゃないはず、人違い」

「おまえは、陳少峰だろう」

「違う、ただ友達に会いに来ただけの観光客」

その間に安藤が手早く身体捜検を行ったが、身分を証明するものは一切出てこなかった。代わりに、短パンの右ポケットからライターと財布、バタフライナイフが出てきた。

「ずいぶん用心深い観光客だ」

谷の言葉を聞き取れなかったというとぼけ顔を陳は再びする。やがて、煌々《こうこう》と赤いライトをまわしたパトカー三台が、徐行速度でやって来た。

池袋署の制服警官たちが降り立ってきたところで、白戸たちはようやくいくらか緊張を解くことができた。陳少峰は一台の車両にすぐさま押し込まれた。

「デカいホシを挙げたな」

白戸はそう言葉をかけた。安藤本人は、心底救われたとでもいうような顔をしている。

「三七日ぶりでしたから」

「立派だよ」

研修期間中に二人も挙げた過去を持つ者としては、年は若いにもかかわらず、普通の見当たり捜査員以上のプレッシャーがのしかかっているのかもしれなかった。

「ますます俺の立つ瀬がなくなったよ、安藤」

「いいえ、谷さんの協力がなかったら、逮捕なんてできませんでした」

「気遣いありがとう。……俺だけ二ヶ月越えか」

谷に何か声をかけようとした白戸へ、制服警官の一人が話しかけた。

「ホシが、白戸警部補へ何か話したがっているのですが」

言われた白戸はパトカーの後部座席へ顔をのぞかせた。

「なんだ」

微笑を浮かべた陳が、口を開いた。

「あなた、スナミ・トオルの知り合い？」

スナミ・トオル……

須波通――。

何を言っているのだ、この中国人は？

「なぜ知ってる？　死んだ男の名前を」

「死んだ？」

今度は陳がとぼけようとしているのかどうか、判別がつかない。

「生前にあいつと知り合いだったのか？」

それにも陳は答えず、ただ微笑している。

問いただすのを諦《あきら》めて顔を上げた白戸は、大勢集まっている人混みの中の顔に、目の奥が緩んだ。

思わず広角視野で多くの顔を捉えるが、あの感覚をもたらした顔は消えていた。

白戸は自分に向けられた視線の感触をはっきりと覚えていた。

一体、誰だ？

5

新宿で見当たりをしていた白戸が帰路についたのは、午後一一時半過ぎであった。街の気配が、ホシに出くわす予感を白戸にもたらしていたが、結局一人も発見できなかった。

三八日目の、連続不逮捕である。焦りが、悪い具合に作用しているという実感があった。

非番だった安藤はともかく、遅くまで谷につき合わせてしまったのも今となっては逆効果だったかもしれないと白戸は反省していた。八一日目の今日も空振りに終わった谷に対し、明日はさらなる重圧がかかるはずだ。

マンションへ着いたのは午前〇時半近くであった。もう寝ていると思った千春が、リビングでテレビを見ていた。このところ、彼女は遅くまで起きていることが多い。そうすることに身体が慣れてきているように白戸には感じられた。

「ただいま」

「おかえり」

「明日は休み？」

「いや、出勤だよ」

同棲相手の帰宅により千春が何か別の行動に移るのかと白戸は思ったが、特にそういう気配はない。テレビは惰性で見ているふうでしかないし、何か深刻な話でもあるのだろうか。深い話をされるのであれば、風呂へ入る前に済ませておきたかった。

「寝なくていいの？　それともなんかあった？」

「ん？　いや、特に……。あ、九〇六に空き巣が入ったって知ってる？」

「空き巣？」

「うん、私が帰った九時半頃にパトカーが停まってて、話聞いてみたらそうだった」

「物騒だな……。しかも九〇六って、たった四部屋向こうじゃないか」

「本当だよ。刑事さん、どうにかなんないの？」

「手配写真をくれないことには、さっぱり」

白戸の返事に笑った千春はテレビを消すとようやく立ち上がった。

「寝るね」

「ああ」

ただ会話するためだけに、起きていたのだろうか。だとしたら、たったそれだけの時間のために起き続けさせていたことを白戸は悔いた。遅くまで見当たりを行ったせいで、無闇《むやみ》に焦燥感をつのらせ、千春と触れ合う時間を短くさせた。

風呂から早く上がった後、白戸は寝室と和室のどちらで寝ようか迷った。

はじめは、自分が遅く帰宅した夜に限り、千春を起こさないようにとの配慮で和室で寝る日を設けるようになった。同棲生活も三年目を迎えたあたりから、別室で寝る日の割合が増えていった。あくまでも千春は寝室のダブルベッドで寝続けており、白戸の寝場所が日によって変わるというあんばいだった。二人より、一人のほうが、ちゃんと眠れる。

迷った挙げ句、白戸は和室に広げかけていた布団を押入へ再びしまい、和室とリビングの明かりを消すと暗い中廊下を寝室へと向かった。

一応、物音を立てないよう心がけてはみたものの、ベッドの真ん中で眠っている千春を起こし奥に移動してもらうほかなかった。

「ごめん」

「……う……ん」

身体をずらし壁寄りに移動してくれた千春の右横に、白戸は己の身体を滑り込ませた。目を閉じたままの顔が、白戸のほうへ向けられている。目尻にうっすらと浮かぶ皺とアンバランスに、少し厚めの下唇が張り気味に艶《つや》めいている。豆球のわずかな明かりの下、見慣れているはずの千春の顔が、やけに妖艶《ようえん》に映った。

五年前、出会い系サイトにアップされていた彼女の顔写真を初めて目にした際に受けたのと、同じ感覚だ。

塔を後ろに、女が歩いてくる。

白戸へ目を向けることなく近づいてくるその女の顔を見ると、千春だった。

そこで塔も、女も、白戸も消えた。

千春の起きる気配を感じて白戸も目を覚ましてから数秒後、目覚まし時計がなった。電子の鈴音はごく数秒だけこの部屋に常ならぬ緊張感をもたらした後、千春の手によって止められた。

「おはよう」

「おはよう」

挨拶された白戸は掠れた声で返した。寝室でこのやりとりをするのは久々であった。

千春の出勤後、白戸は家を出るまでの少しの時間で手配写真の記憶に励もうとした。

昨日本庁で新たに入れ替えた三名のうち、兵庫県警から手配の出ている出資法違反・貸金業法違反の男「金子将《かねこまさる》」の写真に関し、白戸は選別ミスをしたと感じた。

写真は、一人の手配犯につきたいていの場合、複数枚渡される。写真が一〜二枚しかないケースもある一方、多くの場合は数枚のうちから各捜査員たちが自分でセレクトし、手帳に貼り付けてゆく。捜査員によってその選別基準は異なり、白戸はその人物らしさが顔に表れているものをセレクトする傾向にあった。

しかし、昨日選んだ金子将の正面写真には、横顔写真と比べ「らしさ」が宿っていない。犯行時、撮影時ともに二九歳、現在三三歳であるはずの男の正面写真は、とても老夫婦を心中に追い込んだヤミ金業者の顔ではない。面長で色白、つぶらで丸っこい瞳には、実家暮らしの就職浪人生、とでもいう無害性しか感じられない。同じ二九歳時に夜の街で撮られたらしき写真のほうが不鮮明であったはずだが、この人物の「らしさ」を直感的に見る者に感じさせた。

顔写真は、鮮明であればあるほど役に立つとは限らない。人間の脳は無意識のうちに見る対象を補正している。見たいものにだけ自動的に焦点は合わされ、大きさや特徴の強さは補正される。鮮明な写真より、細部が不鮮明になっている写真のほうが、かえって人物の特徴をわかりやすく伝えられるという見方もできた。精巧なモンタージュ写真やプロの絵描きが恣意《しい》的に描いたリアルな似顔絵より、ポイントを誇張して描き上げた簡素な似顔絵のほうが、通報率のアップに繋がるという認識が今の主流である。今度本庁へ出向いた際に、金子将の正面写真のみ入れ替えようと白戸は思った。

ページをめくったところで、ローテーブルの上に置いてあった携帯電話がバイブした。電話の着信で、発信者は「谷遼平」だ。白戸はソファーに座り直した。

「はい」

――おはようございます。

「おはよう。どうした?」

――あの……今日、場所はどこですか?

白戸は一呼吸分、無言のままでいた。

「場所って、おまえ、今日は非番だろう?　ちゃんと休めよ」

——いや、今日で八二日間、ホシの顔を自分の目で発見できていないんですから。休もうにも休めないですし、何かしようにも手がつかなくて困りますよ。

笑いを交えた口調で話しているが、谷本人の焦燥感は相当なものとわかる。

休日を返上し捜査にあてたがっている刑事の心意気は見上げたものだ。しかし今日も見当たりを行い見つけられなかった場合、明日以降どうなってしまうかわからない。

「何にも手がつかなくても、身体を休めることくらいはできるだろう。案外、そのスランプも、単なる体調不良が原因かもしれないし」

——そうですかね。

谷の声からは芯《しん》のようなものが抜けていた。これ以上見当たり場所を訊くのは諦めたようだが、白戸としては、こちらのほうが状況を悪化させるかもしれないと思った。

「小岩辺りで、気晴らしでもしてきたらどうだ?」

——小岩……ですか?

「ああ、南口の風俗店にも、最近は美人が多く流れているらしいしな。もしくはあの辺りでパチンコでもやれば、いい気晴らしになるだろう」

白戸が言うと、谷は息だけで笑った。

——わかりました……ありがとうございます。

通話を終えた白戸は掛時計を見た。九時半に小岩へ着くようにするには、あと二〇分後にここを出ればいい。

東京の東端に位置する小岩の街並みは、江戸川を挟んで東側にある千葉県市川市の街並みとそう変わらない。白戸の感覚としては、西に位置する新小岩までは東京だが、新中川を挟んでここまで東に来てしまえば、小岩はもう千葉といってもよかった。

新宿や渋谷、池袋はもちろん、その他の街と比べても小岩に大きな歓楽街はなく、駅南口近辺に性風俗店やパチンコ店が多くあるくらいだ。北口近辺は駅舎の東西に沿った低層の駅ビルを中心に、スーパー数店とコンビニ、ファストフードショップと、生活感丸出しのひなびた雰囲気がある。

犯罪の匂いがたちこめているという街ではない。

しかし、犯罪者たちが多く居住している街ではある。

限りなく千葉寄りとはいえ東京都内で、家賃や食料品といった物価も全体的に安い。交通のアクセスは良好で、総武線各駅停車一本に二〇分弱も揺られていれば御茶ノ水へ着き、中央線快速に乗り換えずともさらに一五分ほど乗り続ければ新宿という立地。そして、中国系と韓国系の小規模居住ネットワークが確立されているという事実。日本側の密航斡旋者が密航者の集団を一時的にかくまうための部屋を借りるのも、小岩から市川にかけての一帯である場合が多かった。

南口から放射状に広がる二本のショッピングロードをそれぞれ往復して戻ってくると、南口ロータリー前に立つ安藤と会った。

「二回目だな」

「ええ。始めてまだ一時間しか経っていないのに」

腕時計に目をやると、午前一〇時三六分。たしかにその通りであった。

「人が集まるところは、そう広範囲じゃないしな」

「ですよね。じゃあ私は北口のモールとかをまわって、女の手配犯でも探します」

「そうだな、それなら日焼けもしないだろうし」

曇天の今日もしっかりとファンデーションで塗り固められた安藤の口元が、引き上げられた。笑顔の口角の高さと肌の張りは間違いなく若い女のもので、普通の二六歳よりもいくらか若く見えるほどだ。その若さが白戸には微笑ましく思える一方で、刑事として、見当たり捜査員として長い職歴を重ねてきた自分のほうが最近は連続不逮捕日数が長いということに関して、嫉妬《しっと》や徒労感を覚えることもあった。

「安藤、今は何人くらいの顔を覚えてる?」

「ええ……すみません、相変わらず数は増えなくて……三〇〇人くらいだと思います。手帳には白戸さんと同じ五〇〇人分、貼ってはいるんですが」

言葉を濁し気味に安藤は答えるが、比較的少ないそれだけの記憶数で、あれだけ多く検挙できていることになる。

「おまえの相貌識別能力はすごい、ってことだな」

「そんな。白戸さんの記憶能力のすごさには負けますよ」

安藤からのおだてに白戸は苦笑した。

「今、何人くらい覚えてるんですか?」

「五〇〇、いや、違うな、逮捕され手帳から除外された奴らも含めれば二五〇〇……三〇〇〇か」

「三〇〇〇……」

「一度覚えた顔は、忘れられない」


南口界隈《かいわい》で張っていた白戸はなんの当たりにも出くわさないまま、人の流れの変化を感じた。腕時計を見ると、午後一時半をいくらか過ぎたところであった。昼休みが終わり定刻を過ぎたのだろうか、アーケード下にあるコンビニから出てきた事務職風の若い女三人組が駅方向へと小走りで向かって行く。

白戸は自分があまり空腹を感じていないことに気づいていた。昨日まではなかったこの体調変化が、ついに起こった。悪い兆しだ。無逮捕日数三九日目という事実に、いくらセルフコントロールしようとしても、身体がダイレクトに反応してしまう。

不安や焦燥感からくるストレスは、脳に刻んだ記憶の想起を阻害する。焦れば焦るほど、記憶したはずの顔も思い出しづらくなる。

とにかくリラックスが必要だといえた。しかし実際のところ、手配犯を見つけ逮捕できない限り、心の平穏は得られない。無理に腹を満たしても自然の摂理に反した不自然さが逆に焦りをつのらせるだけと思った白戸は、昼食返上で見当たりに専念することにした。

放射状に広がる二本のショッピングロードに挟まれた三角地帯の中へ入る。キャバクラやホストクラブ、その他の風俗店が集まる一帯にはパチンコ店もある。谷が来ているのではないかと、目に付いた店へ白戸は足を踏み入れた。

暴力的ともいえる音の嵐は、かえって白戸の耳を無音状態にさせる。東京中の街で毎日のように足を運び続けた結果、白戸の耳にはそういう処理回路のようなものが出来上がった。聴覚を機能させなくすることで、視覚はより研ぎすまされる。

入り口から左右に移動し各列をざっと見渡しても、谷らしき大柄な優男の姿はなかった。客数もそれほど多くはない。台を選ぶフリをして二〇人弱の横顔をそれとなく見てまわったが、記憶された顔と一致するものはなかった。

店を出て少し移動し、パチスロ店へ入った。店の規模こそさっきとほぼ同じでもこちらは各種新台のバリエーションが豊富で、客層も幾分か若かった。全列を大ざっぱに視認しても、谷の姿はない。そう広くはないエリアを四時間近く歩き回って一度も会わず、パチンコ店にもいない。この街に谷は来ていない可能性が高いといえた。

今朝方の電話での切羽詰まった様子から、来るものとばかり思っていただけに、少々拍子抜けしたのも事実であった。しかし休めるのであれば、休んでおいたほうがいい。捜査共助課の見当たり捜査員は、休日出勤を評価してくれる他者が周りについているわけでもない。手配犯をどれだけ挙げられるか、その戦績だけが直接的な評価となる。

聴覚を眠らせてくれる音の洪水。独特な居心地の良さを感じながら、白戸は端の列から順に客たちの顔を、気づかれないよう見てまわる。

中ほどの列まで来た時、あの感覚がわずかにした。

親しい顔へピントが合わせられ、毛様体筋が緩み、体感的には目の奥が緩み涙が出そうになる感覚。

久しぶりだ。

しかしその感覚の度合いは弱い。見間違いかもしれないと心に予防線を張りながら、白戸は列へ目をやった。

五人、客がいた。白戸から向かって左側に二人、右側に三人。

どの顔に、自分の脳は反応したのだろうか？

白戸から近い順に、右側の初老男、左側のスカジャン男、右側の太った短髪男、左側の学生風茶髪男、右側の中年女。

台の回転数を確認するフリをして、白戸はゆっくりと横目で見てまわる。初老男の疲れきった顔は逃亡犯独特の荒みに近いが、見覚えはない。パチンコ店では対象者の横顔しか見ることができないといってよかった。人間の脳は、二つの目と口を一時に目にしないとなかなかうまく顔を判別できない。

それでも、その骨格やパーツの配置に見覚えはないと白戸は判断できた。次に見た左側のスカジャン男はキャップをかぶっておりいかにも怪しい気配だが、若い男が粋《いき》がっているだけだろう。右側の、太った短髪男。上着を脱いだ状態で、黒Tシャツの袖から日焼けした腕をのぞかせている。極端な短髪というのも怪しかった。日焼けと、肥満、散髪。最も手軽にできる変身方法三つから逆算してみれば、元は中肉中背、色白、長髪だったという可能性も考えられる。熱中している男は顔を微動だにさせないため、右から見た横顔しか視認できない。

右耳の下に、大きなホクロがある。その特徴をもった顔がないか記憶の中を探ってみるが、出てこない。あとで手帳を確認することにして、白戸は学生風茶髪男と中年女へ目を向けた。まったく見覚えのない学生風男をすぐに候補から外し、中年女の横顔を注意して見る。

女の顔は、比較的苦手だった。化粧や髪型を変えることによる目の錯覚効果で、パーツの配置があやふやになる。いかにも主婦然とした格好の中年女、薄めの化粧、緩みきった顎と後ろに結んだ髪、そういったごくありふれた外見の女はどこにでもいる。

やはり短髪の太った男、だろうか。店外で手帳を見直そうと通路を引き返した時、至近距離でかすかに、女が咳《せき》をする声が聞こえた。

白戸が右を向くと、スカジャン男が、口元を手でおさえていた。

幻聴だろうか。ほとんど真後ろから、その後ろ姿を見る。黒いキャップの下にのぞく黒の短髪、白い首筋――

女だ。

白戸は確信した。

若い男の皮膚と勘違いしていたが、女の、それも三〇代前半のそれに近い。

男装している女。逃亡生活を続けている人間であることに間違いはない。

従業員用はともかく、店に客用の出入り口は一つしかない。白戸はいったん外へ出て、ナイロンバッグから取り出した手帳を開いた。ページをめくってゆくうち、一人の写真に目が留まった。

草野《くさの》直美《なおみ》。三四歳。詐欺容疑で二年前に警視庁から手配されていた。運転免許証更新の際に撮られた三年前の写真では、セミロングの髪にふくよかな頬と、だいぶ女らしい顔だった。この顔をよく覚えてはいたが、さっき見かけた際はすぐには気づかなかった。

白戸は携帯の短縮ダイヤルで安藤にかけた。

「今大丈夫か？」

――はい。北口のモール……います。

屋内にいるのだろう、電波受信状況が悪い。

「ホシだ。今から来てくれ」

場所を伝えた白戸が出入り口を見渡せる位置で待っていると、三分足らずで安藤がやって来た。

再び手帳を開き、草野の写真を見せる。

「こいつが、男装した格好で店内にいる」

「男装？」

安藤が眉を寄せた。

「ああ。短髪に、黒いキャップ、それにスカジャン。はじめは、粋がった若い男にしか見えなかった」

「けど、本当はこの草野なんですね」

「それを、安藤にも重点確認してもらおうと。女の顔を見分けるの、得意だろう？」

「はい、もちろんです」

「声かけも、やってみてくれないか」

白戸の頼みに安藤は首を縦に振ったが、その表情は理由を問うていた。

「勘でしかないが、男の俺より、女から声かけしてもらったほうが、ごく自然に振り向くと思う。女の姿を捨てるほど警戒心の強い奴だからな」

「なんて呼びかけたらいいですかね？」

二人で短い間検討した結果、直ちゃん、に決まった。親しい友人同士での高校時代までの呼び名だったと、付加メモに記されている。

「よし、行ってくれ」

怪しまれないよう、先に安藤へ入ってもらい、三〇秒ほど経ってから白戸も店内へ入った。

草野がさっきまで陣取っていた列を覗《のぞ》くも、姿がない。

慌てて探したが、壁際の別の列に移動していただけで、横に安藤の姿もあった。しばらくすると安藤はその場を離れ、列の端にいる白戸の元へやって来た。電子音の喧噪《けんそう》の中、口の動きだけで「当たり」と伝え、胸の前でも同様のハンドサインを作っていた。

「行け」

口を動かしながら白戸が顎で促すと安藤は静かにスカジャンの女へ近づいた。台を見れば当たりが続いていることがわかり、それが終わるのを待っている。興奮している最中の人間に声かけをするのは適切ではない。静まり平常心を取り戻した状態で、できるだけリラックスした瞬間を狙い呼びかける。しかしあまり機をうかがいすぎて、こちら側の身を怪しまれてもいけない。

台の色が派手さをいくらか潜めたところで、安藤が女の真後ろへまわり、口を開けた。

女は振り向かない。

もう一度安藤が口を開いても、女は振り向かない。おそらく呼び方を変えてだろう、三度、四度と試しても、結果は同じだった。

声かけ失敗か。

安藤から目線によりサインを受け取った白戸はすぐさま二人に近寄り、女の左横へまわった。

「草野直美さん」

顔を覗くようにして大きめの声で言うと、女は白戸を一瞥した。あくまでも、変な男から声をかけられ、迷惑しているという体裁。怪訝そうな顔を取り繕ってはいるが、眼球の動きが定まっていない。手配写真より痩せている顔は、張り気味のエラが少し目立つ。

「草野直美さんだよね？　警察、わかるよね？」

「は……？」

口を大きく開けると女は再び台へ目線を戻し、白戸を無視する。

「警視庁から手配出てるんだけど、わかるよね、草野直美さん？」

「人違い」

初めて耳にしたまともな喋《しゃべ》り声は、女にしては低かった。掠れ気味なのは元からということもあるだろうが、緊張している証拠とみていい。

「そうかもしれない、じゃあ、身分証見せてもらっていい？」

「そんなものない」

「あんた、草野直美だろ？」

「違う、田中だ」

「じゃあ身分証出してよ田中さん、もしくは、田中さんを田中さんだと証明してくれる誰かに電話でもかけてよ」

顔を間近に寄せ、相手の眼球を破壊するつもりで睨む。

白戸から顔を背け、しばらく台へ目を向けていたホシは、やがてうなだれた。

「すみませんでした」

憑《つ》き物が落ちたかのように、草野直美は頭を下げる。

「これから署まで来てもらう。頼むから落ち着いてくれよ、な？」

白戸が促すと、ケースに溜《た》まっていた玉はそのままに、おとなしく店の外まで出た。安藤による身体捜検にも素直に応じた草野は凶器はおろか、身分証になるようなものは一切所持しておらず、小銭入れに一万円足らずの金が入っているだけであった。

「当たりが出てるところ、悪かったな」

白戸の言葉に、草野は力なくうなずくのみであった。

ショッピングロード沿いのすぐ近くに、小岩署がある。パトカーの応援を呼ぶこともなく、女性手配犯を二人で囲みながら、署までの道を歩き始めた。

6

朝から東京の西、八王子の街に立っていた白戸だったが、手応《てごた》えのなさを感じていた。ＪＲ三路線、私鉄一路線の合流する駅の近辺はそれなりに発展し、駅から離れれば風俗関係の店も数多くある街だ。東京の東に位置する小岩と同じく、犯罪者との親和性の高さを秘めている土地のはずだが、行き交う人々の顔を見る限り、直感的に魚影の薄さを感じる。午後二時前という時間がまだ早すぎるのかもしれないという思いもあるが、こういう勘は当たる。

ＪＲ八王子駅北口の立体歩道の手すりに寄りかかっていた白戸の元へ、谷がやって来た。

「どうだ？」

「気配がないですね、全然」

今日で無逮捕八三日目になる谷が、昨日は小岩にも来ず何をしていたのか、白戸は訊いていない。非番日であったのだから当然休んでいてくれてかまわないし、白戸としてもそうするのを勧めた。

「場所、変えるかな……」

「白戸さんの勘には従いますよ。昨日一人見つけたわけですし、あやかりたいです」

安藤に電話すると、南口をあたっている彼女のほうも魚影の薄さを感じていたようで、全員で新宿へ移動することになった。

中央線特快は空《す》いており、谷と安藤が半人分のスペースを空けて座り、向かい側のシートに白戸一人が座った。東京を移動するにしては比較的長い約四〇分という乗車時間を利用して、三人は黙々と手配写真の記憶に努める。出退勤時の混んだ電車内では、一般人に捜査資料を見られるわけにはいかないのでこういうこともやりにくかった。


新宿駅で二人と別れ、歌舞伎町を流し始め二時間ほど経った頃、白戸の視界に制服警官の集団が現れた。七人組の警官たちは二列に並んだ状態で、靖国《やすくに》通りから一番街通りへ流れ込んできた。左腕の腕章を見て、彼らが新宿署の警邏隊であることがすぐわかった。何か事件が起こったわけではない。

夕方の時間に出てくるとは珍しい。普段はたいてい、夜に行われる。警官たちは二分に一人ともいえるペースで次々と職質を行い始めた。ホストとわかる格好をしているだけでまったく無害そうな若い男や、ふらふらと歩いているだけの中年男へも、次々と声をかける。

彼らの目的は、ハイペースで繰り返される職質そのものにはない。怪しいと思う者へ対し職質を行っているというより、職質の現場に出くわし迂回《うかい》したり逃げようとしたりした者の目線の動きを狙っている。おとなしく職質に応じる市民と違い、まず回避行動に出る犯罪者の癖を見極めているのだ。

白戸は七メートルほど後方から、警邏隊についてまわった。取りこぼしを狙う意味もあるが、見当たりに変化をもたせたいという軽い気持ちからだ。時折後方を探っている隊員に何度か目を向けられたが、目線を追うことに長《た》けている者らしく身内だと気づいたのか、以後注視されることもなかった。

制服警官の存在そのものが、人の流れや街並みに変化をもたらす。

重点的な摘発や取り締まりで歌舞伎町もだいぶ浄化されたが、犯罪件数の数値自体は増えていた。認知される犯罪の件数が、増えているのであった。

歌舞伎町だけでも数十台設置されている固定カメラ、可動式カメラ、高感度カメラからの映像は光ケーブルを通じ歌舞伎町交番へ集められ、新宿警察署と警視庁本部へ送られる。交番では常時担当員が二四時間体制でモニターしており、警視庁本部では録画が行われる。加えて、一般市民が持っているカメラ付き携帯電話の普及も、通報の即時性に拍車をかけていた。無数の目によって、犯罪が犯罪として認知され易い社会になった。

警官としての十数年に及ぶ白戸の経験からしても、歌舞伎町の治安は悪くなったとは感じない。実際に二〇〇近くあった暴力団事務所や外国人犯罪集団は減っており、代わりにそれらはそのまま他の街へ移っていったというのが正しい。新宿の浄化作戦が進むにつれ、たとえば近隣である池袋のチャイナタウン化は勢いを増していった。

一人の痩せこけた男が、職質を受ける直前に路上へ何かを捨て、それを他の警官が目ざとく見つけた。回収したブツを手にし、表情を変えた男に詰め寄っている。薬物か何かだろう。白戸はいくらか騒がしくなったその輪に加わることなく、遠巻きに、警官たちを見る第三者たちの視線に注意を払い続けた。

いくら防犯カメラが増設されても、警官が介入しないと発覚しない犯罪はそこらじゅうに転がっている。

現場から送信された画像の中の人物を、あらかじめ登録された指名手配犯やテロリストの写真と自動照合するシステムの開発は実際に行われている。三次元顔形状データベース自動照合システムが実用化されれば、送られてきた映像を一〇〇分の一秒で解析できるというが、一般人ならともかく、後ろ暗さを秘めている者たちをそれで機械的に発見できるようになるのはおそらく数十年後、もしくは実現しない可能性も高いと白戸は思う。

顔の認識には、目、鼻、口、耳といった各パーツ単体の要素より、骨格上でのそれらのパーツの配置がポイントとなる。それゆえ、いくら美容整形を施した手配犯でも見当たり捜査員は見つけることができる。

パーツの配置を数量化する点においては、人間よりも機械のほうがよほど得意といえる。対して、捜査員という人間がアナログ的に行う見当たりは、個人個人による能力の差異が大きい。女の顔が苦手な者もいれば、五〇代以降の人間は男女を問わず見分けがつきにくいという者もいる。

だが、ある人物に似た顔の人間は驚くほど多くいるという事実がある。多い日には何十万もの顔を見る白戸は、一日のうちに何度も、知人や手配犯に似た顔を発見した。

バイオメトリクス技術による認証技術で、群衆の中から登録した顔を探そうとしても、設定値を上げればほとんど黒で、下げればほとんど白という結果になるだろう。そもそも、カメラの存在に気づかれ迂回されてしまえば、発見の可能性はなくなる。

痩せた男を囲むようにして警邏隊の面々は通りの隅に集まっている。見切りをつけ、白戸はさらに北側へ足を運んだ。

大久保方面、コリアンタウンへ入る手前までやって来た時――

白戸の目に一つの顔が飛び込んだ。

禿《は》げ上がった頭に、あまり発達していない顎。グレーのスラックスにカーキ色のブルゾンというでたちはありふれた中年男でしかないが、白戸には男が日本人ではなく中国人で、顔手帳に収められている顔だとはっきりわかった。

雑居ビルの前に立っている男が誰かに視線を向けた。その先を追うとスーツ姿の男が片手を挙げていた。白戸は目を凝らした。

その男にも、どこか見覚えがあった。

確認したいと思う白戸の意志に反し、二人は雑居ビルのエレベーターへ乗り込んだ。中国マフィアの会合場所として昔はよく利用されていた高級中華料理店が最上の五階にあり、店の雰囲気からしてまず、一般人は立ち寄らない。他のテナントがキャバクラ、ホストクラブといった並びであることからも、二人が五階へ向かったのは間違いないといえた。

白戸は雑居ビルのエレベーターホールが視界に入るギリギリの位置まで身を遠ざけ、ナイロンバッグから取り出した顔手帳をめくった。

王龍李《おうりゅうり》。中国人のほうは、この男に間違いなかった。四一歳の王は五年前、窃盗グループの一員として仲間三人と大阪府下にある民家を襲撃。四人家族のうち家にいた当時二一歳の長女を刺殺後、金庫から現金四二〇万円を盗む。そして逃走前、一緒に犯行に及んだうちの中国人二人を殺害、気配に気づいた日本人ドライバーは単独で逃げ、その後捕まる。王が中国人を殺した理由は略奪金額の独り占めとみてよかった。おおかた、日本の暴力団から仕入れた情報に狂いがあり、手にできた金額が予想をはるかに下回っていたことが原因だろう。

王を捕まえれば、二日連続の検挙となる。

白戸は深呼吸をした。

不思議なものだ。三八日間も無逮捕が続いたかと思えば、二日連続でホシに出くわすこともある。

本当に、世の中の因果関係とはかけ離れた世界だ。

店に入ったということは、それなりの長丁場になるのか。単身で踏み込むよりはここで待っていたほうがリスクは少ない。別の出入り口から逃げられることも考えられるし、誤認逮捕の可能性を消すためにもちゃんと視認する必要があった。

スーツ姿の男が誰であるのかも気になった。

少なくとも三人を殺した手配犯の顔を街中で認識し、軽く手を挙げ挨拶までした人物。王の属する組織の上司、とも考えにくい。身のこなしや顔の表情からして、おそらく日本人であるとみてよかった。手帳をめくり直してみるが、該当する顔は見つからない。

着古したスーツ、オールバックの髪に深い眼窩《がんか》、手荷物はなし……近隣に社屋や事務所を抱える勤め人か、できるだけ軽装でいることを求められる職業——いったい何者なのか。以前、指名手配されていて、捕まり、刑期を勤めあげて出所してきた者だろうか。一度記憶した三〇〇〇人以上の顔が頭の中から消えない白戸にとり、見覚えのある顔がどれに属しているのか、判別するのが難しかった。


張り込んで半時間が経過しようとしていた。白戸はその間も考え続けた。日本で重罪を犯し本国へ逃亡しない中国人がいるものだろうか。その迷いもあり、制服警官の応援も呼べないでいた。一応、安藤と谷には、歌舞伎町から大久保近辺にいてくれという要請はしておいた。

エレベーターホールから二人の男が姿を現した。

白戸は斜め向かいの建物に身を潜める。王と、見覚えのあるあの男に間違いなかった。

出てくるのが早い。たったの三〇分ほどしか経っていない。たとえば新規の商談などであれば、たっぷり二時間以上かけてもおかしくないはずだ。

王と日本人の間には、既になんらかの関係が出来上がっている。

白戸の手は上着ポケット内の携帯電話へと伸びた。ビルの入り口で王の肩を軽く叩いた日本人は、そのまま南の新宿駅方面へと歩きだす。王も無表情のまま北へ歩きかけたが、すぐに振り返ると、去って行く日本人の後ろ姿を一瞬睨んだ。

憎々しさのこもった目。

南北に別れて歩きだした二人の距離が二〇メートルほどにまで広がったところで、白戸は北へ向かう王を追尾し始めた。谷と安藤に、現在地と向かっている方角を電話で知らせる。

どうにも解せない。

王が垣間《かいま》見せたあの表情。日本人によるなんらかの脅迫に対する感情の発露と考えるのが自然だが、脅迫されているのであれば、密航船で日本から去ればいいだけのことだ。

王には、脅迫を受けてもなお日本にとどまる理由があり、その弱みを日本人におさえられている可能性が高い。

五年前の強盗殺人事件で同胞の仲間を二人刺殺している王が、誰か同胞を人質にとられているとは考えにくい。日本に未練があるとすれば、この国で展開しているであろう稼業についてだろう。あの日本人もキナ臭い。しかしなんの確証もない今、王を逮捕することだけ考えるべきであった。当時二一歳の日本人女性と同胞の中国人二人を殺害した罪人を、捕まえないわけにはいかない。

後方を確認すると、安藤が近づいてきていた。

「あれ……ですね。灰色のズボンにくすんだ色の上着の」

「そう。さっきまで、胡散《うさん》臭い日本人の男と一緒にいた」

「胡散臭い日本人？　その人物もホシですか？」

横に並んだ安藤は困惑した表情を見せた。

「いや、手帳には載っていない顔だった。ともかく、三人殺してる王の逮捕が優先だ」

しばらく無言で追尾していると、新大久保駅のほうから南へ歩いてくる谷の姿が目に入った。

どの男が王龍李なのかにも、もう気づいているらしい。視界に入っているはずの白戸や安藤へは一切目を向けない。

「視認してくれるみたいだな」

「ですね」

谷と王の距離が次第に縮まってゆく。

そして擦れ違った。

谷は胸の前で〈当たり〉のハンドサインを作った。

王は自分の顔を視認されたことにも気づいていない様子だ。

「パトカーの応援を呼んでくれ」

「わかりました」

白戸は安藤に頼むと歩く速度を上げ、すぐに谷の元へ寄った。

「ホシに間違いないです」

「俺が呼びかけする。利き腕はどちらかわからないが、いつも通り頼む」

「了解です」

やがて新大久保駅が近づいてきたところで、王は右の小路《こみち》へと曲がった。電車に乗らなかったことに安堵する。白戸たちは七メートルほどだった距離を五メートルほどにまで詰めた。古びたアパートに、ラブホテル。この近所に住んでいるのだろうか。後ろを一瞥すると、少し距離を置いた所で安藤が無線に向かって口を動かしていた。

「人気も少ないし、チャンスだ。行くぞ」

「はい」

一気に距離を詰めた白戸は、王の横隔膜の動きに自らの呼吸を同調させ、呼気に声をのせた。

「王さん」

反射的に王は振り返り、首を戻したかと思うと二度見した。

「王さん、私ですよ」

王は足を止めた。怪訝そう、というより、怒りに近い顔だ。

「王龍李さんでしょう？　覚えてないの？　私のこと」

日本語読みされた姓名に関して、特に否定はしていない。もっとも、白戸が何を言っているのか聞き取れていないという可能性はある。

「………」

先の男以外の日本人ともつきあいがある、もしくはあったということか。白戸と対峙《たいじ》する王の右横を、長身の谷がそれとなく固めている。すぐ谷の意図に気づいたのか、王は一瞬身体を震わせた。

「王さん、警察です。わかるよね？」

無言のまま白戸を睨み続けていた王の視線が、少し左へずれた。

直後、白戸は左肩を背後から摑まれた。

反射的に殴るためのテークバックをとりながら振り向くと、そこにはスーツ姿の同年輩の男がいた。

「なんだ、あんたら？」

一目で、堅気ではない人間だとわかった。

「警察だ。捜査中で、今から検挙だ」

「ふざけるな、邪魔をするな」

「邪魔？　誰だおまえ、公務執行妨害でパクられたいか？　それが嫌なら消えろ」

男はいまいましげに睨み続けている。

白戸の他に王を張る人員が少なくとも一名はいたということになるが、待ち続けた三〇分間で、白戸は気配をまったく感じていなかった。

ただちに王へ振り向くと、白戸は有無を言わさず谷とともにホシの両腕を片方ずつとった。

「馬鹿が」

凄《すご》んでくる張り込み要員を無視して白戸と谷で王の身柄を確保すると、小路の向こうに安藤とパトカーが姿を現した。

それに気づいた張り込み要員はパトカーとは反対側の東へと歩きだした。

張り込み要員の背に向かい、王が何かを叫んだ。

しかし男は軽く見返すのみで、去って行く。

パトカー二台が近くまでつけられ、制服警官たちが降りてきて白戸たち三人を囲んだ。若い警官が、ぎこちない動作で王の身体捜検を始めた。強盗殺人犯を前にして、各々が顔を緊張させているのがわかる。おそらく彼ら全員、そして安藤や谷、白戸自身にも、人を殺した経験はない。殺人という方法で一線を越えてしまったにもかかわらず男の目はどこまでも普通で、単に季節の変わり目の体調不良にうんざりしているだけのようにも見え、白戸の胃液は逆流する兆しをみせた。どんな危機的な場面でも庶民の雰囲気を失わない人間を見ると、きまって気分が悪くなる。命や生活、地位というものにこだわっている自分のほうが馬鹿なんじゃないかと価値観が反転しそうになった。

王は煙草と財布、携帯電話の他にボールペン型ナイフを所持していたが、身分証は持っていなかった。本人確認がとれなかった以上、正式逮捕は本署で指紋と手配内容を確認してからになる。白戸たち見当たり捜査員にしてみれば男の顔が王龍李そのものであることは間違いないが、その他一般の警察官たちは顔以外の具体的なデータの一致という確証がとれない限り不安らしかった。

王をパトカーに乗せると、白戸は安藤に労《ねぎら》われた。

「二日連続ですね。尊敬します」

「ああ」

二日連続の逮捕。奇妙なことが起こるとは思う。そして王と接触していた男と、張り込み要員のことが気になってきていた。

「王の手配を出したのは、大阪ですね」

谷に言われ、白戸はそのことに気づいた。

「今日中に移送、だろうな。谷に付き添ってもらうから、安藤は一人で見当たりをやっててくれ」

「おみやげお願いします」

安藤の軽口に白戸はうなずき、張り込み要員が去って行った方角を眺めた。

新大阪行き新幹線の車内は空いていた。自由席の窓側に座る王は、窓の外へ目を向けており、時折、思い出したように睨むような目つきになった。これから服役生活に入るであろう王にとって、日本で同じ景色を見ることは二度とないのかもしれない。所轄で軽く行った尋問には何も答えず、終始無言でいた王は、大阪府警に引き渡された後も、何も自白しないつもりか。しかしそれに関しては、もう白戸の関与するところではない。

顔を見つけ、捕らえた。

職務は果たした。

王の真後ろの席では、谷が目を光らせている。

一〇月初旬、午後五時過ぎともなれば外はだいぶ暗い。車内の明かりが窓に反射し、王と、白戸自身の顔、それと反対側の席の窓が闇として映る。

王の身柄を引き渡しすぐ帰路につけば、日付が変わる前にはマンションへ帰宅できるだろう。遅くなる場合に備え一応千春にメールを送ろうか迷ったが、それなら帰宅時刻の読める帰路の電車内からでもかまわないだろうと思った。

逮捕時、王龍李は外国人犯罪者にしてはさしたる抵抗もしなかった。今こうして隣に座っている王の手元はジャケットで隠され、手錠は見えない。空き気味の車内で黙ったままの男の三人組は、傍《はた》から見ればどこかへ出張中の技術系労働者、であろうか。それくらい、静かだ。重罪でこれからの一生をほぼ刑務所で過ごすという見当が自身でもついているはずの王には、何か算段でもあるのだろうか。

後ろから聞こえてきた軽く短いいびきに白戸が振り返ると、谷が大げさに目をひんむき、寝ていないというアピールをした。

「つき合わせて悪いな、お疲れのところ」

白戸が言うと谷は首を横に振った。

「すみません、昨日は」

「昨日？」

つぶやいて白戸は気づいた。昨日、来るかと思った非番の谷は結局、小岩に姿を現さなかった。

「小岩まで向かってはいたんですが、途中の錦糸町《きんしちょう》で降りて昼間っから風俗へ行ってしまって……体力が枯れ果てました」

「枯れ果てたのか」

「はい」

白戸はうなずいて前に向き直った。己の内部に眠り硬化してしまっている衝動を積極的に燃え尽きさせるのは、右も左も見えないこの仕事には必要なことであるだろうと白戸は思う。谷が錦糸町で下車したのは正解だった。

しかし小岩の現場では白戸がパチンコ店でホシを挙げた。谷が来ていた場合、彼が挙げていたかもしれない。谷自身もそのことは考えていて、余計な後悔を背負い込んでしまったということも考えられる。自分が選ばなかった道のことばかりが大きく感じられてしまうのはこの仕事の宿命であり、王龍李のような犯罪者も、今日白戸の前に姿を現しさえしなければ、祖国へ帰り富裕者として老後を迎えられたのかもしれない。

六時半近くになった頃、車内アナウンスが流れた。もうすぐ新大阪駅へ着く。既に駅では大阪府警からの迎えが待機しているはずだ。

「立て」

先に立った白戸が促すと、王は仏頂面で目も合わさずにのそのそと立ち上がった。車両前方の出口まで、腕を組んだ状態で進む。後ろを谷が固めていた。まだ席に座っていたサラリーマン風の若い男が露骨に視線を向けてきたが、ここまですれば、異様さに気づかれても仕方ない。車両に静かに減速し始め、やがてホームへ入り、停まった。

ドアが開き、先に立っていた数人の後に続くようにして外へ出た。乗ってきた新幹線の空き具合に反して割と混み気味のホームで府警の人間を探すが、姿は見えない。改札の外で待っているのだろうか。逃亡のおそれのない新幹線車内であれば警護は二人でもかまわないが、ホシは三人も殺した人物だ。身体捜検の折に発見したボールペン型ナイフは既に没収済みとはいえ、車外では厳重な警護が必要である。背後にまわっていた谷が王の左腕をとり、ホシの両横を刑事二人で固める体勢になった。

用心して周りを見回すが、中国系の雰囲気の人物はいない。

否《いや》——

白戸の目に、黒キャップにマスク、眼鏡という格好の人物が映った。白戸たちのほうを向き、少しずつ近づいてくる。一八〇センチ近い長身に、大きめのＭＡ－１を羽織っている。内側に武器を隠し持っている可能性もあった。

「谷、黒キャップのあいつ」

「ええ、気づいてます」

強ばった声色の返事。白戸は王の視線を探るが、特に黒キャップの男を見ているわけでもない。演技なのか、王も知らない顔の仲間なのか、もしくは白戸たちの気のせいか。

ふと、王と組んでいた腕が重くなった。

王はホームにしゃがみこもうとしていた。

やはり王の仲間か。白戸は黒キャップの男へ注意を向け、腰の警棒へ手を添えた。

だが男はそこで立ち止まり、またふらふらと元来た方角へ去って行く。違ったのだろうか。

「おい、立て」

突如物怖《ものお》じしだした王を立たせようと谷が声をかけたが、応じない。白戸は少し屈《かが》んで王の目を覗いた。

瞳孔が開いている。

身体も痙攣《けいれん》していた。

「おい！」

白戸は王の頬を掌《てのひら》で張った後、すぐ周囲を見回した。王の異変に気づいた野次馬たちが視線を投げかけてくる。

直後、白戸の身体は固まった。

目の奥を緩ませる顔。

ありえない顔が一瞬、視界に入り、白戸の目を見て微笑んだ。

須波通——死んだはずの元刑事。

その顔を群衆の中に再び探したが、見つからない。

痙攣の弱まってきた王は、吐血し、やがて身体の動きを鎮めていった。


長時間の聴取を受け終えた白戸は、大阪府警捜査共助課の詰め所に通された。警視庁手配のホシを殺されたとしてもマズいが、府警手配のホシを殺されたという事態はもっとマズかった。長時間の聴取のうち、およそ半分は嫌みを言われ続け、白戸はそれに甘んじた。本庁へ戻ればまた同じように絞られるのであろう。谷への聴取は別室でまだ続けられているらしい。しばらく待っていると、ドアが開いた。

「久々やな」

「ご無沙汰《ぶさた》しております」

入ってきた老刑事に、白戸は立ち上がって挨拶した。

「えらい目に遭《お》うたな」

「私のミスです」

「まあ、座れや。聴取は済んだんやろ」

促されて座った白戸は、老刑事の顔へあらためて目を向けた。

森野順三《もりのじゅんぞう》警部。大阪発祥の見当たり捜査を洗練させ、全国へと広めた、伝説的見当たり捜査員。

白戸も五年前にここでみっちり二週間、森野から研修を受けていた。

「せやけど、逮捕された人間がなんで……」

殺されたのか。

「口止め、だと思います」

「そうやろな。鑑識の連中がまだ調べとる最中やけど、注射の痕《あと》が背中に見つかったからな。毒殺で間違いないやろ」

「ええ、外傷は他にないですから。……しかし、警護で私らがついていながら、お恥ずかしい限りです」

王龍李は、救助隊が到着する前に死んだ。新幹線改札口の外から駆けつけてきた府警刑事二人による非難と困惑の顔が、記憶に新しい。

「せっかく捕まえてくれたのにな」

「……しかし、死なせてしまっては」

「そういや、白戸、おまえ、二日連続で当てたんやってな」

白戸がうなずくと、森野も満足げにうなずいた。デスクワークだけこなしていればいいポジションに就きながら、今も現場をまわるベテラン見当たり捜査員。これまで九〇〇人以上のホシを、見当たりだけで挙げているという。

「とはいうても、東京に戻ったら、面倒やな」

「降格、もありえますね。覚悟してます」

白戸のしっかりした口調に安心したのか、森野はかすかに笑みを浮かべた。

「いや、改札の外で待ってたウチの連中にも問題はあったことやし、今回は痛み分けでうやむやで済むやろ。ウチも表面的には、それを認めへんかもしれんやろうが」

言われて白戸は気づいた。刺客が差し向けられた日に限り、大阪府警の刑事が改札の外で待っていた。運が悪かったといえばそれまでだが、人為的な力が行使されていたのではないかという、ありえない想像までしてしまうのを白戸は禁じえなかった。

「森野さん、実は聴取では話していないことがありまして」

白戸の告白に森野は真顔になった。

「ホシが倒れた直後……顔を、見たんですよ」

「顔やて？」

「ええ。ここで私と一緒に森野さんのお世話になり、四年前に死んだ、須波通、によく似た顔を、です」

「須波……仏《ホトケ》さんか」

森野は笑うでも怒るでもなく、ただつぶやいた。

「もちろん、そんなわけはないので、府警の他の方々には話さなかったんですが……。幽霊が、見えたってことです」

「それは……働きすぎやろ」

人間の脳は、見えないはずの顔を認知する。二つの目と口、という構図があれば、車のフロントも顔になる。光学的な偶然が重なったに過ぎない写真に幽霊の顔を見いだすのも、脳の為《な》すことであった。

「須波の顔を、見ようとしていたってことでしょうか」

「俺にもたまにある。それどころか昔より増えたわ、見える幽霊の数は……いや、ちゃうな、見たい幽霊の数、か」

須波通の幽霊を、見たがっていたということなのか。

思えば、池袋で安藤が当てた中国人の口から須波通の名を聞いてから、二週間も経っていない。よく似た顔に須波を重ね合わせたか、あるいは似ても似つかぬ顔に須波を見たか。

「そういえば、最近捕まえたホシも、私を呼び寄せ須波の名を口にしました」

森野が訝《いぶか》しげな目をした。

「中国人に顔が広かったようです。あいつが捜査共助課の刑事だったということを連中は知っていたかのようで」

仮に顔が広かったとして、四年も前に死んだはずの刑事の名前と所属を、人は思い出すものであろうか。自分が逮捕される、という極限状態でならそれもありうるのか。白戸にはわからない。

「須波の幽霊なら、俺も見たいわ。あんなに見当たりに向いとる人間も珍しかった。今も全国からの研修を引き受けとるけど、度々思い出す」

森野の語るとおりで、生前の須波の見当たり能力は優れていた。

膨大な記憶量、相貌識別能力、そして雑踏に溶け込む才覚。

黒キャップの男は囮《おとり》で、白戸がそちらへ注意を向けている隙《すき》に、背後から忍び寄った何者かが王の背中へ注射針を打ち込んだ。そのことに、護衛中の刑事二人が気づきもしなかった。

幽霊の仕業、としか思えない。

7

部屋の隅に置いた目覚まし時計の音で、目が覚める。ここが寝室でなく和室であるということをまず白戸は認識し、次に、掛け布団を足で蹴飛ばす。身体を包むうっすらとした冷気に季節の移り変わりを感じながら、目覚まし時計のボタンを押し、スヌーズも解除した。

この目覚まし時計で目覚めたということは、千春は今日非番か。千春が出勤日前日にセットする設定時刻より、白戸の設定時刻は二〇分ほど遅い。起き上がり、水を飲んでいると、寝室から千春が出てきた。

「おはよう」

「おはよう……今日仕事？」

「いや、休みだよ」

そう答えると彼女はトイレへ入った。非番の日に七時台に起きるとは珍しい。しかも昨晩は白戸より後に帰ってきたはずで、午前一時近くだったはずだ。トイレから出てきた千春は二度寝しに寝室へ戻るかと思ったが、リビングのソファーへ腰を下ろしテレビを点《つ》けた。

「あ、ひょっとして今から暗記？」

チャンネルをザッピングし始めた千春に訊かれ、白戸は首を横に振った。

「いや、まず飯食うだけだからいいよ、点けてて」

「ご飯作ろうか？」

「いい。お腹空いてないだろう、千春は」

立ち上がりかけた千春は再び腰を下ろした。冷蔵庫の中にある残り物を適当にレンジへかけ、タイマー炊飯されたご飯を茶碗によそう。二人用ダイニングテーブルに一人で座って食べる。テレビへ目を向けると、ニュース番組を見ている千春の横顔も一緒に目に入った。

番組は天気予報後のＣＭ明けに芸能コーナーへと切り替わり、昨日二度目の来日を果たした韓国人男性タレントについて報じている。

「この人、前回来た時に見たことある」

画面を指さしながら言った千春に、白戸は苦笑した。

「どこで？」

「湯島」

「湯島？　だってこの人まだ二度目の来日だろ？　一度目の時になんだって湯島へ行くんだよ。菅原道真《すがわらのみちざね》に祈るわけでもないだろうに」

「でも、本当にいたんだって。友達と一緒にいた時に見たよ、あの顔」

「千春、ファンだったの？」

「ファンじゃないけど、ドラマの再放送を何回か職場の昼休み中に見た後だったから、間違いないよ。湯島の辺りって有名な天ぷら屋とかあるし、たぶんお忍びで行ったんだよ」

「原宿のとんかつ屋に行くエリック・クラプトンみたいにか」

「そうなんじゃないの？　とにかく、実際に見たんだってば」

本人がそこまで言うからには、見たというのは本当なのだろうと白戸は思う。テレビに出ている有名人の顔は、たとえ素人《しろうと》でも街中でちゃんと判別することができる。

「有名人の顔は、たしかに俺も捜査中に見かけたりするな」

「間違って挨拶しちゃったりするよね。私、七〜八年前、六本木でサッカー選手に挨拶しちゃったもん。サッカー見ないし名前もわからなかったんだけど、顔だけは知ってたから」

「そんなことあったんだ」

今さらそんなエピソードを知らされたことに少し驚いている白戸とは対照的に、千春は平然としている。顔を取り繕っているように見えるのも気のせいだろうか。

「崇正は最近、誰か有名人見た？」

「見たけど、名前はわからないな。バラエティー番組によく出てくる、東大卒とかいう若い女を新宿で見た」

「それ、有名人っていうカテゴリーなの？」

「たしかに……本当の有名人は、ターミナル駅とか繁華街を歩いたりはしないもんな。もっぱら車移動で」

「でも、それもなんか窮屈だよね。狭い世界というか」

「窮屈……そうかも、な。湯島にもお忍びでなきゃ来られないとか」

やがて立ち上がった千春は洗濯機をまわしに行き、戻ると白戸と入れ替わりに朝食をとり始めた。間続きになっている和室で仕事着――といっても単に機動性重視の私服に過ぎないが――に着替えながら、白戸は尋ねた。

「今日は仕事、じゃないんだよね？」

「うん」

千春は箸を動かしながらうなずいたが、その先を自分から話すわけでもない。非番の日に彼女がちゃんと朝食を食べること自体珍しく、午前中から外出の用でもあるのだろうか。

「出かけるの?」

「うん、OL時代の友達と」

着替え終えた白戸はリビングのソファーに座り、ナイロンバッグの中を少し整理する。

「崇正は今日、どの街に行くの?」

「今日は、これから俺だけ本庁に寄って、用を済ませてから銀座へ行くよ」

「銀座……あんなとこを逃亡犯なんか出歩いてるの?」

「捜査の裏をついたつもりになっている奴らが、たまにウロウロしてるんだよ」

「へえ」

「もっとも、気配がなかったら新橋か浅草辺りにでも移動すると思うけど。ところで千春は?」

「何が?」

「どこで友達と遊ぶの?」

「ああ……まだ決めてないや。新宿とか、表参道とか、その辺じゃないかな」

白戸は鞄を肩に背負い、立ち上がった。

「じゃあ、行ってくる」

「行ってらっしゃい」


捜査共助課のデスクへ朝一で寄った白戸は、ほぼ同時刻に登庁した第四班の三人といつもの空き会議室で近況報告をし合い、三人が出ていった後も一人で写真の記憶に励んでいた。

九時半頃という待ち合わせ時刻から少し遅れ気味の九時四八分に、部屋のドアが開いた。会議が催されている時以外、この小さな会議室は見当たり捜査員たちの記憶部屋として使われていることをたいていの刑事たちは知っていた。

「遅れてすまん」

「いや、わざわざありがとう、こっちまで来てくれて。本来なら俺が顔出すべきなのに」

「いいから。空いてるこの部屋がベストだし」

太った体軀《たいく》の小池《こいけ》は白戸の隣に早速腰掛け、白戸の顔を一瞥した。

「やつれているんじゃないか」

茶化すように言ってきたのは、彼なりの気遣いであろう。白戸は曖昧《あいまい》にうなずき、ため息をついた。移送先の新大阪駅で、大阪府警へ身柄を渡す前にホシを殺されるという失態。本庁へ戻ってきて何人かから咎められはしたが、それよりも誰もが気の毒だという顔をした。警視正でさえ、白戸の理解者であるかのようにふるまい、その実、目だけは面倒くさそうにしていた。大阪府警からの怒りの声が上にも伝えられているのだろうが、ここ本庁では誰しもが、厄介事を呼び寄せた部下を怒る気にもなれない様子であった。数千字にも上る陳述書を提出させられたのも記憶に新しい。白戸はそれを、古いノートパソコンを持参し深夜のファミリーレストランで書いた。血の一滴も出なかった殺人劇は幸いニュースにもならず、迎えの態勢が甘かった大阪府警との痛み分けということで処理されたのだろう。白戸の上司が左遷ということにもならないようで、組織に致命的なダメージを与えなかったという点でのみ運がよかった。

「春の異動で、よそへ移るかもな」

白戸のつぶやきをほとんど無視するように、小池は持参したＡ４サイズの封筒を長机の上へ置いた。

「資料だ。まあ、それに目を通しただけでは何もわからんが」

「助かる」

警察学校の同期だった小池と、白戸は昔から親交があった。以前ほど顔を合わすこともなく、ましてや飲みに行ったりもここ数年はしていないが、捜査情報の交換をすることはある。

小池の現在の所属は、警視庁組織犯罪対策部組織犯罪対策第一課であった。白戸が四日前に頼んでおいた依頼に応《こた》えるため、小池はこうして来てくれた。

「王龍李……いや、周《しゅう》と呼ぶべきか」

「周？」

「ああ。この仏は去年五月に一度、偽造パスポートで本国から日本へ渡ってきていたことがわかった。その記録が残っているだけで、こっちが把握できている限りでは、周名義で空路を使ったのはその一回だけだ」

「自ら蛇頭として密航の手引きをしていた奴が、空路を使うのか？」

「そりゃ、客と自分とでは違うだろ。トイレもない真っ暗な船倉の中で糞尿にまみれながら長時間海を渡るより、荒稼ぎしたポケットマネーの中から一〇〇万出して作った偽造パスで空を渡ったほうが、はるかにクリーンで安全だ」

大阪府で三人を殺した男が密航して逃げ帰り、空路を使って再び堂々と日本の玄関をくぐったとは。新大阪駅の新幹線専用ホームで最期を迎えた男の大胆さと、この国の玄関口の脆弱《ぜいじゃく》さに白戸は驚く。

「本名は王龍李で間違いないその人物は、密航組織蛇頭の一員であり、俺たち組対が目をつけていたある地下銀行の頭首でもあった」

地下銀行の、頭首？

「チャイナタウンの連中が日本で稼ぎ、本土へ送金する際、普通の銀行を通せば数パーセントの手数料を取られる。地下銀行の場合、手数料は一パーから二パーの間で、なおかつ汚れた金も扱ってくれる。客から金を受け取ると、本土の仲間に連絡してプール金から指定された口座や人物に金を渡すという仕組みで、需要は多いわけだ」

「逃亡の身であった王が、どういう形態で、そんな銀行を開いてたんだ？」

「同じ福建省出身の仲間がやっていた食料品店へ週に二度顔を出し、直接客に顔を見せないよう、慎重にやっていたらしい。そんな地下銀行は何十も東京にあるが、ほとんどは見つかっていない。今回、金融庁検査局に入ったタレコミをきっかけに調べが進められ、もうすぐで踏み込むというところだった。周があの王龍李だとわかったのは、大阪で、お前の横で殺されてからだ」

小池がパイプ椅子にふんぞり返ると、金属のきしむ音がした。

王が地下銀行の頭首だった。しかし、殺される理由がわからない。白戸の表情を読み取ったように小池が続ける。

「銀行もだいぶ繁盛していたみたいだから、同業者に恨まれていた可能性はある。二年間で三〇億円も動かしていて、それの一パーセントが儲《もう》けだとすると、相当な額だ。そしてもう一つ、蛇頭時代からの仲間の一人と、最近かなり仲が険悪になっていたことが考えられる」

「そっちも怨恨《えんこん》か」

「たしかにそうだが、怨恨というより、口止めに近いだろう。黒龍江省出身の張《ちょう》という男がいて、蛇頭稼業から足を洗い、三年前からパチンコのゴト師集団を率いていた。どうやらそいつもどこかで地下銀行を開いているという噂で、規模でいうと王のそれを上回っているらしい。日本のダミー会社のどこかに隠れている可能性が高いんだが、そこへは誰も行き着いていないし、たとえ行き着いたとしても、証拠をおさえるのは難しい。連中は手広く商売をやっているからどの商売でなのかはわからないが、王に恨みを抱いていた若い中国人の話によると、王と張がなんらかの商売において仲違《なかたが》いをしたのは確実だ」

それが二人の対立のきっかけになった。

対立……一緒に仕事をやっていたというのなら、互いに互いの弱みを握っている状態か。

「二人とも後ろ暗いことをしている分、互いにそれらのことを警察にチクられればおしまいだ」

チクられる前に、バラす、という選択か。

「あるいは……いくら怨恨を抱いていても互いのことを売る気はないままだったかもしれない。しかしその平行線をたどっていった矢先、王のほうだけがおまえら捜査共助課に捕まった」

白戸は横に座る小池の目を見た。

「警察に捕まった中国人は、決して余罪を自供したりはしないし、仲間を売ることもない。だが、恨んでいる知人がいて、減刑を目的にそいつの情報を喋るという可能性はある」

その可能性を考慮した張が、あの数時間のうちに刺客を放った、とでもいうのか？

「逮捕して大阪へ搬送するまで、たったあれだけの時間内に……ありえない」

「ありえなくはない。場所は大久保の手前だろう。連中の耳に伝わるのはごく自然なことだと思うが」

小池の言うことは、たしかに合理性を欠いているわけでもない。ただ白戸自身、その憶測を認めたくないだけであった。

「今のところ、王との接点の中で見えてきているのは、張だけだ。王が捕まって何か喋られたら困る奴が、他にもいるのかもしれない」

捕まった王に何かを喋られたら困る者。

「中華料理店の前で王と接触していた日本人、それとそいつとグルらしき張り込み要員に関しては、何かわからなかったか？」

「いや、まったく……。というより、おまえとあの部下からの供述を基に調べが進められているのかもしれないが、情報が少なすぎる。形式的な調査の域を出られるかどうかは……」

今のところ、王とあの日本人の繋がりは見えてこない。逮捕の妨害をしようとした張り込み要員の男に関してもそうだ。

そして、須波通の顔。

それだけは、大阪府警の森野以外には話していない。

在日中国人二世の恋人を殺された復讐《ふくしゅう》を遂げた後、車の中で焼死体となって発見された元刑事。

幽霊に殺される者が存在するわけない。


本庁を後にした白戸が銀座の街へ立ったのは、午前一一時半であった。電話で訊いてみると、谷も安藤も当たりなしらしかった。

老舗《しにせ》百貨店や外資系高級ブランド店、大手広告代理店や化粧品メーカーのビルといった建物が整然と並ぶ街に、低価格を売りとする服飾店や飲食店も混在している。不況の影響を避けることはできなかったようで、銀座という街の大衆化路線への変化は以前より進んでいた。

それだけ、犯罪者たちにとっても馴染《なじ》みやすい街となる。

視認できる防犯カメラの数、街を歩く制服警官の少なさからしても、新宿や渋谷より安全と考える連中は多いかもしれない。風俗関係の店がない分、男には縁がなくとも、女の手配犯が買い物目的で訪れている可能性は十分にある。以前、白戸は宝石店の店内で販売員と喋っている女を、ここ銀座で捕まえたことがあった。

中央通り——通称銀座通りを北東へ歩いていると、松屋の前で安藤の姿を発見した。

黒のクロップドパンツにベージュの七分丈コートというシックな格好は完全に街に溶け込んでおり、少しウェーブがかった髪も、いつもと少し違う。捜査のためというより、単純に彼女の個人的な自意識がそうさせたのだろう。世間一般の若い女たちとのズレのなさに健康さすら白戸は感じる。本当にメンタルが強いのは、必要以上に刑事をやってしまうタイプの堅物ではなく、安藤のように柔軟な人間だ。

松屋を通り過ぎた安藤はブルガリの入り口手前で立ち止まり、中を覗いている。

「ウィンドウショッピング?」

白戸の声かけに安藤は瞬時に振り返った。

「白戸さんっ……」

すぐに笑みを浮かべた安藤に、悪びれた様子は微塵も感じられない。

「いや、ひょっとしたら女のホシがいるかと思ったんですよ」

「誰か、買ってくれる人でもいるのか？」

「いないですよ。白戸さん、買ってくれるんですか？」

「そんな余裕はないよ。今年は、律儀に結婚式への招待に応じすぎた」

「断れないもんなんですか、やっぱり」

「形式とタテヨコの繋がりを重んじるからな、警察という大家族は……。ご祝儀だけで今年は三〇万近く使ったよ。間違っても、警官とはつき合うなよ」

「わかりました」

安藤は化粧で固めた顔に笑みを浮かべながらうなずいた。

「銀座って、あまり目的地も定めないまま歩いてると、迷いますよね。職業柄、こんなこと言っちゃマズいのかもしれませんけど」

「マズいよ、それは」

そう応えはしたものの、白戸は安藤の言うことも理解できる。東京の街にしては珍しく碁盤目状に整理された銀座の街は、逆をいえば、同じようなブロックが規則的に並んでいるだけであり、他の街と比べて迷い易い。複雑な土地利権の問題があっていくら都政の力をもってしても再開発を行えない新宿や渋谷とは、まったく異なる。

「白戸さん、谷さんには会いました？」

「いや」

「私もまだ一度も見ていません。新橋方面にいるんですかね」

大阪での一件以来、余計に自信をなくしている様子の谷を思い出すと白戸の心は痛んだ。ホシを挙げられていない見当たり捜査員が、ホシの移送にともなう警護も満足にこなせなかったのは二重の苦しみであろう。話に聞くと大阪でも本庁でも、谷は白戸より直接的に糾弾されたようであった。

やがて、東京メトロの地下通路を探ってみるという安藤と別れ、白戸は銀座通りの東に並んでいる昭和通りへ移動し、南西方向へと歩きだした。

歌舞伎座の前まで来た時、若い女性層で構成された二〇～三〇人規模の集団に出くわした。そこへちょうど、路肩に黒塗りのバンが停められ中から背の高い白人が出てきて、女性たちが殺到した。顔に覚えがある。たしかハリウッド俳優のはずだ。厳重な警護を前にして女性たちは俳優の半径二メートルにも近づくことができないまま、警護の黒人たちからも距離を置いていた。白戸は俳優の名前も出演作もまったく知らないが、顔だけは記憶にあった。

狭い世界、とは、千春が今朝言ったことだ。常に人目を忍んでの移動を強いられる世界的に有名な俳優と、繁華街を自由に歩く手配犯たちの世界は、どちらのほうが狭いのだろうか。

メディアへ顔を露出させている有名人たちの顔はそこらの素人たちにも認識されている一方、手配犯の顔などは白戸たち警察官の、それもごく一部しか認識していない。その観点からすれば手配犯という連中も、限りなく自由を謳歌《おうか》している人間の類に属しているといえた。

晴海通りを北西へと進んでいるうち、千春の後ろ姿とシルエットがよく似ている女と擦れ違った。擦れ違いざまに覗いた横顔も、少しだけ似ていた。

千春は今、ＯＬ時代の友達と、どこかの街で遊んでいる。今朝本人がそう言っていた。見当たりの場所を訊いてくるのもほぼ毎日のことであり、他になんの意図もないはずだ。

友達と行く場所は未定。いずれにせよ、白戸が見当たりを行う場所とはかぶらないのであろう。

ＯＬ時代の、友達。千春がＯＬ時代のことを語ることはほとんどないが、たまに詳細を語る度に、それを記憶として蓄積させる白戸の中で、矛盾点が多くなっていった。

そもそも知り合った場は、出会い系サイト上だ。

昔のことは、わからない。

六本木でサッカー選手に会ったと今朝話していたが、その手の有名人が足を運ぶのは、高級クラブの類である可能性が高い。そこへ千春が出入りしていた可能性。そういった業界で働いていたと言われるほうが、ただＯＬをしていたと話されるより信憑性《しんぴょうせい》がある。

しかし白戸は、そんなことにこだわりはなかった。

サイト上にアップされていた顔写真に惹《ひ》かれ、実際に会うようになり、以後五年間、白戸は彼女の顔に二人の五年間を刻んでいる。

これからどうなるのか。

それだけを気にすればいい。

8

明日で、無逮捕三〇日目を迎えることになる。帰宅した白戸は湯船に浸《つ》かりながらその事実を受け入れがたく思っていた。大阪府警へ搬送中に殺害されてしまった王龍李をカウントしなければば、三一日目となる。

一ヶ月前、二日連続で検挙できた際は、自分の職業的能力をうまく昇華させられたのかと感じたものだ。

しかしそこから一週間、二週間と経過し、今日で二九日目の空振り続きとなってしまった。見当たり捜査員として街に立ち続けた五年足らずの間に、絶好調の時期は何度か訪れており、それと同じ数だけ絶不調の時期もあった。

一年目の逮捕者数が合計一一人、五年目の一一月現在の逮捕者数が合計八人。月に一人程度というペース自体は、そう変わりない。白戸は湯船に鼻の下まで顔を沈めた。

手配犯を自然に振り向かせる声かけの技術、身柄確保のやり方などは、始めた当初と比べ確実に上達している。昔は、せっかく見つけた手配犯への声かけに失敗し、さらに誤認逮捕の可能性を怖れ、みすみす雑踏の中でその背を見送ったこともある。今は見つけた顔を確実に捕まえることができるようになってはいた。

しかし。

手配犯の顔を記憶し、街中で見つける。

その能力だけに絞って考えてみれば、始めた当初と五年目の今で能力向上がはかれているかどうか、疑わしいものがあった。

認めたくはない。

しかし事実ではあった。

むしろ、退化している部分もあるとすら白戸は考えていた。

森野警部に師事した大阪府警での研修期間中から、白戸は手配写真を記憶するのは人一倍得意であった。たとえば写真の顔と名前を一致させるカルタ遊びのような訓練で、白戸は他の研修生たちの倍近くを当てた。

大阪から全国に広まりつつある見当たり捜査員の、顔写真記憶数の平均はおおよそ三〇〇人分だといわれている。白戸は、初年度から四〇〇人分記憶し、一人だけ分厚い顔手帳を持ち歩いていた。その能力を少しずつ向上させ、今は五〇〇人分の写真を記憶し、他の班員二人にもそうさせようとしている。

それだけ多くの顔を記憶しているはずなのに、逮捕数は平均的な見当たり捜査員とそう変わらない。

プラスを相殺するマイナスがあるということだ。

昔と比べ、脳が視覚情報を余計なフィルターへ通すようになったのではないかと白戸は感じていた。

経験が浅い頃は、見てピンときた顔があれば、そのまま意識を対象者へ向けることができた。場所や状況に関係なく、顔だけを追うことができていたのだ。

その能力の発露として、ある人物を、考えうる行動シミュレーションパターンからするとその人物にはふさわしくないような場所や状況下で発見することが、昔はもっと頻繁にあった。

広島で手配されていた初老の元ヤクザを多摩のサンリオピューロランド入り口前で見つけたことがあったし、連休を利用して訪れた富士山七合目の山小屋で誘拐殺人犯の女を見つけたこともあった。

そういった発見が、職歴を重ねるごとに減っていった。刑事のシミュレートの範囲外で現実のこととして実際に起こっている奇怪な出来事の視覚情報を、昔はそのまま素直に脳へ受け入れることができていたのだ。

膨大な量の見間違い事例数、失敗の可能性、怠け、疲れ——負の要素が長期にわたって積み重なり、不要なリスクを避けるようになってしまっていた。想定の範囲内でしか現実を見ようとしなくなっているという怠慢ぶりを、自覚はしても、なかなか変えられないでいる。

所轄の刑事課や生活安全課時代と比べ、努力した分だけの成果を生み出せるわけではない辛《つら》さ。因果関係を探ってゆく通常の捜査であれば、可能性をしらみつぶしにしてゆくという点で、無益に思えるどんな捜査にも意味はある。

一方、見当たり捜査では、当たり以外はまったく意味がない。

ハズレの日々……意味のない日々を、白戸は二九日間連続で過ごしていた。

音をなるべく立てないよう風呂から上がり、体を拭《ふ》き下着だけ穿《は》くと、脱衣所に置いていた携帯電話からメールを打ち込んだ。

〈予定変更。明日は北千住《きたせんじゅ》じゃなく、浅草で。〉

谷と、明日非番である安藤にも一応送信する。

明日で連続不逮捕一一三日目を迎えてしまう谷遼平は、白戸以上に心の平穏を求めているはずであった。

浅草は、谷が初めて見当たりに成功した場所だ。

朝から小雨が降っていた。

幸い、傘をさすほどではなく、なんとか見当たりを続けられた。

しかしもっと大降りになり、人々が傘で顔を隠すようになってしまえば、新橋や汐留《しおどめ》の巨大地下通路等で見当たりするほかなくなる。

一一月の雨天日の気温は予想より低く、着てきたナイロンパーカーが薄すぎたと白戸は後悔したが、夏の暑さよりはマシだと思い直す。体質的に、ブタクサ花粉が飛び交う時期の晴れの日もかなりきつかった。

九時半に一度、東武伊勢崎線浅草駅の前で待ち合わせて会った際、谷はひどい顔をしていた。端的にいえば、他者の視線を意識しなくなっている者の顔だった。といっても、なにも意味なく笑っていたり睨んだり唇を舌で舐《な》め続けたり痙攣のようなまばたきをしたり能面のような無表情だったりするわけではない。自分の精神状態をコントロールするためだけに、表情が先行して作られている状態だ。

人の心は、顔の表情に左右される。何も可笑《おか》しいことなどない時でも割り箸を口に挟み口角を上げるだけで、笑っている時と同じ脳波が出てくる。表情による一種の精神コントロール法だが、それがゆきすぎると、表情が精神状態の誘導だけに使われるようになる。普通とは逆だ。逆のことをしてなんとか精神を保っているのが、今の谷である。傍目《はため》には気づかれないだろうが、彼と関わりの深い者であれば、数分も接していると気づく。刑事の顔を取り繕うことによって刑事の精神を保とうとしたりもする。しかし、それは、一般人として街に溶け込まなければならない見当たり捜査員としての職務に支障さえきたすだろう。そしてその心配は白戸自身にも及んだ。

自分も、無理に刑事の顔を取り繕うことで目をつぶっていることがあるのではないか。五年前、携帯電話の電子ディスプレイ上に浮かんだ女の顔が、記憶を想起している今現在の白戸を見つめていた。

一一時を過ぎた頃から、少しだけ雨粒が大きくなった。白戸は雷門《かみなりもん》の側に移動し、北の浅草寺《せんそう》へと百数十メートル続く仲見世《なかみせ》通りを眺めた。雨をしのぎながら見ている限り、さきほどよりは傘をさす人の数も増えている。かといって、人通りが目に見えて減ったわけでもなかった。若年層こそ少ないものの、中高年たち、特に二人以上の集団が多く、そのような人たちは小雨くらいでは予定を変えない。健康に恵まれた肉体をもつ若者たちのほうがよほど、天候や気分やバイオリズムに左右されて行動する。

手配犯たちもそれに近い。法を破るリスクより、法を破ることで得られる目先のメリットを選んでしまうという短絡性に精神を支配されている。先天的に、気分屋の性質を有している場合が多く、そういった連中は小雨の降る浅草に足を向けたりはしないように思う。

しかし、そうではない連中を、逆に今日みたいな日には見つけられるかもしれない可能性がある。犯罪者たちと親和性のある東京都内の繁華街で見当たりを行うことは多いが、効率を狙い同じような場所だけ攻めても、取りこぼしができる。

一一時半を迎え、この街で見当たりを開始して二時間が経過した。ゆっくりとしたペースで門をくぐって行く人々の顔に、記憶はない。

犯罪の気配が、悪意の気配がまったく感じられない時間が、時折白戸の中に流れた。

それは恐ろしかった。

自分の意志や勘、読みといったものとはなんの繋がりもないところで、現実の世界は進行しているという真理。それをつきつけられている気がする。

自分の意志とは無関係に進行する圧倒的に不可解な現実というやつを、なんとか一個人の意志世界へと無理矢理繋ぎ合わせ、己の存在意義を確立させるほかない。

今より肉体的に過酷であった所轄の刑事課や生活安全課時代は、そのような恐怖に襲われたことなどただの一度もなかった。むしろ、不完全な社会の真理や歪《ひず》みを自分たちで探り出し、それをコントロールできているかのような気にさえなっていた。

今日で無逮捕連続三〇日目。

その事実が、白戸の精神を衰弱させてきているのは確実であった。

因果関係がまったくないかもしれない世界で自分を奮い立たせるにはとにかく、単純明快でありながら絶望的に困難な任務を、達成するしかない。

白戸は思い立ち、携帯電話の短縮ダイヤルで谷へかけた。

——はい、谷です。

「おまえ、今どこにいる?」

——新仲見世通りの、マツモトとかいう鞄屋の前に立ってます。

「ちょっと手空いてるか?」

——ええ、当たりの気配はないですし……。白戸さん、当たりですか?

「いや、違う。よかったら、仲見世通りと新仲見世通りの十字路まで来てくれ」

――了解です。うかがいます。

門から離れ、仲見世通りを浅草寺へ向かって歩きだす。提灯《ちょうちん》に挟まれた通りの道幅は狭い上に、無数に並ぶ商店を物色しながら歩く人も多く、参拝客の流れにも規則性はないため、視認できる浅草寺の瓦《かわら》屋根は、なかなか近づいてこない。数十メートルという距離の割には時間をかけた末に、白戸は新仲見世通りとの十字路へ突き当たった。

羊羹《ようかん》屋の前で待っていると、巨大なアーチ状のアーケードで覆われた新仲見世通りを歩く人々の中に、険しい顔つきの大柄な男を発見した。ネイビーのトレンチコートを羽織っている男は、間違いなく谷だ。

あれは、マズい。

手配犯でなくとも、何か後ろめたい過去をもつ者が谷の姿を見たら、間違いなく関わりを避けようと思うだろう。気づいた谷が、ぎょろついた目を白戸へ向けた。

「おまえ、目つきヤバいよ」

やって来た谷に白戸が言うと、すぐにその目はいつも通りの柔和なものへと戻った。垂れ気味の目尻に覆われた大きな瞳は、優しさを醸し出すこともできれば、鋭い眼光を放つこともできる。

「本当ですか？　自覚なかったです、たしかにそれはヤバいですね」

「リラックスしろよ」

自嘲《じちょう》気味に笑う谷は同時に、呼び出された理由を探っているようでもあった。

「もう飯ですか？」

「いや……まあ、とりあえず浅草寺まで歩こう」

商店に挟まれた仲見世通りを抜け宝蔵門の前まで来ると途端に左右の景色が開け、右手に東京スカイツリーが見えた。

ごく短時間のうちに雨粒は小さくなり、ほとんど霧のような小雨になった。

「ひょっとして……」

宝蔵門の巨大な提灯の下を並んで通りながら、谷は口にした。

「願掛けですか?」

問われた白戸は真面目な顔でうなずいた。

「そうだよ」

「マジですか」

谷は笑いながらも歩を進める。

「でも、お気遣いありがとうございます。たしかに、今日で一一三日目ですし……約四ヶ月。それに、大阪では警護もままならず……」

白戸は首を横に振った。

「あの件に関してはつき合わせた俺が悪かったし、ここへ来たのもお前のためだけじゃないよ、俺も今日で三〇日目だ。一ヶ月を越えたら、もう自分のことで精一杯になる」

おみくじ屋とお札・お守り屋に挟まれた石畳の通路をまっすぐ行くと、巨大な壺《つぼ》型の常香炉があり、中年女性の参拝客の集団が頭を寄せ煙を手で黙々とたぐり寄せていた。

「俺たちもやるぞ」

「え……あの、身体の悪いところに当てるとそれが治るっていう、アレをですか?」

「ああ。本当に病気が治るのか頭が良くなるのかどうかは知らないが、あの煙、霊界と現実界の橋渡しをしてくれるらしい」

中年女性の集団が去ってから、小柄な若い白人青年と輪になるようにして三人で常香炉を囲み、存分に煙を浴びた。

「親に連れてこられた中学生の頃以来かもしれません」

「俺も……もう何年ぶりだかも忘れた」

「え、もっと頻繁に来てたんじゃないんですか？」

「なんでそう思う？」

「だって、霊界と現実界の橋渡しがなんたら、って……」

「女と同棲して一緒にテレビでも見てたら、その手の情報は自然と入ってくるよ。男だったら探ろうとも思わない情報が」

「なるほど……」

相手が警察関係者であるかどうかにかかわらず、結婚が昇進に関わってくる警察組織の中で、同棲相手のことなど軽々しく口にすべきではない。しかし白戸は、同じ班員である谷と安藤にだけは千春との同棲生活のことを話していた。彼らほど打算的でない警察官も珍しく、心を許せた。しかしながら、出会った経緯だけは話していない。

常香炉の右横にある手洗い場で手を清めてから、本堂を参拝した。

「勤務中に、いいんですかね？」

本堂の短い階段を下りながら、谷が口にした。

「何がだよ？」

「どっかの市役所の公務員が勤務中にキャッチボールしたとかで、叩かれたじゃないですか。我々も一応……」

「これも職務だよ。肩書きとしては公務員でも、見当たりは職人技の世界だ。精神のバランスを保つのも仕事のうちだろう」

白戸は谷の心をほぐすため微笑み交じりで言うつもりだったが、結局言い終わるまで顔の筋肉が全然それに従わなかった。微笑まなければならないところで微笑むことができなかったという点において自分も谷と同じように追いつめられてしまっていると白戸は自覚した。自分に余裕がない状態では他人に余裕をもたせることなどできない。

「白戸さんは、願掛けするタイプでしたっけ？」

五重塔をまわりこんで西へと延びる狭い通路を歩きながら、谷が尋ねた。

「願掛けは……たまにするよ。信じちゃいないけど」

「信じていないのに、ですか？」

「そういうものじゃないのか。正月になりゃ親族や恋人に付き添い初詣《はつもうで》もするし、盆には墓参りもするだろう。習慣と信仰の差なんて、紙一重だ」

「たしかに……信じなくても、形式的なものには従いますね、俺も。誰に強制されるわけでもないのに」

演芸ホールへ突き当たったところでいったん立ち止まり、逡巡《しゅんじゅん》した後、すしゃ通りを南へと歩きだす。

「この仕事をやってると、いかに自分の意識が、膨大な量の無意識に支配されてるか、実感するだろ」

「無意識……」

「そう。意識の上では雑踏の中でホシを見つける気でいて、対象の顔をちゃんと記憶していたとして、それでも、視覚情報を見落とすことはあるだろう。正視していたはずのホシの顔を俺は見逃し、一方ですぐ横にいた安藤は気づいた、なんてことが前に一度あった。ありえない見逃しを、無意識的に脳が行うってことなんだよ」

努力が通じない領域もある、ということに繋がっているのだろうか。白戸の禅問答はいつもそこで行き詰まる。

「信じていない奴こそ、願掛けはしておくべきなんだよ。せめて無意識下では心の平穏を得ておかないと。特に俺らみたいな、メンタルに左右される仕事に就いている奴は」

「なるほど……」

「谷、お前が初めて見当たりに成功した場所は、どこだ?」

白戸の問いかけの真意に気づいた様子の谷は、大げさに目を見開いた。

「ここです、単独行動時代に……それも考えての場所変更だったんですか?」

「さあな。そんな気もするし、俺が自分のためにどこかで願掛けしたい気分だっただけのような気もする」

「いや……お気遣い、ありがとうございます」

「何も考えずにやっていた頃の感覚、あれを思い出せたら、案外うまくいくかもしれないしな」

それだけ言うと白戸は手を挙げて左の新仲見世通りへ入り、そのまま南へと向かう谷と別れた。アーケードで覆われた新仲見世通りでは、当然のことながら誰も傘をさしていない。むき出しの顔の数々へ目を向けながら、白戸は煙の匂いを感じていた。

常香炉の煙だ。霊界と現実界の橋渡しをしてくれる煙の、匂い。

9

歩道橋に立っていた白戸は、くすぶった雰囲気の似たような男たちが多く行き来していることに気づいた。腕時計を見ると、一五時三三分だ。日曜夕方の、水道橋。

競馬の開催日だ。メインである第一〇レースのスタート時間が一五時二〇分として、ウィンズ後楽園から客たちが出てくる時刻としてはちょうどいいだろう。

この時間に駅へ向かうのは、優勝者インタビューにも、次の第一一レースにも興味はなく、賭《か》けの結果のみにしか興味を向けられない層だ。実際に競馬場へ足を運んだとしても、彼らは競走馬を肉眼で見るわけではなく、巨大なターフヴィジョン、あるいは競馬番組を映し出すワンセグ携帯電話の小さな液晶ディスプレイへ目を向けるだろう。

手すりへ寄りかかり通行人を眺めている白戸へ、ひどく痩せ細った色黒な男がゆっくりと近づいてくる。少なくとも総武線の秋葉原から新宿までの区間内ではどこにも売っていなさそうな藍《あい》色のナイロンジャンパーを羽織った男の足下は、茶色い革サンダルだった。嘘だろうと白戸は思う。貧乏を演じているのか、それとも単に競馬とは関係なしに普段通り生きている路上生活者なのか。革製に見えたサンダルが合皮製だとわかる距離まで男が近づいてきた時、白戸は伏せていた目を合わせた。

「……心の板金をよお、なあ、心の板金、承ります、わかりました、やりましょう、凹《へこ》みを直します」

男は白戸の視線をかわすように地面を見つめ、金をせびるような気配は微塵も見せないまま、呟きながら通り過ぎていった。息も吸わず、えらく長い一息に声をのせ続けるという、奇妙な独り言が耳に残った。

うかない顔をしている男が多い。競馬の結果に満足して帰る者のほうが少ないというのは当たり前だが、それにしてもである。一一月末の日曜ということは、ジャパンカップだろうか。G1レースであれば配当金の低い、下馬評とそう変わらないレース結果に終わる傾向にある。何かよほど番狂わせの展開にでもなったのだろうか。

関東のレース開催場所は、府中か、それとも中山か。いずれにせよ競馬場へ足を向けていてもよかったと白戸は今になって思う。実際に見つけたことこそないものの、第一班班長の大野警部が二年前、非番の日に足を運んだ中山競馬場で大阪府警手配の恐喝犯を捕まえていた。

今日で、無逮捕五三日目。

二日連続で当たりを叩き出してから、まもなく丸二ヶ月が経とうとしている。

潮時なのかもしれない。

白戸はぼんやりと人の行き来を眺めながら、そんなことを思った。

捜査共助課に配属され見当たり捜査員として街へ立ち続け、もう五年目だ。警視庁内における定期異動までの上限は基本的に五年であり、例外的にそれが一〜二年延びる場合もあるが、実質的には平均二〜三年で異動となる場合が多い。その事実と照らし合わせれば、白戸の捜査共助課五年目というのは長いほうである。

上がどのような評価で自分を捜査共助課に置いているのか、白戸自身ははっきりとはわからないでいた。平均的な見当たり捜査員より年間逮捕者数が少しばかり多いというだけで、格段に多いというわけではない。大きなマイナスがない、という理由で、惰性で今のポジションに置かれているに過ぎない。

あと四ヶ月か。

来春期の定期異動で他の部署へ異動になる可能性は、今までより高いと白戸は見ている。五年という在任期間、月間検挙者数のバラつき。

そして、移送警護中の容疑者を殺されるという失態。結果的に痛み分けになったとはいえ、大阪府警から本庁への恨み言が相当なものであったと知っている分、白戸は覚悟ができていた。

今の仕事に愛着や未練があるのかどうかは、正直わからない。

仮に再び所轄の刑事課に配属されたとして、以前と同じように刑事面して自分を奮い立たせることができるかどうかも、また怪しかった。

世で起こることのすべてに因果関係を見いだし、制御できると思い込む。それが、あそこにいた時の自分の姿だ。

犯罪者を捕まえる、という同じゴールを目指していても、捜査共助課で五年も過ごしている自分と西新井《にしあらい》署の刑事課や葛西《かさい》署の生活安全課時代の自分とは別人である——白戸は自覚していた。

同じ顔をした別人に、再びなることができるだろうか。

腹まで響く低周波音は、ＪＲ線から伝わるものだろうか。いったんはそう感じた白戸も、すぐに東京ドームから響いてくる低音に気づいた。

音楽ライブが始まったのだろう。時計を見ると午後五時八分だった。ウィンズ近辺から競馬客たちがいなくなるのと入れ替わりに、ドーム方面へ向かう若い女性の姿が増えていったのも記憶に新しい。この時間帯、じっと一ヶ所に立ち続けているだけだと体内で代謝が行われず、肌寒さを感じるような季節にもうなっている。

競馬客たちが流れてくることを見越しＪＲ線ガード下近辺の飲み屋街に立っていた白戸だったが、犯罪者どころか、競馬の客たちの気配もあまり感じなかった。不況もくるところまできて、憂さ晴らしに飲む余裕ももてずに、皆おとなしく家に帰ったということだろうか。ガード下をくぐりＪＲの改札口に出たとき、真上に位置する水道橋駅ホームから、アナウンスが聞こえた。人身事故のため総武線の下り線が運転を見合わせ、振り替え輸送を実施しているという。どこの駅や区間で発生したのかは聞き取れなかったが、この駅で起こっていてもなんらおかしくはない。全財産を賭けた勝負でハズレを引き、彼岸へ行くという選択肢しか見えなくなってしまった人間も、いるだろう。それが劇的かそうでないかの差だけであり、同じような状態の人間はどこにでもいる。

そう納得したつもりでも、白戸はやるせない気分に陥っていた。公務員であり、おまけに浪費もしない自分が、どうしてこんなにも鬱屈《うっくつ》しているのかわからない。約二ヶ月間も手配犯を捕まえていないのが原因か。だが、逮捕したところで、もやがかかったようなこの感覚がすべて晴れるとも思えない。この先何ヶ月間、一人も逮捕できないまま過ごしたとしても、退職を勧告されることなどなく、黙って異動させられるだけだ。一般的に本庁からの定期異動は所轄署へ出ることになる。たとえば所轄署で窃盗や詐欺の担当でもするようになれば、今よりかは精神的にだいぶ楽になるかもしれない。だがそれも、はっきりとはわからない。

午後七時半をまわっても白戸にはなんの成果もなく、班員二人からも特に重点確認要請の連絡はなかった。

今日はもう切り上げるべきだろうか。そんなことも意識しながら最後のひと踏ん張りをしようと、白戸は水道橋駅ガード下から移動し、再び神田川の上にかかる歩道橋を北側へと渡った。東京ドームシティへと足を踏み入れる。

右手に見えるジェットコースターや観覧車等の電飾が華やかで、こんな時間でもまだ子供連れの客が結構いる。

左手に位置する東京ドームへは近づけば近づくほど、聞こえていた潮騒《しおさい》のような音がクリアになってゆき、それが歓声なのだと聞き分けることができた。

ドームの正面ゲート付近に、知っている顔を見つけた。ポケットに手を突っ込んで立っている女は、安藤だ。周りにドームスタッフとごく少ない通行人しかいないような場所に立ち、班長から告げられる撤退の知らせを待っているというところか。諦めムードを漂わせていた。

白戸が歩み寄ろうとすると、安藤も白戸へ目を向けた。

「今日は駄目か？」

「まだ駄目です」

白戸からの問いに安藤はそう答え、続いて腕時計を確認した。

「もうすぐですね」

「何が？」

「八時に、コンサートが終わるんですよ。ドームの契約は時間制限が厳しいので、終了時刻がいつもより遅くなる、っていうことはないんですよ」

安藤はまだ帰るつもりではなかったらしい。白戸が訊くと、ドームの中ではある有名男性アイドルグループのコンサートが行われているという。

「コンサートが、八時に終わる、ってことは……」

「そこから三〇分くらいかけて、客たちがぞろぞろ外に出てきます。それが今日最後の見当たりチャンスっていうところですかね。チケットは一〇分で全席完売したらしいので、要するに、五万人が出てくるということです」

「五万……か」

すっかり帰るつもりでいた白戸は、まだやる気でいた部下を前に自省した。

「コンサートって、終了時刻はまちまちなんじゃないのか？」

「あの事務所は全グループ、平均から大きくずれこむことはないですからね。例年と同じなら、八時で終わります」

「詳しいな」

「友達に熱狂的ファンがいるんですよ」

そう言いながら微笑む安藤は、同じ見当たり捜査員とは思えない健全さにあふれている。白戸は少し勇気づけられた状態で、谷へ電話をかけた。

――はい。

「俺だ。どうだ、様子は？」

風のノイズがスピーカーを通して白戸の鼓膜を撫でた。谷のため息だったのか、それとも単に呼気が内蔵マイクに直接当たっただけなのかはわからない。

――駄目ですね……。

粘る気も失っている声。白戸同様、もう帰る気でいる。

「そうか。……そんなお前に、今日最後のチャンスだぞ」

――チャンス？

「安藤いわく、八時でドームのコンサートが終わるらしい。そうしたら五万人の客たちが、一斉に帰路につき始める」

――なるほど。

聞こえてくる声に、わずかばかりの生気が宿った。

――白戸さん、安藤と一緒、ってことですよね？　どちらにいらっしゃるんですか？

「俺たちは今のところドームの正面入り口にいる」

――……ってことは、ＪＲ線への客はカバーできてるってことですね。それじゃあ自分は、三田線の水道橋駅でスタンバイすることにします。

「察しがいいな」

――必死なだけですよ。

通話を終えた白戸は安藤に客層を訊いた。出演するアイドルたちは皆二十代半ばで、有名大学出身の者もいれば演技派とされる者もおり、ファン層は幅広いという。下は小学生から、上は六〇代まで。

「若い女だけかと思った」

「私の母くらいまでの年齢層なら、ざらに来てるはずですよ。息子のようにかわいがる感覚、なのかもしれないですけど。あと、娘の付き添いだったり。地方からも結構来ますから。九州から来る人なんかも」

「そんなに遠くから？」

「ええ。もうすぐ、ナンパ師まがいの男たちがチラホラ現れる頃ですよ」

「……というと？」

「五万人もの客のうち、何割かは遠征組なんですけど、この近辺のホテルは全部埋まっちゃってるんですよ。もちろん東京ドームホテルなんてチケットの発売と同時に全室予約で埋まっちゃったはずで」

「だろうな」

「そうすると、帰れない子たちも出てくるんですよ。そういった子らは、とりあえず翌朝まで時間を潰《つぶ》すしかなくなるんで、いかにも暇そうな素振りでドームの周りをウロつき始めるんです」

「……お持ち帰りされるのを自発的に待つってことか？」

「らしいですよ。それ狙いで集まる男の中からなるべく危なくなさそうなのを選んで、寒さをしのぐんでしょう」

「世も末だ」

「グループの大ファンで、遠征組で、寒さが嫌いなら、そんな気になっちゃうのも理解できなくはないですよ……もちろん私はしませんけど」

あと十数分で、午後八時を迎える。


外野席入り口から出てくる客を狙う白戸は、人待ちを装い、後楽園を背にして立っていた。出てくる客のほぼ全員が手にしているのではとも思えるサイリュームの明かりが、辺りを覆っている。青や赤、緑、黄といった、極彩色の蛍の群れが都心の一角を飛び回っているかのようだ。物販ブースで買ったらしき同じようなウチワもみんな持っており、中には自作とおぼしきウチワやプラカードを紙袋からのぞかせている客もいた。

若い女だけかと思っていたが、安藤が話していたとおり、客の年齢層は広い。子の付き添いやカップルの片割れであるらしき男性客の姿も、全体の一割にも満たないがいるにはいる。会場を後にする最初の一群を目にしたのが八時一〇分頃で、そこからさらに一〇分ほど経った今、出てくるペースはあまり変わらない。多くの人々が高揚気味で、夕方目にした後楽園ウィンズから出てくる競馬の負け客たちとはずいぶん違うと白戸は思う。

ふとあの感覚が湧き、白戸は眼球の動きを脳からの指令に従わせた。導かれる、といった感じで、女二人組の片割れに目がいった。まだ二〇代前半とおぼしき華奢《きゃしゃ》な女の隣を歩く、三〇代の女。茶色のツィードジャケットの下に穿いたスカートから伸びる脚は長く、そのくせ狭い歩幅でせわしなく歩く。

まるで変わっていない。いや、むしろ若返ったか。

白戸は元恋人の姿を眺めていた。千春とつき合う前に別れた彼女とは、新宿伊勢丹《いせたん》の前で非番の日にバッタリ遭遇したことはあったが、互いに曖昧に微笑むだけで何も言葉は交わさなかった。女は白戸のいる方向へと近づいてきており、視界には入っているはずだが、昔の男の存在に気づいている様子はない。別れてからすぐ警官を辞めた彼女が今何をしているのか、既婚なのか独身なのか、白戸は一切知らなかった。片割れの若い女は、職場の部下だろうか。日曜にアイドルグループのコンサートへ行くような過ごし方をする性格にこの六年で変わっていったのか、もしくは彼女自身は全然変わらず、白戸にずっと見せることのなかった顔を秘めていたというだけのことか。

喋りながら接近してきた二人と白戸の距離が二メートル未満になった時、女の視線が一瞬自分に向けられた気がして、白戸は通り過ぎて行った女の後ろ姿を目の端で追ったが、女は振り返ることはなかった。気づかれなかったのだろうか。それにしては不自然な状況だ。元婦人警官だった彼女も元恋人の姿にはちゃんと気づき、意識的に二度見を避けたのか。彼女は、白戸の西新井署時代までしか知らない。本庁の刑事部捜査共助課で見当たりに従事しているとは知るわけのない彼女がコンサートの帰り道に元恋人の顔を発見したものの、状況の不自然さから無意識に脳が無視を決め込んだか。

もしくは、ただ単に白戸の顔には気づかなかったという可能性もある。

俺の顔は、消えたか？

そう考えている白戸も、彼女に未練があるわけではない。未練を残すようであれば、別れる直前の半年間もセックスレスで過ごす、などという変態的なことにはならなかったはずだ。まだ若かった当時の自分たちには、管轄の外でしか会わないという制約にむしろ情熱を感じるという余裕があった。東京の外、舞浜《まいはま》や横浜、伊豆《いず》でたまにしか会わない関係だったからこそ、七年も続いたのだと白戸は思う。警官同士の交際が発覚すれば周囲からは結婚する前段階とみなされ、その期待を裏切ると職場には居づらくなる。当時白戸は結婚する気がなかったわけではないし、それは向こうにしても同じだったはずだ。秘密にすることから派生するスリル自体を恋だと思い込み、それを何年も楽しんでいるうち恋愛感情自体は冷めてゆき、二人の間にはやがて手間のかかる交際形式という儀式めいたもの以外、何も残らなくなっていた。別れて六年も経つ今となっては未練もない。警察官を辞める人間は、多い。彼女は堅気の世界で、うまくやっていけているのだろうか。ただ未練がないというだけで、幸せに暮らしていてほしいとはごく自然な感情として思う。やがて元恋人の姿は見えなくなった。

白戸の他にも人待ちをしている人間が何人もいて、男も数人いた。彼らが、安藤が言うところのお持ち帰り目的の男であるかどうかはわからず、むしろ周りから白戸自身がそう見られるのが自然だと感じる。八時半近くともなると、外野席出入り口から出てくる客のペースもだいぶ落ち着いてきていた。

正面出入り口前の広場に移動すると、そこはまだ人口密度が高かった。とても安藤一人ではさばききれないはずで、その安藤の姿も見つけられない。

溜まっている群衆にも、いくつか種類があった。駅へ向かっている途中だが単に歩みが遅い者たち。人待ちをしている者たち。ライブ後の余韻をさらに楽しむことを目的として徒党を組んでいる者たち。そしてどこへ行くわけでもなく数歩進んでは立ち止まり、また全然違う方向へ数歩進んでは立ち止まって辺りを見回す、人待ちとも違う少女たち。あれが、お持ち帰りされるのが目的の宿なし少女たちなのか。いずれにせよ、売春の現場を思わせる男女のやましさは、白戸の視界のどこにもないように見える。

一時にこれだけの女の顔を見るのは、そうあることではない。女の顔を判別するのが比較的苦手である白戸はしかし、視界に入る女の顔から、十代から二十代前半までにしか見えない女は半ば自動的に除外して見ている。手配犯が昔と外見を大きく変えていたとしても、若作りに成功している例はあまりない。彼らは意識のある間じゅう、心のどこかではたえず発覚のおそれを同居させている。手帳に収められる写真を撮られた時点から、常人よりも確実に早く老け込むのが常である。

恰幅《かっぷく》の良い初老の警備員が一人、正面出入り口から小走りで雑踏の中へ消えていった。何かトラブルでも起きたのだろうか。紺色の制服は、警察OBの再就職先として知られる有名な民間警備保障会社の物であるが、目つきだけは刑事そのものであった。平均寿命が六二歳といわれている交番勤務の警察官を定年まで勤めあげ、それ以後も働き続ける。それだけで十分立派だと、白戸は敬意を抱いた。定年までだとして、白戸は自分がこの先あと二一年間も警察官を続けるということを、うまく想像できなかった。辞める、などという選択肢を選ぶ自分も想像できないが、かといって警察官をやっている自分の顔も想像できないのだった。

白戸と同年輩の男が、小学校二年生くらいの背丈の女の子の手を引いて水道橋駅方面へと歩いている。後ろに続いている同年輩の女は妻だろうか。特に着飾ってはいない。それどころかどちらかというと安っぽい地味な服を着ている夫婦は、甲高い声で喋り続ける娘を連れ、とても幸せそうな表情を見せていた。

依存し合っている者たち同士の繋がり。そこにしか生まれない幸せの種類があるのだと白戸は感じた。子は親に依存し、親は子に、そして配偶者に依存する。失われてしまうかもしれない可能性を秘めた誰かとの関係性を自分の周囲に増やしていくことをどう捉えているのか、白戸は自分でもよくわからないでいた。もっとも、今の生活を大きく変えたくはないというだけで、人並みに依存し合った家族というものを欲しているのかもしれない。仕事がうまくいっていない近頃は、同棲している千春に心理的には依存しがちだ。だからこそ、弱っている時の自分の心理状態に相手を巻き込んではいけないと白戸はできるだけ平常通りの暮らしを心掛けるが、千春自身がそれをどう受け取っているかは不明であった。都合のいい時だけの依存を含めてすべて許すのかもしれないし、そもそも白戸よりよほど依存する気もないのかもしれない。

あるいは、もう既に、自分以外の誰かに依存しているということも考えられるだろうか。嘘のように流暢《りゅうちょう》な熊本弁が、白戸の脳裏に甦《よみがえ》る。それを断ち切るように、目の前の人混みへ意識を集中させた。

手配犯は人に依存しない。本心では依存心があっても、行動の段階でそれをおさえられる傾向にある。

犯罪が発覚し逃亡生活を始めてから、親類や友人といった、それまで繋がりのあった人間たちに頼ることなく、まったく違う世界で生きることを選択できるメンタルをもっている。現在の捜査現場では、地道な聞き込みの上に浮かび上がってきたホシの交流関係をマークしても、その姿を捕らえられる機会は昔より減少傾向にあった。犯罪者が、それまで築き上げてきた知人との関係に依存しなくなったからだ。

だからこそ、それらの顔を記憶し見つけて捕まえてしまうという、半ば力業ともいえる見当たり捜査の需要が、年々増え続けている。

「すみませーん」

数分間同じ位置に立ち続けていた白戸は、背後から声をかけられ振り向いた。二〇歳そこそこの女二人組が立っており、比較的ふくよかな顔をした黒髪の女が口を開く。

「この辺で、今から泊まれる場所ってありますかぁ？」

不意打ちを食らった白戸は思わず笑ってしまった。安藤からレクチャーされたお持ち帰りの当事者に、自分がさせられようとしている。白戸の反応に少なくとも悪い手応えを感じなかったふうの二人は幾分か警戒心も解いたように見えた。

「泊まれる場所は、ないんじゃないかな」

男が、人混みの中で一ヶ所に立ったまま、群衆へ目を向けている。スカウトやナンパ目的と勘違いされることは、多かった。露出した部分からのぞく黒い肌を、サロンで焼いたものと勘違いされるのだろう。

「そうなんですか……どっか泊まれるとこないですかね？」

同じ問いの繰り返しに、ふくよかな女の頭の弱さを感じる。小便臭ささえ漂ってきそうな二〇そこそこの娘より、三三歳の千春に対してのほうがまだ、ちゃんと欲情できるとふと思った。

「どこから来たの？」

「え？　あのー、新潟です。バスで」

「バスだったら、まだ間に合うんじゃないの？　東京駅か新宿駅発の便に」

「いや、それが、チケット取れたのは明日の昼の便なんですよ」

相変わらずふくよかな女しか喋らず、ショートカットの小柄な女はただ微笑んでいるだけである。

「この近くや新宿、東京駅の近くにも、二四時間営業のファミレスはいくらでもあるから。二人いるんだからそういう場所にでも入って朝を待ったほうがいい」

「え、そうなんですかねえ……」

「知ってる？　最近、コンサート帰りの女を狙った誘拐とか殺人事件が頻発してるんだよ。アイドル事務所に配慮してテレビとか雑誌の大手メディアでは取り上げられないだけで、君たちが目を通さない新聞とかではもう大騒ぎ」

白戸の嘘に小柄な女が微笑みをなくし、ふくよかな女の顔もひきつり気味になった。

「そうなん……ですかね」

曖昧な会釈をすると、二人は白戸から離れていった。あたかも、白戸自身が誘拐犯や殺人犯であるかのごとく。白戸の目で捉えられた限りでは、二人とも他の男に声をかけるでもなく、水道橋駅方面へと消えていった。

腕時計を見ると、八時三七分。人の溜まりは依然としてあまり変わっていないが、正面出入り口から出てくる人の流れはまばらになっていた。

ふと、とどまっている集団と集団の間に、特異な顔を見た。

安藤だった。

何かを見ている安藤の横顔を、白戸は見る。

安藤の視線の先へ目を向けた。

彼女の前方一〇メートルちょっとの所に、集団が三つある。白戸が近づこうと足を踏み出したところで、安藤が動きだしたのを視界の端に捉えた。

白戸は立ち止まり、安藤の行動を静観することにした。捜査の邪魔になることを危惧《きぐ》したわけではない。単に、自分以外の者が誰かを見つけようとしている光景に、心底興奮していた。

足を止めた安藤の四メートルほど先に女三人組が立っている。三〇前後とおぼしき格好の三人組だということは遠目でもわかるが、白戸の位置からだと顔はあまりわからない。それでも、その顔を確認しようとしている安藤の顔だけはよく見え、その様子に白戸は高ぶりを覚えていた。

三人組へさらに近づいたり、違った角度から視線を流したりする安藤の行動を見ているだけで、どの女へ目をつけたのか、そして彼女の確信の強さがわかる。三人は誰も安藤の確認作業に気づいていない。既に握っていた携帯電話がバイブした時、白戸の興奮は絶頂にまで近づいた。

「はい」

――ホシかもしれません。今、平気ですか？

「ああ」

安藤は、白戸に見られていることには気づいていない。

――神奈川手配の、ツノダ・サトコです。たしか……

「詐欺だ。わかった、今から俺だけ行く」

それだけ言い通話を切った白戸は、まっすぐ安藤へ近づく。予期せぬタイミングで切られた電話に当惑気味の安藤の様子を眺めていたのも数秒で、やがて彼女自身も白戸に気づいた。

「どうして、場所……」

「電話中、視界に入ったんだよ」

さらに当惑気味になった安藤は白戸の返答に言葉を呑み込み、目線を女三人組へ向けた。

「あのファー付きベージュコートの女です」

「角田、里子……だな、たしかにそうだ、間違いない」

女の顔の判別が苦手な白戸でも、ベージュのコートの女が角田里子であるという確信を得ることができた。念のため、安藤が開いた手帳へ目を落とす。写真を撮られた二年前より、いくらか今のほうが痩せているか。髪型や化粧は、白戸が最も近づいた三メートルの距離から見る限り当時とあまり変わっていない印象だった。

「鼻の右横に、小さいホクロ、ありますね」

「ラッキーだな。化粧で消されたりしてなきゃそれが即証拠だ」

「谷さんは……どうします？」

白戸は一瞬逡巡するも、首を横に振った。今日で連続無逮捕一三六日目の谷にも、重点確認と身柄拘束を手伝わせれば、捜査員としての充実感を少しばかり得ることはできるだろう。しかし明らかに彼の手が不要な状態で協力を要請すれば、それはそれで班長配慮という魂胆を見透かされる。

「あいつは三田線の水道橋駅付近で血眼になってる。安藤、おまえが声かけしろ。近くにいるから」

「わかりました」

なんの躊躇《ちゅうちょ》もなく安藤はそう応え、ベージュのコートの女の背後へ回っていった。違う角度から白戸も三人組へ接近する。

「里子ちゃん？」

興奮気味を装った安藤の声に、角田里子は反射反応とでもいうような自然さで振り返った。

「角田里子ちゃん、でしょ？」

「……はい……いや……どちら、様？」

本名を呼んできた、数歳は年下であるはずの女が誰なのか、必死に思い出そうとしている。角田の横顔を見ながら、白戸はこの状況にいつも以上に興奮していた。角田里子は自分が角田里子であることを曖昧に否定したが、他の二人の女は特に訝しげな態度をとるわけでもない。互いに本名を名乗り合うということが当たり前ではない世界での集まり、つまりは水商売か何かで知り合った仲か。そう推測して見てみると、角田里子以外の二人の女の派手な服装や濃い化粧も、すんなりと受け入れられた。

「知り合い？」

二重まぶたの縦幅が異様に広い女がざらついた声で角田に訊いた後、近づいてきていた白戸へ目線を移した。もう一人の女もその目線の先を追うが、角田自身は安藤から目を離さないまま曖味に首をかしげている。

「どなた……だっけ？」

ようやくそう口にした角田は、覚えのない安藤に対し警戒心を抱いているというより、素で申し訳なく思っているようでもある。安藤のような化粧の濃いタイプと、逃亡生活の前後を問わず、交流があったとしてもおかしくないのだろう。

「初めまして、角田里子さん」

安藤が一歩近づきながら言うと、角田の全身が強ばった。

「警察です」

「は、冗談よしてよ」

そうつぶやいた角田は無理に笑おうとし、連れの二人も顔を見合わせたままなんとか笑みを取り繕おうとして失敗している。

「警視庁刑事部捜査共助課です。角田さん、神奈川から手配、出てますけど、わかりますよね？」

安藤が警察手帳を取り出しながら言うと三人とも硬直し、そこで白戸は角田の真横についた。

「警視庁です。角田さん、わかるよね？」

中年男の声に、刑事らしい外見の男の声に、女三人は一気に現実味を感じたようであった。角田は観念したようにため息を吐き、他の二人は唐突な成り行きに戸惑い意味もなく微笑む。

「落ち着いてくださいね、角田さん。とりあえず、これから最寄りの交番まで来てもらいますから」

「嘘……こっちの人はそうっぽいけど、あなた本当に警察なのぉ？」

「本当ですよ」

「サヤ……え、意味わかんない。マジなの？」

ぎょろついた目をした女が角田に尋ねた。質《たち》の悪い冗談である可能性をまだ少し疑っているという様子で。

「マジマジ、私、昔、詐欺やって指名手配されてたんだ。っていうか、超ついてないよー、せっかくタイフーンのライブ満喫して余韻に浸ってたっていうのにさ」

ついさっきまでの硬直が嘘であるかのように角田は軽口を叩きだし、他の二人にもその空気が伝染する。完全に陥落した人間が、決定的に変わってしまったこれからの生活を、何も変わっていないかのように無理矢理思い込もうとしている。心の持ち方によって、監獄生活も、これまでの逃亡生活と変わらず過ごせる、とでもいうように。むしろ逆に緊張感から解かれ、本当に心を軽くした可能性もある。

「うっそー、気づかなかったよ。全然そんなふうには見えなかったし」

「サヤそんなだったんだー、引くんだけど」

訊いた女は大げさにリアクションし、口数少ないほうの女も、さも可笑しそうに笑っている。驚いてはいるが、納得はできている――白戸は二人を見て理解した。互いに後ろ暗い過去を背負っている可能性をなんとなく感じ合うが、詮索《せんさく》はしない間柄。「サヤ」として過ごす前の角田里子の顔に、注意を向けることはなかった。そんな二人は角田から徐々に距離をとり、刑事である白戸たちに対して、自分たちは犯罪者と後ろ暗いことに関してはなんの繋がりもないという態度を表明し始めていた。

「角田さん、せっかくお楽しみのところ悪かったですね。でも見つけちゃったものは仕方ないので、これから交番までお願いします。とにかく、落ち着いてくださいね」

「大丈夫だよ……落ち着いてるし、逃げたりしないから」

まるで職場の部下のような態度で接してくる安藤に角田は奇妙な形で自尊心を満たされているようで、しかしながらついさきほどまでより声のトーンは落ちていた。

「身体捜検させてもらいます。両腕をちょっと開いてください」

白戸は角田からハンドバッグを受け取り、安藤が角田の全身を服の上から調べ始めた。凶器の類は携行しておらず、ハンドバッグの中をあらためた白戸は財布の中に、期限のまだ有効な運転免許証を見つけた。手配写真に使われたのとまったく同じ写真。本人確認がとれた今、正式逮捕して手錠をかけることも可能だが、そこまで大仰なことをする必要はないと白戸は判断した。慣例通り、手錠は使わないことにする。

「もっとちゃんと逃げてればよかったのかな」

「本当に逃げたかったんですか?」

身体捜検を済ませ、白戸の意図をくみとったらしく角田の右横を固めた安藤が、彼女に訊き返した。

「いや……逃げたくはなかったかも……。この子たちと仕事の愚痴言い合ったり、オフ日にこんなふうに遊んだり、普通のことを普通の状態でやりたかったのかな」

「じゃあ、捕まってよかったじゃない」

聞いている白戸は、噛み合っているようで噛み合っていない会話だと感じた。ただ会話というものはたいていそんなものであるのかもしれなかった。

「牢屋の中で過ごして、反省すればいいんだもんね。……何年か後になって私が出てきても、まだ友達でいてくれる？」

突然訊かれた仲間二人は互いに顔を見合わせ困惑した様相を見せ、それを見た角田は当然だというように苦笑した。ぎょろ目の女が口を開く。

「私のメアドとか番号、たぶん変わってるから……連絡できないでしょ」

「そっか、っていうかリエコ、半年単位でアド変えるのやめなよ」

「変な男にひっかかんなかったらね、変える必要もなくなるけど」

それを聞きけたたましく笑った角田の目尻から涙が垂れ、彼女は目を拭《ぬぐ》おうとしたが叶《かな》わず、安藤がその右腕を自身の左腕に組ませると、すぐ近くにある交番のほうへと身体の向きを変えた。

10

近づいてくる女がいる。千春としか思えないその女の顔が白戸のほうを向いたとしても、決して目線が合うことはない。白戸のことを見ていない千春の顔。後ろには、巨大な塔が見える。地響きとともに、その塔が揺れだした。

共用廊下に響く足音で、白戸は目を覚ました。共用廊下に面した北向きの寝室はエレベーターから離れた角部屋の手前に位置しており、近くを通るのは角部屋の住人か、意識的に非常階段を利用している健康志向の人か、千春くらいだ。

足音が急にやんだ後、錠前に鍵が差し込まれる金属音が寝室にまで響く。外にあったものが突然肉体の中にまで介入してくるようで、白戸は意味もなく落ち着かない気分になった。だが他の女と寝ていたわけでも、自慰に耽《ふけ》っていたわけでもない。ダブルベッドに一人で寝ていて、目覚めただけだ。白戸は反射的に目を閉じた。

玄関で靴を脱いだ千春が、開けっ放しにしてある寝室の前で足を止めたのが気配でわかる。寝顔を見られていることに緊張したのも数秒で、彼女はすぐリビングへ向かった。

掛け時計を見ると、午前九時三〇分だった。夜勤明けに、特に残業することもなく帰れたらしい。こんなに遅くまで寝入っていた自分にも驚いた。昨夜は午後一一時過ぎまで渋谷を流していたが、当たりもないまま、ただ消耗しきって帰った。顔手帳を開き記憶に努めていたのも午前一時半頃までで、八時間寝続けたということ。強い尿意に促されるように、白戸は立ち上がりトイレへ向かおうとした。その直前、バスルームへと千春が入ったのが音でわかった。

座って用を足していると、シャワーの音が壁伝いに聞こえてきた。バストイレが別ではなかった独身寮時代には耳にすることのなかった音に生活臭を感じる、というより、赤の他人の生活音に自分が勝手に聞き耳を立てているようだと白戸は思った。そもそも、壁を隔てた隣のバスルームにいるのは、本当に千春なのだろうか。音と気配だけ感じ、まだ実際に彼女の顔を見てはいない。

水を流した白戸はリビングへ向かい、中途半端に開かれたカーテンを全開にした。ソファーに座り、千春がとってきてくれたらしい朝刊を手に取る。日によってはまったく読まないこともある全国紙を購読する意味はあるのかと、千春に昔問われたことがある。実家にいた頃からそうだったから、としか答えられなかった白戸だったが、実家にいた頃から新聞などとったことはないという千春は全然納得しなかった。かといって家賃も新聞代も負担している白戸に文句を言いたいわけではなかったようで、惰性のように払い続けている月額約四〇〇〇円の出費の尊さを思っているだけらしかった。

介護の世界で働き始めて、もうすぐ丸五年。資格を取っても、なかなか給与は上がらないと千春は日々こぼしている。国家資格をもったヘルパーの時給が一〇〇〇円以下であったりする業界で働いていれば、数千円の固定費にも敏感になるのは当然かもしれなかった。

出会い系サイトで知り合った五年前、「会社員／事務職」とプロフィール欄に載せていた千春は実のところ転職活動中で、身体を重ねて三度目の日に初めてそのことを告げられた。白戸との関係を始めるのとほぼ同時期に彼女は派遣ヘルパーとして働きだし、二年前にはケアマネージャーの資格も取った。利用者宅への派遣、老人ホームへの通所、その他いくつかの事業所・形態で働いた彼女は今、グループホームで働く準社員に落ち着いている。

白戸が社会面を読んでいると、スウェットに着替えた千春がバスルームから出てきた。

「あら、おはよう」

その顔は、間違いなく千春そのものだった。さきほどまでの馬鹿げた空想を思い出し、まだそんなことを考えつく青さが自分にあるのかと白戸は内心笑う。

「おはよう。そして、おやすみ？」

「うん。眠くはないんだけど、身体が限界。二七人を一人で見守らなきゃならないなんて、ちょっと無理があるよね」

「それは……お疲れさん」

「ということで、おやすみ……あ、今日崇正も休み、なんだよね？」

白戸がうなずくと千春もうなずき、やがて寝室へと消えた。

髭を剃《そ》るため洗面所に立ち電動シェーバーを手に取ったところで、白戸は匂いに気づいた。後ろを振り向くとその出所ははっきりとわかり、洗濯機の上に置いてあるランドリーボックスの中から、今まで嗅《か》いだことのないシトラス系の香りがした。ランドリーボックスの中には、千春が脱いだばかりの衣服が入っている。

夜勤明けの常で推測するに、千春はこれから夕方頃まで寝る。彼女につき合い、どこかへ出かけたりするという選択肢はなくなった。

昨日で、連続無逮捕五六日だった。休日返上して見当たりに励むのもありかもしれないが、今日は班員である安藤と谷の両人も非番だ。安藤はともかく、七月以来一人もホシを挙げられないまま一二月を迎えてしまった谷は、どう過ごしているのだろうか。パチンコ、酒、女となんでもやる谷が、趣味に没頭できていればいいが、可能性は低いと思う。一人で見当たりを行う、ということこそないかもしれないが、手配写真の記憶に努めている可能性は大いにある。

一方で人の心配をしている自分はたして何をするのかと考えた時、白戸もまた、和室に置いたナイロンバッグから顔手帳を取り出していた。

昔は、趣味もあった。交番勤務の夜勤明けに大学時代の友人たちと車で海へサーフィンをしに行ったりしていたし、警察学校の同期たちと飲み歩いたり、一人で単館上映の映画を観に行ったりもしていた。だが段々とそういう能動的な活動も減ってゆき、捜査共助課へ異動になってからはその傾向に拍車がかかった。

ただ生きていればいい。そう思うようになった。誰にも殺意を向けられず、身体や精神を損なわれずに過ごせさえしたら、もうそれで充分だろう。

暴力団事務所へ連れて行かれることもあった交番勤務時代や、繁華街への出動がしょっちゅうだった葛西署での生活安全課時代、強行犯たちと向き合うことを主とした西新井署の刑事課時代のほうが、実際に身の危険に晒《さら》されることは多かった。しかし命が惜しくなったのは、雑踏の中でひたすら機会を待ち続けるという見当たり捜査の仕事を始めてからだ。

平穏が欲しい。警察官として生きる白戸は、職務をちゃんと全うすることでしかそれを得られそうもなかった。開いた手帳を眺め、無数の指名手配犯たちの顔写真の記憶に耽っていると、心が落ち着いた。酒を飲んでも、千春を抱いても、落ち着きは得られない。仕事がうまくいかないことに起因する焦りは、少しでも仕事がうまくいくように行動することでしか解消されなかった。手配犯たちの顔を脳に刷り込むほど、人生が前進しているというたしかな感触を得ることができた。

ページをめくる白戸は、まだ手帳から外していない写真の存在に気づいた。角田里子。四日前、東京ドームの正面出入り口前で、安藤が見つけた女。班員三人ともまずは登庁する予定の明日、忘れず交換しておこうと思った。

角田里子は、白戸の推測通り水商売をしていた。勤務先は東京の下町でありターミナル駅でもある西日暮里《にしにっぽり》で、任意同行に応じた連れの女二人も同じ店に勤めていた。交番まで連れて行く間もおとなしかった角田の顔はたしかに記憶していたとおりの顔で、ここ数日間ずっと白戸の脳裏に浮かんでは消えたが、それ以上に、角田を見つけた瞬間の安藤の顔が強烈に印象に残っている。角田里子という人物の顔を視覚で捉え、そのデータを受け取った安藤が己の顔を変化させてゆく過程。あの時彼女は、目線の高さで浮遊する、双眼のレンズそのものになっていた。目という接点を通して、自己の内部世界と外部世界とが繋がるその瞬間を、安藤は見せてくれた。自分が手配犯を発見した際には見ることのできない、いわば第三者的視点からしか認識できない構図だった。白戸が思わず見入ってしまっていた時おそらく安藤自身は、自分が角田里子をあたかも取り込んだような内部変化を身体の表面へわずかに発露させていたことに、気づいていないだろう。そしてそれは己にもそっくりあてはまるのだと白戸は思った。

それにしても、安藤の見当たり能力の高さは並外れている。

見当たりに従事して一年ちょっとの彼女の検挙数は、今年だけに絞って数えれば、先日の水道橋での検挙により班長である白戸の検挙数を一人分越えた。白戸の不調を考えれば、残すところあと一ヶ月弱、部下に負けたまま今年を終えてしまうかもしれない。

あるいは、自分の心のどこかに諦念《ていねん》がくすぶっているのか。

白戸の無意識下に隠れたそれが脳をコントロールし、視覚に入っているはずの手配犯の顔をスルーしてしまっている可能性。まだ見当たりを続けたいのか、来春期での所轄への異動を望んでいるのか自分でもわからないが、異動すれば楽になる面もあるだろうと白戸は思う。ただそれと引き替えに、楽になった分と同等の厄介事を抱え込むという予感もこれまでの人生経験から導き出せた。三九歳。交番勤務の警察官の平均寿命六二歳が自分の寿命だとすれば、残り二三年。

自分が他の警察官と比べ早く命をすり減らしているのか、それとも逆で、細く長くと延命に励んでいるのか。はっきりとはわからないが、意識している時点で、後者に近いのではないかと思う。

もっとも、自分でコントロールしようとする意志とは関係なしに、死は訪れる。なんの落ち度もない市井の人々が犯罪者によって命を奪われ、死ぬ覚悟はできていると豪語するヤクザも結局のところ自分だけは死なないと思っていながら殺される。国家権力に守られているはずの警察官も、殺される。そんな仏たちの顔を、白戸は山ほど見てきた。時には、顔や名前の失われた仏にも出くわした。

顔のない仏――。

須波通の死に顔は、どういうものだったのか。

車の中で焼死体として発見され死亡認定を受けた刑事の最期の表情を、白戸は見ていない。中流家庭の一人っ子として育ち、警察官になって一〇年以内に両親を相次いで亡くしたという須波通に身よりはおらず、身柄の処分に際し、父方の遠い親戚《しんせき》にあたる老人が訪ねてきただけだったと記憶している。無論、焼死体の顔を見せられるはずもなく、最後に生前の顔を目にしたのは結局警察関係者と推測された。

手配写真の記憶に没頭し、目の疲れを感じたところで顔を上げると掛け時計が目に入った。短針と長針が真上で重なり合っている。正午ちょうどに時計を見たという偶然に人智を超えた力の存在を垣間見るようでもあるし、単に体内時計がその偶然を手繰り寄せたとも白戸には感じられる。それより、見当たりという奇妙な捜査で手配犯を見つけることのほうが、よほど奇跡に近いと思う。奇跡を起こすために、非番日の午前中いっぱいを写真の記憶に費やした。

顔手帳を閉じた白戸は、レンジで温めた蒸しタオルで目を覆いソファーに寝転がった。

正午の暗闇。目をつぶったまま、白戸は視界の中に女の顔を見た。

ユウコ。

いかにも好色そう、というより、目鼻立ちのくっきりした一般人。化粧をしなくても充分いけるだろうが、逆に化粧をしてもあまり変わらないタイプの顔だち。プロフィール欄には、意図的になのかそうでないのかは不明だが、かなり画素の粗い写真がアップされており、その不明瞭《ふめいりょう》さが逆に個々のパーツの特性と配置の妙を際だたせていた。出会い系サイトの利用者がサクラや玄《くろ》人《うと》を避ける勘を身につけた後で、優先的にアプローチを取りたいと思える顔だった。「ユウコ」の写真はグレーゾーンで、「会社員／事務職」を装った玄人の宣伝だと思う男も多かったのだろう。プロフィール欄に顔写真もアップせず、「公務員」「三四歳」「東京都在住」「趣味：マリンスポーツ、映画鑑賞」としか登録していなかった白戸がダメ元でメッセージを送ったところ、二日後の朝に返信が届いた。

実際に会ったのも、メッセージを受け取った日から一週間足らずのうちであった。

秋のとある平日の昼、新宿南口に立っていたトレンチコート姿の「ユウコ」は、良い意味で写真通りの人相で、白戸が声かけをした際の反応も、予想外に悪くなかった。

その日のうちに新宿ワシントンホテルのバーから客室へとなだれこむことができた要因がどこにあるのか白戸にはわからなかった。直前によく考えもせず無理して買ったディオールの黒ジャケットが功を奏したのか、その日の段取りが好印象を与えたのか。

今考えれば、顔立ちから類推するに仕事とプライベートのどちらにおいても様々な男たちから散々な目に遭わされた当時三十路《みそじ》近くだった女が、ただ安定を求めた結果なのだとわかる。「ユウコ」は、「公務員」である白戸を出会ってすぐ刑事だと見抜いたに違いない。お堅いとされる身分の刑事でも、接してみればごく普通の男。彼女にはそれで充分だったのだろう。

「ユウコ」が本名を教えてくれたのは二度目に会った日の深夜で、電車で帰路についている白戸の携帯電話にメールが届いた。白戸もそこで、自分の本名と、職業を記したメールを送り返した。三度目に会った際、前の職場を退職したばかりで、介護福祉業界で働くための準備をしているとも教えてくれた。

蒸しタオルを顔からどけ、白戸は目を開けた。

ローテーブルの上に置いてあった携帯電話を手に取り、ブラウザを開く。五年前に利用した出会い系サイトの名前を記憶していたとおりに打ち込むものの、該当するサイトは既に存在していなかった。

逡巡した後、「出会い」で検索した。表示された出会い系サイト上位数ページ中、検索機能が使えるサイトで「ユウコ」と打ち込んでみる。それぞれのサイトで膨大な数の「ユウコ」が表示され、それは「千春」、あるいは「チハル」と入力し検索し直しても同様であった。

馬鹿らしい。

白戸はクリアボタンを連打し携帯電話のメインディスプレイを元の待ち受け画面へ戻した。

今の同棲相手と知り合ったのと同じ方法で他の男を探すとすれば、白戸にも推測できそうな名前や範囲では行わないだろう。あるいはその盲点をつき、白戸でも簡単に行き着けるサイト内で白戸にもわかる名前で登録しているという可能性もある。常識的に考えれば、異性を探すにしてもそもそもネットの外側、職場や友人たちとの繋がりといった関係性の中から探してゆくのが自然なはずだが、彼女は少なくとも一度、出会い系サイトを利用し異性と知り合うという経験をしている。そのような行動スキームを一度でも実行に移した人間が、数年のブランクを経て同じ行動へ行き着くという可能性は決して無視できないものであるが、単に自分が疑いすぎなのだろうかと白戸は思う。

しかし、友達が少ないと日頃話している千春が非番日に「友達と出かける」機会が最近増えた。三〇を過ぎた人間にとっては、異性と深く知り合うことより同性の友達を新たに作ることのほうがはるかに難しいだろう。大人の同性同士で知り合う場合、どうしても大なり小なり利害関係が生じてしまう。そしてそれを意識せざるをえない。

知り合って五年経った今でも、白戸は以前に千春がどこで何をしていたのか、よくは知らない。今朝洗面所で嗅いだシトラス系の香りが何に起因するのかも、わからない。

特に目的もなく訪れた吉祥寺《きちじょうじ》の、駅近辺を二人で歩いている分には、街の特色というものは感じられない。

リップクリームを買っておきたいという千春が寄ったロータリー沿いのドラッグストアもよく見るチェーン店で、各ファストフードショップ、消費者金融、カフェ、銀行、コンビニも、東京どころか日本の都市部であればどこにでもある店ばかりであった。ただただ、その配置が街によって違うだけ。駅近辺の街並みの違いは、全国展開されたチェーン店の配置の違いでしかない。毎日東京中の各地を練り歩いている白戸はそう思っているが、かといってそこに閉塞感《へいそく》を覚えているわけでもなかった。違っていそうであまり違いのない様々な街をただ歩きまわり、そこに何か新しいものがあるとでもいうふうに思い込むことができれば、それで充分なのだろう。

午後二時過ぎに彼女が起床してきた時、白戸は午後一時からテレビで放映されていた古い映画を観ていた。チャップリン出演の白黒映画で、音声のセリフはなしでただただ役者たちの様々な表情や動きへ目を向け続けなければならないということに、仕事の延長のような気がしてきたところであった。

どこかへ出かける、ではなく、どこかへ出かけたい、という千春の要望を断る理由は、白戸にはなかった。

「あ、和室の窓に貼る結露シート、買っておく?」

ドラッグストアから出てきた千春に言われ、白戸は首を振った。

「今買ってもかさばるよ。家の近くで買えばいいでしょ」

「それもそうだね」

買ったばかりのリップクリームをパッケージのまま鞄にしまった千春と、白戸はサンロードの中へ入って行った。アーケードに覆われた商店街にもチェーン店が多く入っており、以前プライベートで来た時より増えた気がする。見当たりという仕事のために来た時には気づかなかったことにも、千春と個人的に訪れてみて初めて気づくというのが不思議であった。女の遅いペースに合わせて歩くから同じ街並みも違って見える、というわけでもない。手配犯の顔を探している時のほうが、ゆっくりと歩いている。とにかく同じ街であっても、手配犯の顔を探しながら歩くのと、パートナーをどう満足させるか考えながら歩くのとでは、空間認識の仕方も異なった。

「ねえ、今のうちに井の頭公園へ行っておかない」

サンロードの中ほどまでゆっくりと移動してから、千春がそう提案してきた。

「そうだな。食事をこの辺ですることにして、まだ明るいうちに散歩しておくか」

来た道を引き返しアーケードの途切れる駅前ロータリーへ再び出ると、さきほどまでより少し日が落ちたのを実感できた。一二月の午後四時前ともなれば、景色を楽しみながら散歩するにはギリギリの時間かもしれない。吉祥寺駅の北口から南口へと抜け、井の頭通りを渡りマルイの横を通り過ぎた。

「あれ、この角の所に昔、オシャレな雑貨屋さんがあったはずなんだけどな」

「雑貨屋？　いや、俺がよく来てた頃は、喫茶店だったような」

雑貨屋でも喫茶店でもなく、飲み屋が建っている角を横目で見ながら、二人は通り過ぎる。

「その雑貨屋って、本当にあの角だった？」

「うん、間違いないと思うよ。っていうか、崇正の言う喫茶店だった場所も、あの角で間違いないの？」

「そう。花見の時かなんかに寄った気がする」

「喫茶店か……私たち、同じ角のことについて話してるんだよね？」

「たぶん、そうだと思うよ」

「でも、なにかがズレてるよね」

「そんな気はする」

やがて前方に、井の頭公園の緑が近づいてきた。

「っていうか、崇正、花見とかしたんだ」

「昔はね。ベタに井の公でやってたよ。千春は？」

「私も、やってたよ。昔は」

「そうだったんだ」

互いにとっての、昔。

千春が、彼女自身の人生におけるいつの時期をさして言っているのか、別の時間を過ごしていた白戸には理解しえない。

公園へと続く階段を下ると、池を中心とした遊歩道を多種多様な人々が歩いていた。働き盛りのビジネスマンらしき人々はあまり見かけないが、平日の夕方、若者から年寄りまで揃《そろ》っていた。チェーン店化の進む吉祥寺でも、井の頭公園だけは独特の空気を残している。

自作の絵画や小物をシートに並べて売っている女三人組、まばらな観客の前でパントマイムを披露している男、控えめな声でギターの弾き語りをしている冴えない男二人、犬の散歩中の老人グループ——目に入る人々の側を通り過ぎてから、二人の間以外には聞こえないような、もしくは判別できないような口調でいちいちコメントしたり突っ込みを入れたりしてゆく。

「さっきの、絶叫しながらジャグリングする人、テレビに出てたよ」

「知ってる。俺も何年も前に見た。まだやってたんだな」

「長いよね」

「普段は何してるんだろう」

「たしかに。今日は平日だけど、土日に生で見たこともあるし、昔。不定休の仕事やってんのかな？　私たちみたいに」

「案外、あれが本業で、すごく儲けてたり」

「ああー、たしかに、テレビに出るくらいだもんね。警察官よりかは稼げないと思うけど、介護業界で働く私らよりかは稼いでる可能性、おおいにあるよ」

千春はぼやくが、悲壮さが漂っているわけではない。介護の世界で五年も働き続けていられるというだけで、かなり根性の据わった女だと白戸は思う。当初の予想は大きく裏切られていた。「ユウコ」が千春という名の当時二八歳の女で、前の職場を辞めたばかりで次は介護業界で働こうとしている――手堅い男とでも早く結婚して専業主婦になろうとしている女か、金持ちの両親かそれとほぼ同年配のパトロンめいた男に甘やかされ、手持ちぶさたに職でも得ようとしている女だろうと、あの頃の白戸は思っていた。

「でも、ケアマネージャーの資格取れたら、昇給するんでしょ？」

「うーん、でも金銭面ではあまり期待できない。まあ、実務経験の長さが私の唯一の取り柄だから、活《い》かせるものは全部活かしたいっていう気持ちはあるけど」

千春の語る展望に、白戸は歩きながらうなずいた。決して、結婚して楽になりたいなどとは口にしない。それは一種の牽制《けんせい》のようなもので本心を隠しているだけなのか、あるいは白戸などよりよほどそういった願望を抱いていない女なのか。五年つき合ってもなおそれを口にしないという頑《かたく》なさは、結婚について直接的に語られるよりよほど、パートナーである白戸にそのことを考えさせた。子供を生むか生まないか。生むつもりであればすぐにでも結婚するが、これからの日本で新たな生命を誕生させるということの責任がどうしても重く感じられる。白戸が定年まで公務員生活を送り、ちゃんとした教育を受けさせることができたとしても、父親である自分の遺伝子を半分も受け継いだ子供であれば、緩やかに大国に呑み込まれてゆく日本社会の停滞感を自分と切り離して生きてゆくことはできないだろう。幸福な人生を送れるという可能性があやふやな状態であるのなら、生まれさせてあげないほうがいいのかもしれないと思ってしまう。ただそんな憂慮すら、単に自分の生活を大きく変えたくない男の言い訳なのかもしれなかった。

「お腹空いてきたな」

「千春、何か食べたっけ？」

「そういえば、みかんしか食べてない」

別れに繋がるような不穏な兆候はない。そうに決まっている。にもかかわらず、突然別れを切り出されることもありうると白戸は思いもする。自分の与《あずか》り知らぬところで千春は不満をつのらせ、勝手に解決方法を見つけるという可能性はあるだろう。熊本から上京し東京に溶け込んだ女は、ネット上の出会い系サイトで刑事と知り合い、職業上有利な資格まで取得した。漂流者のような秘めたる活力は、他の新たな場所へと向かうことを彼女に促すかもしれない。

「どっか店にでも入るか。飲み屋へ行くにしてはちょっと早いけど」

「じゃあさ、喫茶店か、一品料理の店でなんかつまむとかでもいいんじゃない？　せっかくの吉祥寺なんだし」

時計回りにゆっくりと池を一周しかけていた二人は来た時とは別の通路から公園を出る。階段を上った先の左手に位置する老舗焼鳥屋からは食欲をそそる匂いが流れ、あちこちに修繕跡のある二階建ての店に白戸は入りたくなる。

「肉、っていう気分じゃないな」

察したらしい千春から先に言われ、白戸は見送った。

「ここで焼鳥買って、公園で食べたりしてたな、昔」

「私も花見の時にはそうしたことあるよ、昔」

右隣から擦れ違ってきた男の横顔を、反射的に目が追った。

「喫茶店のフードメニューとかにしようかな」

足早な男の後ろ姿しか見えない。ナイロン素材の迷彩柄防寒ズボンに、黒いダウンジャケット。天然パーマ気味の髪に覆われた頭蓋《ずがい》骨の形ははっきりとはしないが、一瞬だけ目にした横顔が白戸の目に焼き付いた。

己の勘に従うように、歩調を速める。

「ん、ちょっと……」

「ごめん、どこか適当な店に入っててくれる？」

「え？」

驚く様子の千春に手を顔の前に立てて謝る。

「ちょっと仕事絡みで……あとで向かうから、先にどっか寄っててもらっていい？」

「……ええ、わかりました。携帯にメールする……よ？」

「それでお願い、またあとで」

強ばった笑顔を見せる千春を残し、白戸は男の背中を追いかけた。手配犯は総じて、背後の空気の変化に敏感だ。白戸と千春のやりとりの気配にまったく気づかなかったわけではないだろうが、ただの男女のやりとりとでも判断してくれただろう。白戸が確認した限りでは一度も背後を振り返っていない。五メートルほどだった距離を三メートルにまで詰め、目線の中心は男の腰の辺りを、視界の端で後頭部を捉えた。

正面と横顔の手配写真から、無意識のうちにシミュレートしたことのある形。

手元に顔手帳はない。

外出先で手配犯を見つける例もあるので、非番日でも手帳を持ち歩いてもいいのだが、最近の白戸はそうするのを避けていた。今さらのように悔やむ。

あの後頭部の持ち主が、記憶している五〇〇人の手配犯のうちの誰かと一致しているかどうか。その確認をするにも、己の記憶だけが頼りである。

天然パーマの男は車の通りが途切れるのを待ち赤信号の歩道を渡りかけたが、原付が無理矢理に滑り込んできたため足を止め、結局青信号に変わるまで待った。それを確認していた白戸はますます男への疑いを深めた。信号無視すること自体にはなんのためらいもない、しかしながら目立つことは避けたいという性向。警察の目を気にしている犯罪者たちの像から外れていない。

男は歩道を渡ると左に曲がった。吉祥寺駅へ向かうわけではなく、西からまわりこんで北口へ向かうのだろうか。その方面には、新宿よりいくらか相場の安い風俗店が立ち並び、大学生風の客も多く訪れる。女性向け情報誌では決して紹介されない店々は、駅からもそう離れているわけではない。

平日の夕方、目立つことを避け、風俗街へ向かおうとしていて、なおかつ白戸の目を引きつけた男。

なんとか顔を確認したい。

白戸がそう思って徐々に距離を詰めると、右手に位置する銀行のガラス壁に映った男の横顔が再び見て取れた。

その横顔に、やはり見覚えがある。

お前は、誰だ？

声かけしようにも、名前を思い出せなければ仕方ない。白戸は深呼吸をしながら思い出そうと努めた。必死に思い出そうとしてはいけない。記憶する際、場合によっては有効に作用しうるストレスも、記憶を想起する際には決してプラスに働くことはない。身体がリラックスした状態になければ、手配犯の名前を思い出すことはできない。

近くの交番から制服警官を呼び出し、職質させるという手もある。しかしその協力を得るにしても、まずは白戸のほうでおおまかな結論を出しておかなければならない。

一年ほど、見続けた顔だと思う。二年以上手帳の中に挟まれていた顔ではないが、かといって半年足らずという顔でもない。白戸にとって、ちょうどいい鮮度の手配犯だった。手配期間が長すぎると長年の知人か既に逮捕済みの奴かと判断に迷うこともあるし、手配されて間もない写真も記憶に不確かなところが出てくる。手配歴約一年間という手配犯の顔は、白戸のセンサーを最も敏感に働かせる。

男は風俗店の立っているブロックへと入って行った。

突然、歩いている白戸の頭に情報の断片が浮かび上がった。

山口《やまぐち》、だったか？

そんな苗字《みようじ》だった気がする。名前より罪状のほうがはっきりとしていて、恐喝容疑で大阪府警から手配されていたという感触がある。歩いている男の後ろ姿を追っているうち、白戸の中で確信は強くなっていった。

恐喝犯の山口。罪状もそれほど重くはない。さっさと懲役刑を食らって社会復帰したほうが精神衛生上、本人にとっても楽だろう。白戸自身も、久々にホシを挙げて楽になりたい。

今度は顔手帳の中に収められている山口の顔を思い出す。

下唇の真下に、ホクロがあったはずだ。

それさえ確認できれば、男は山口以外の何者でもないということになる。

先回りして真向かいから擦れ違う、という方法もこのブロック内ではとりづらい。

追い抜きざまに、横から覗き込んで確認することに決めた。

白戸は足音で気づかれないようにしつつ、男を右隣から追い抜き、堂々と顔を見る。

ホクロが、ない。

直後、目が合った。

一瞬だけ怪訝そうな目をした男も、白戸の不躾《ぶしつけ》な視線にトラブルの匂いを感じたのか、すぐに無視を決め込み目線を地面へと落とした。

表情に、退避しようとする意志もまったく浮かんでいない。後ろめたさとともに生きている手配犯たちとは違う。寄り気味の両目の配置も、白戸の記憶していたそれとは異なっていた。

この男は、山口ではない――。

白戸は自動販売機の側で立ち止まり、男の背を見送った。間を置かずに男のほうも振り返ったため再び目が合ったが、その正面顔はやはり恐喝犯の山口とは別物だ。男はすぐに顔を前へ戻したが、それが危険回避のためであることは明らかだった。男からすれば、執拗《しつよう》に目線を絡ませてくる白戸こそが厄介な迷惑人であろう。頭のおかしな犯罪者予備軍とでも認識されたかもしれない。

見間違いだった。

それ自体、さして珍しくはない。

むしろ見間違いに慣れ、身体や脳が反応しなくなる弊害のほうが遥かに大きい。

それにしても――休日にもかかわらず追いかけた末、見間違いに終わったという事実。

仕事用とは別の布製バッグから携帯電話を取り出すと、千春からのメールを受信していた。

指定された喫茶店は白戸のいる所から歩いて三分もかからない場所にあった。店へ入ってすぐ千春の姿に気づいたが、席へついて間もないということがコーヒーの残量でわかる。

「用、済んだの?」

「済んだ」

「早かったね、意外と」

言われて、千春と焼鳥屋の近くで別れてから一〇分ほどしか経っていないことに気づいた。たったそれだけの間に濃密な時間がさきほどまで流れ、興奮の過ぎ去った身体は疲弊していた。

千春へマロンケーキを運んできたウェイターに白戸はブレンドコーヒーを注文し、目頭を揉《も》む。

千春が文句の一つも言ってくれるのを待つが、彼女はただフォークをケーキにさし、口に入れた。おいしい、と言葉にする代わりだろうか、窓の外を眺めながら小刻みにうなずく。

「そうだ」

ケーキを半分食べたところで、千春は鞄の中から細い封筒を取り出した。

「年末ジャンボ宝くじ、買っちゃった」

「そんなものまで、いつのまに……何枚買った？」

「連番で二〇枚。当たるといいな」

「一枚いくらするんだっけ？」

「え、三〇〇円だけど」

千春は少々驚き気味の表情を見せた。

「崇正って、宝くじ、買ったことないの？」

「昔はあるけど……もう一〇年近く買ってないな」

「どうして？」

「……宝くじって、自分以外の人が当てているものだと思い込むようになってからだろうな」

「自分以外の人が、当てる？　そりゃ、当たる人より当たらない人のほうが多いんだから当たり前なんじゃない」

「たしかにそうなんだけど……なんて説明すればいいのかな。くじを買って、当たらない、という経験をすればするほど、当たりは自分を抜きにした世界の中から選ばれているような感覚が強くなってくるんだよ」

白戸は、自分の説明が千春にうまく伝わったのかどうかわからない。千春はうなずきながらくじ券を封筒の中にしまった。

「その考え方、だめだと思う」

「だめ?」

「そうよ。良いことでも悪いことでも、自分は常にその当事者になるかもしれないと思わなきゃ」

千春はケーキの残りを口にし、くじ券の入った封筒を鞄の中へしまうとトイレへと立った。

姿が見えなくなってすぐ、白戸は椅子の上に置かれた千春の鞄へと手を伸ばし、携帯電話を探しあてると電話の発着信履歴を見た。白戸がここへ来る直前に千春のほうからかけている未登録の番号があり、同じ番号との連絡を何度か行っているようであった。番号を暗記した白戸はメールの「送受信ボックス」から「受信ボックス」を選び、開いた。フォルダー分けはされておらず、ただ一つある「メインフォルダー」内の件名と差出人一覧を最新のものから古いものへと少しだけスクロールさせ、直感的に気になったものを何通か開いた。

〈そげんことなら今週木曜もお願いしたか。〉

「海老原貫一《えびはらかんいち》」なる登録名の差出人から今日の正午ちょうどに届いていたメールにはそう記されていた。アドレス帳から「海老原貫一」を開くと、そこに電話番号は登録されていなかった。千春がさきほどかけた番号は「海老原貫一」の番号ではないのだろうか。

白戸はクリアボタンを連打しメインディスプレイ表示を元の待ち受け画面へと戻すと鞄の中へしまった。数十秒後、千春が戻ってきた。別れに繋がるような不穏な兆候はない。そうだろう、確実に。

11

——……というわけだよ。たいした進捗《しんちょく》はない。

電話越しに語られる組織犯罪対策部の小池の報告に、ひっかかるところがあった。自宅ソファーの上でふんぞり返りながら電話していた白戸は上半身を起こす。さっきまで朝食のついでに千春がかじっていたみかんの残り半分をローテーブルの端に手で押しやり、用意していたメモ帳とペンを構えた。

「王に工作活動を行おうとしていた公安員？」

——ああ。うちら組対は色々な所から人員をかき集めてできた部署だから、元公安部の奴もいる。そいつが話すには、王に工作活動を仕掛けていた公安部員がいたらしい。当然、連中の命令系統はトップダウン方式だから、そいつが王に何を働きかけていたのかもわからないらしいが。なにしろ、隣のデスクの奴が何をしているのかも把握できないというからな、あそこは。

公安部員。

「名前は？」

——たしかカワモトとかいう名だった。

カワモト——。

白戸は思い出した。

生前の須波通と最後に接触し、中国マフィアへ一人で闘いを挑んでいた彼になんらかの協力をもちかけようとしていたらしい人物。

その公安捜査員の名も、川本だった。

先々月に中華料理店の前で王と接触していたあの日本人の顔と、四年前に見た公安部員の顔が、結びついた。

「その川本とかいう捜査員は、四年前にウチの刑事だった須波通と最後に接触したとされていた人物じゃないか？」

須波通の名に覚えがないとでもいうようにしばらくの間黙った小池も思い出したようで、電話の向こうでうなずいている気配まで白戸に伝わった。

――いや、そこまでは聞いていない。明日確認してみる。

「頼む」

捜査状況を色々と報告してくれた小池に白戸は礼を言い、電話を切った。

当時疑惑の渦中にあった須波は中国マフィア数人の不審死に関してなんら語ることはなかったものの、公安の捜査員がしつこく絡んできていると白戸に一度だけ漏らしたことがあった。葬儀の日、捜査共助課の捜査員でないどころか刑事とは明らかに異なる風体の細身の男がいて、人に訊いて公安部の川本という男だと知った。須波の死後しばらくはその名を何度か気にすることもあったが、一ヶ月も経った頃には白戸の意識から消えた。

そんな川本という公安部捜査員と接触していた王龍李。

そしてその日の晩、新大阪駅で白戸が目にした須波の幽霊。

浅草寺にある常香炉の煙の匂いを、不意に思い出す。

霊界と現実界の橋渡しをしてくれる煙の、匂い。

いったい何が起ころうとしているのか。

メモ帳と顔手帳をナイロンバッグに入れた白戸はみかんの残り半分を食べ、今日の見当たり場所である新橋へと向かった。


消費者金融のテナントが二軒と飲食店が三軒入っている雑居ビルの前に、警察車両が二台停められていた。

白戸たちが新橋へやって来た午前九時の時点では既に到着していてもっと数もいた刑事部機動捜査隊の捜査員たちも、三時間ほど経過した今となっては現場にはごく数人しか残っていなかった。たまたま出くわした事件は、まだ尾を引いているらしい。

刑事事件の初動捜査を担う「機捜」は事件性の低い現場であってもとりあえずは急行し、鑑識が証拠採取する側で被害者からの事情聴取、付近の聞き込み、周辺の捜査へと移る。制服背面にプリントされた「ＭＩＵ」の文字や、スーツ姿の捜査員の腕章を見れば彼らが機捜の面々だと一目でわかる。緊急配備が解除されれば所轄署に引き継いで撤収するはずの彼らがまだ現場に人員を残しているということは、犯人は凶器をもったまま逃亡している可能性が高いということだろうか。

今朝も、そして今も、白戸は同じ警察組織の一員でありながらほぼ他人事《ひとごと》として機捜の様子を眺めていた。応援要請でも受けない限り、彼らの捜査に白戸たちが加わることはない。第一、今どの街をうろついているかを、上にいちいち報告しているわけでもないのだ。

それにもし犯人が特定でき、顔が割れたとして、写真や似顔絵を基に街中で探す程度であれば、そこらの捜査員でも可能だ。

特定の一人を街中で探すのと、どこにいるかもわからぬ五〇〇人をあてもなく探すのは、似ているようでいてまったく異なる。

見当たりは、絶望的なほど低い可能性、自らの行為の不毛性を見ないようにすることで、なんとか続けられる捜査だ。ハズレ券の海の中で泳いでいるようなものである。

視界に映る、目の奥を弛緩させないすべての人々が、白戸にはハズレ券に見えた。

ふと、銀行の側を通りかかった際、ガラスの壁に映る自分の顔を白戸は目にした。

険しい表情――刑事の顔がそこにある。

愕然《がくぜん》とし、口を開けた。

刑事の顔から離れたい時、白戸はそうする。口を開けるだけで、顔はだらしなくなる。

路肩に停めてあるシルバーの高級外車の横を通り過ぎる時、よく磨かれた窓に映る自分の顔を確認した。口を開けた顔は完全に間が抜けており、とても刑事には見えない。ナイロン素材の機能性防風パンツと、ファー付きの黒いフィールドジャケット。

東京の街は、今や鏡だらけだ。建築技術の発達によりありとあらゆる建物はガラス張りとなっている。壁はなく、窓しかない。アパレルショップや高級ブランド店の中にいる人々は、充足している己の姿をこれみよがしにガラスの外へと露出すると同時に、ガラスに映る己の姿に自惚《うぬぼ》れる。ネット環境さえあれば消費活動においてはなんでもできてしまう現代、人々が街を歩く理由は、街の至る所で自分の鏡像に遭遇するためといっても過言ではない。ビジネス街である新橋界隈も例外ではなく、スーツ姿の男やＯＬたちも分け隔てなく、通り過ぎる人々の半分以上が鏡面に映る自分を確認しているが、本人たちにはその自覚さえないだろう。自分がたしかにこの世に存在するということの確認行為は人間にとって欠かせないものであり、それは息を吸ったりすることにいちいち自覚的にならないのと同じだ。

口を開けながら歩く白戸は再度、高層ビルの大理石鏡面仕上げの壁を利用し己の表情を確認する。

死んだ父親がそこにいた。

反射的に口を少し閉じつつ、ビルから離れた。二年前に脳梗塞《のうこうそく》で亡くなった父親に、白戸の顔は年々似てきていた。特に、酒を飲んだりした時の弛緩した顔が、父親そのものであった。死者の乗り移りに自覚的になる瞬間、自分の人生というものは同じ顔をした別の誰かによって既にすべて経験されてしまっているような気になってしまう。妻と子供三人を養いながら洗剤メーカーの社員として定年まで勤めあげた父親とまったく異なる仕事、生活を送っている白戸であったが、それすらも表面的な違いでしかないのかもしれないと、父親の顔が憑依《ひょうい》した際には思うのであった。遭遇する事象に対しどう感じるか――その受け止め方こそが、人生の差異であろう。

鏡の中に、また亡父の顔を見るかもしれない。白戸は新橋駅東口の入り口から地下道へと下りた。暴風雨の日など、あまり外に出たくない時は、新橋から汐留にかけて続いているここや東京駅、新宿周辺の地下道で見当たりをよく行う。

新宿などとは異なり、大規模な区画整理もちゃんと行われている地下道は幅も高さもあり、閉所恐怖症の気は微塵もない白戸でさえ長くいれば覚えてしまうあの独特の閉塞感もここでは覚えない。

一〇月に王龍李を逮捕し、護送中に殺されてから、既に六四日の無逮捕日が続いていた。

二ヶ月を超えている。

五〇〇人記憶しているうちの一人の手配犯も捕まえられないまま、ただ街をうろついているだけ。安藤が見つけた手配犯の身柄拘束に協力したりしているためかろうじて職務を果たしているという気にもなるが、単独でやっていた場合、今頃どうなっていただろうか。

四年前だったろうか、単独行動時代に、白戸はこの地下道で元武器商人の男を捕まえたことがあった。声かけに簡単に応じ、言葉もあまり交わさないままあっさり逮捕できてしまった相手はかなりの大物で、結局もらえなかったものの警視総監賞も確実だと周りからは讃《たた》えられた。良い記憶として、白戸の脳に刻まれている。

それを思い出し追体験するだけで、身体が勘を取り戻しそうな気さえする。

焦りやストレスは、苦しい今の状況に拍車をかけるだけだ。見えているはずの顔も見落としてしまう気がする。本当に見落としているのかどうかは、それを確認する別の目線を白戸自身がもっているわけではないためわからない。そんな目線が存在するとすれば、神の目線だ。

前に当てたポイントへ足を向ける。地下鉄汐留駅の付近、電通本社ビルと日本テレビの中間地点にあるT字路が、かつて元武器商人を見つけた現場であった。

ウィンズ汐留近くのラーメン屋で、並盛りでも普通のラーメン屋の二玉分はあるラーメンを食べ終え、口内に残る味噌スープやにんにくの滓《かす》を洗い流すようにお冷やを飲んでいると、ポケットの中に入れていた携帯電話がバイブした。サブディスプレイには、「谷遼平」とある。白戸は通話ボタンを押して携帯電話を肩と頬の間に挟みながら、カウンターの従業員へ千円札を差し出した。

「どうした？」

――たぶん、ホシを、見つけました。

その一言に、白戸の身体は緊張した。歩いて追尾しながら電話してきているのだろう、マイクにかぶさる息のノイズと、息にのって発せられる声が平常時より大きい。どこにいるかも不明な谷の身体的興奮が伝わり、白戸の心拍数も急激に上がる。

「場所は？」

――今、銀座郵便局の横です。浜離宮《はまりきゅう》のほうへ向かっています。

ここからは近い。五〇〇メートルも離れていないはずだ。店員から釣りを受け取ると白戸は外へ出た。

――ところで今、大丈夫ですか？

「ああ、ウィンズの近くにいるからすぐに追いつく」

――助かります。

入り組んだブロックから通りへ抜けると、ＪＲ線の高架が見えた。

「ホシの名前はわかるか？」

――すみません、そこまでは。ただ、三〇代前半くらいの、地味な顔立ちの男です。

「わかった、手帳の確認はしないでいいから、おまえはとりあえず男を追いかけろ」

――了解です。

「ちなみに、今日はどんな格好だ？」

今日は朝から一度も、班員の二人とは会っていない。

――俺は、いつものモスグリーンのダウンジャケットです。

「了解」

大手門橋から築地川を渡る。渡った先に管理事務所があり、周囲五〇メートルほどに他の客の姿はない。白戸は窓口の女性に警察手帳を出した。

「警察です。捜査のため通過させていただきます」

とまどい気味の受付女性はわけがわからないといった表情でうなずき、白戸はそのまま受付を通り抜け浜離宮庭園の中へ入った。谷の姿はまだ見えない。携帯電話がバイブした。

「もしもし」

――谷です。今、水上バスの発着場にいます。

潜め気味の声はわずかに聞き取りづらかったが、当たりを引いた者特有の緊張感が伝わってくる。

「ホシが乗ろうとしてるのか？」

――チケットを買ってました。

思えば、谷よりこうして応援要請を受けるのは、夏――七月以来であった。

「俺も向かう。どこ行きの便だ？」

――この時間帯だと、一三時三〇分発のお台場海浜公園行きで間違いないはずです。

腕時計を見ると、一三時二四分。白戸は小走りを始めた。

――あ、水上バス、もうすぐ着岸します。自分、もう乗りますね。

「わかった、急ぐ。ところで安藤へは？」

――連絡する余裕ありませんでした。

「わかった、俺から連絡する」

――すみません、頼みます。

通話を終えた白戸は走るペースを上げたが、水上バスの発着場が見えてきたところでまた減速した。

大の男がこんな静かな庭園で走っていれば、異様な殺気を周囲に感じさせてしまうだろう。着岸した水上バスに乗客が乗り込んでいるのが見える。短縮ダイヤルで安藤へかけた。

――はい、安藤です。

「今、どこだ？」

――新橋駅烏森口《からすもりぐち》にいます。

「谷がホシを見つけたらしい」

――え？

電話の向こうで安藤が驚いているのが白戸にはわかった。谷が見つける、という約五ヶ月ぶりの状況に、同じ班員同士、安心する気持ちも出てくるだろう。先輩たちより高い検挙率を誇ってしまっている彼女ならなおさら、そう思うのかもしれない。

「谷はホシを追いかけて浜離宮から水上バスに乗り込んだ。俺も乗るが、安藤、手空いてるか？」

――はい、でも、ここからだと……

「水上バスの行き先はお台場海浜公園らしい。ゆりかもめに乗って、発着場へ先回りしてくれないか？　船よりかはゆりかもめのほうが早く着くだろう」

――わかりました、向かいます。ちなみにホシは誰ですか？

「まだ……わからない。船内で確認してみる」

電話を切った白戸は受付で警察手帳を出しかけたが、再び胸ポケットにしまった。ブリッジで係員に券を見せる際、警察手帳を見せるわけにもいかない。ここからは、手配犯の視界に入っていると思って行動すべきだ。窓口でお台場海浜公園までのチケットを自腹で買い、一般客と同じように水上バスへ乗り込んだ。

谷の姿は、乗船口すぐ近くの後方席にあった。座席数一三〇の船内に、客は二〇人ほど。白戸に気づいた谷の横へ座る。見当たり捜査員の常として冬でも真っ黒に日焼けした顔の中で、大きな瞳がぎょろりと白戸に向けられた。

「ありがとうございます」

「……どれだ？」

「……ニット帽にダウンベスト、です」

他の乗客に聞かれないよう不明瞭な発音で谷が口にした。白戸が前方を見ると、横三列あるうちの左列、前から三列目の窓側の席に、カーキ色のダウンベストに黒いニット帽といういでたちの男がいた。座高の高さからして身長一七〇センチ台前半、その他のことは後ろ姿だけではわからない。

谷はしおり代わりに指を挟んでいた顔手帳のとあるページを開き、白戸に見せた。

「多分、こいつです」

指し示された写真を見る。坂下《さかした》順《じゅん》、現在三八歳。三年前に福岡市内の風俗店に放火、雑居ビル全体で二名の死者を出している。写真は四年前の、建材メーカーの営業職に就いていた当時のスーツ姿のものであった。太い眉に大きな耳が特徴的だ。眉は剃ったとしても、耳の形だけは変えられない。横顔写真をよく見ると右耳の後ろにホクロがあったが、ニット帽をかぶられてしまってはそこで判断するのは望み薄といえた。

「福岡の男が、平日の昼間に、浜離宮からお台場へ、か」

白戸のつぶやきに谷がわずかに顔を強ばらせた。

「おかしいですかね？」

「おかしいもなにも……」

白戸は一つ咳をした。短絡的な行動に移ってしまう時点で連中はおかしい。しかし、だからだろうか。

「俺には見えてこない。建材屋にいただけの犯罪素人が、東京でどう暮らしてきて、どうして観光船に乗っているのか、その一切合切が」

谷は黙ってうなずく。やがてディーゼルエンジンの音が変わり、水上バスは出航した。

「動きませんね」

窓のある左か、前方へ顔を向けるばかりで、ニット帽の男は後ろを振り返る気配がない。

「どうやって確認するかな」

「いずれにせよ、もう少し近くまで寄るしかないですよね」

乗船率の低い船内で、場所を移動している人は少なくない。一眼レフを構えた初老の男性は立ったままませわしなく移動し続け、中年女性のグループは天井の窓から差し込む日光を避けるように席をわずかに移動する。白戸たちも立ち上がり、中央列の前から五番目に移動した。左斜め前方に、ホシとおぼしき男がいる。ここまで近づいてしまえば白戸と谷も無言にならざるをえない状況で、左側の景色を見るフリをしてターゲットの視認に努める。隅田川河口から東京湾に出た水上バスは、南下を続ける。海に出て岸から離れると、景色の過ぎ去るスピードの遅さから相対的に、水上バスが減速したかのような錯覚に陥った。外界から遮断されているとはいえ、海上ということもあり底冷えするような寒さが伝わってくるように感じ、白戸はブルゾンの前ジッパーを上げたままだった。一三時三〇分に浜離宮を出航したこの便は、予定だと一四時ちょうどにお台場海浜公園へ着く。下船まであと二〇分残っていた。

右斜め後ろから視認しようとしても、ニット帽で耳まで覆われていた。ホクロがあるかどうか確認できない。ダウンベストの襟も合わせているので首から上の骨格もぼやけてしまっている。あまり暖かくない船内とはいえ、ニット帽を脱ぐ気配が一切ないのも怪しかった。白戸は自分の顔手帳でも確認してみた。坂下順の身長は一七四センチ。背丈だけは一致しているといえた。

〈ホシは坂下順。ニット帽にダウンベストの男。顔は未確認。〉

取り出した携帯電話のメール作成画面でそう打ち込み、安藤へ送信した。新橋からお台場海浜公園まで、ゆりかもめなら乗車時間一五分ほどのはずだ。歩きの時間を足しても、水上バスの発着場に彼女が先に来ている可能性が高い。視認に安藤が立ち会ってくれるとだいぶ心強かった。

ずっと前方左手に見えていたレインボーブリッジも、少しずつ航路正面へと近づいてきた。吊《つ》り橋の主塔二本は船の航路より右手に位置しており、ニット帽の男は立ち上がると前方右側へと移動した。窓にへばりつくようにして、巨大なアーチへ目を向けている。

白戸は左隣に座る谷の顔へ目を向けた。

両唇の中央部分に力がこめられ、それに引っ張られるように頬も硬くなっている。なにより、目つきに険があった。

「谷、おまえ、顔……」

白戸が声を潜めて指摘すると、谷は我に返ったようにいったん目を閉じ、マニュアル通りに口を開けた。だらしない顔。すぐに口を閉めた谷だったが、さきほどよりはだいぶマシな顔つきになっている。

谷が刑事の顔になってしまうのも無理はない。レインボーブリッジを通り過ぎた頃には、ニット帽の男は再び席へ座ろうときびすを返し、こちらへ顔を向けるはずだ。顔を正面から捉えられるチャンスに見当たり捜査員が興奮しないわけがなかった。

橋脚と橋脚の間、橋の真下を通り過ぎる。

ニット帽の男はまだ振り返らない。水上バスはまっすぐ、フジテレビ社屋へ向かうように進んでいる。手配犯とおぼしき男の顔をまだ確認できていないにもかかわらず、白戸の中では時間が妙にゆっくりと流れていた。水上バスの移動速度ももちろん関係しているであろうが、ニット帽の男が海にでも飛び込まない限り、この密室空間に逃げ場はない。下船時は一ヶ所しかない乗船口から外に出るほかなく、したがって顔を正視するチャンスは必ず訪れる。それに発着場にて待機しているであろう安藤にも重点確認をしてもらえれば、男が坂下順であるかどうか、確実に判断することができるだろう。

男が、後ろを向いた。

三角形のような狭い額と、口まわりが似ている。

男は座っていた席を一瞥したが、中央列最前列の席へ腰を下ろした。

ニット帽で耳まで覆われている上に、輪郭もぼやけてしまっておりわからない。白戸は下船時に賭けることに心を決めた。

「確定ですね」

隣の谷が、四列前に座る男へは聞こえないような声で口にした。

「そうか？」

白戸も囁き返すと、谷は小さくうなずいた。

中年男性に対する相貌識別能力に関して、白戸と谷の間にあまり差はない。白戸が得られなかった確証を、谷は得ることができたということなのだろうか。谷はすぐに被疑者の身柄確保へと移るわけでもなく、座ったまま着岸を待っている。下船時にまた念を入れて確認するべきであるし、なにより男が本当にホシなら、身柄確保時に他の乗客を人質に取り危害を加えたりする危険性もある。

白戸は前方の風景を見ながら、目の端だけでニット帽の男の後ろ姿を捉えていた。陸が近づくにつれ、フジテレビ社屋の銀色の球体が徐々に大きくなってきている。

バイブに気づき、白戸は防風パンツのポケットから携帯電話を取り出した。安藤からのメールを受信していた。

〈今、水上バスのお台場海浜公園発着場に着きました。チケット売場の外、下船客の顔を正視できる場所にて待機します。〉

白戸はその文面を谷へ見せた。数度小さくうなずいた谷はそのくせあまり安藤を頼りにするつもりはないようだ。表情でわかる。表情をコントロールできていないことが心配だが、その自信の大きさは班長の白戸としても頼もしかった。ほぼ五ヶ月ぶりの逮捕を、谷にはぜひ成し遂げてほしい。

エンジン音が変わり細かな方向転換を繰り返しながら、水上バスが接岸態勢に入った。乗客たちは下船のための身支度を整え始め、ニット帽の男も小さなショルダーバッグから取り出したポケットティッシュで鼻をかんだ。

「後ろへ行こう」

白戸が促すと谷は当然だというようにうなずき、船部後方、乗船口横の席へと移動した。ここに座って待っていれば、男の顔を確実に正視できる。

着岸した。

船内アナウンスが流れると、乗客たちが各々、乗船口へと向かい始めた。

ニット帽の男も最前列の席から立ち上がり、子供数人とその母親たちらしき集団の後ろに続いた。白戸は疲れきっているフリを装い、ぼうっと前方を——男の顔を眺める。

似ている。

しかし、目の奥を一瞬弛緩させてしまうような、あの感覚が湧いてこない。

「バッグの中、重い物は入ってなさそうですね」

「ああ……」

前にいる子連れの集団にまごつきながらも、ニット帽の男がこちらへと近づいてくる。白戸たちとの距離は五メートルほどにまで縮まった。

「声かけは、俺がやります」

臨戦態勢に入った谷と逆行するように、白戸はナイロンバッグの中で顔手帳を開き、坂下順の顔を凝視した。そしてそれを目に焼き付けたまま再び、前方の男へさりげなく目をやる。

目の形と配置が、写真とはわずかに異なる。

子連れ集団が下船し、白戸たちの真横をニット帽の男が通り過ぎると同時に、谷が立ち上がり白戸も続いた。

タラップへと踏み出そうとしている白戸の中で、それまでとは別種の緊張感が湧いてくる。ニット帽の男の一挙手一投足に注意を向ける一方で、谷の様子も気がかりになっていた。

白戸が手配犯を見つけた場合、まず避けようのない目の奥の緩みを感じ、その顔は手配犯当人ではないと何度否定してみて、それでも得てしまう確信があるものだ。

ニット帽の男は坂下順ではないと自分の心中で否定してみせても、それへの反論の声が出てこない。全身に鳥肌が立つようなあの感覚もない。

改札口をもうすぐ出るというところで、谷が呼吸のペースをニット帽の男に合わせているのが白戸にはわかった。半径数メートル以内に人気がなくなった瞬間、声かけする気だ。谷と異なり、白戸の息は乱れた。

誤認逮捕の可能性――。

それは絶対に避けたい。

「谷」

白戸が声をかけると、谷は俊敏に振り返った。

「不審がられてもいいから、正面からもっとちゃんと確認するぞ」

顔を寄せ耳打ちすると、谷は怪訝そうな顔をした。

「……間違いないですよ」

「念には念をだ。外には安藤もいる」

ニット帽の男から五メートルほど距離をあけたまま改札口を通過すると、待合所に立っている安藤の姿が目に入った。細身の白いダウンジャケットを羽織った彼女にニット帽の男が目を向け、ごく自然な流れで安藤が見返し、正視した。

男が安藤の横を通り過ぎても、安藤は当たりのハンドマークを出さない。

ニット帽の男の真後ろに谷が付き、その後に続くようにして白戸は安藤に寄り添った。

「どうだった?」

「……決定打に欠けます。顎と首まわりの感じが違うように思えました」

同じ人物を見ても、目に付く箇所は見る者によって異なる。安藤の指摘は目に関心がいった白戸とは異なるが、彼女も確信をもてないのであれば、男が坂下である可能性は低くなってきた。

突き当たった海沿いの遊歩道を左折した男が腕時計を見てわずかに歩を速めた時、谷が距離を詰めた。

「坂下」

前方へと発された声を耳にし、白戸と安藤は反射的に顔を見合わせた。

男は反応しない。

「坂下」

谷の声かけに男が振り向き、やがて立ち止まった。その顔は谷に向けられてすぐ、何かを恥じるような表情へと変わり、周囲をぐるりと見回し始めた。後ろにいた背の高い男は「サカシタ」という名の男を呼んだのに、関係ない自分が振り向いてしまった……それを恥じている。

要するに、男は、坂下順ではない。

男が再び前方を向いた時、谷がブルゾンのポケットへ手を入れ迫っていた。

「坂下」

谷の声にさすがに男は異変を感じたようで振り向き、白戸は谷より早く男へ話しかけた。

「すみません」

谷を制し白戸が近寄ると、男は眉根を上げた。

「あの、写真撮ってもらっていいですか?」

「……はい、かまいませんが」

困惑気味の表情だった男は硬い笑顔を取り繕う。間近で見ると、ますます手配写真との違いに気づく。谷の顔をうかがうと、さすがに彼自身も坂下との不一致点の多さに気づいたようであった。

「海をバックに、これで撮ってもらっていいですか？」

白戸が携帯電話をカメラモードにして渡すと、男は柔らかな物腰で遊歩道上で構えてくれた。

海を背にし、安藤の両脇に白戸と谷が立つ。携帯電話を構える男の顔を、二メートルほどの距離から、三人で正視した。

「いきますよー、はい、チーズ」

かすかなシャッター音が聞こえ、もう一枚撮ってくれた男から携帯電話を返してもらうと、白戸と安藤は礼を言った。谷は頭だけ下げたものの、言葉はなかった。

「お二人とも、すみませんでした」

そう言ってようやく頭を下げた谷に白戸はうなずくのみで、安藤は苦笑いを浮かべた。

男が去って行った海沿いの道から集団が近づいてきており、長い棒に吊《つる》されたマイクや巨大なカメラも見えた。テレビのロケ班らしい。

「あ、あの人たち知ってる」

安藤が口にしたとおり、白戸にも何人かの顔が判別できた。立ちつくしている谷を置き、二人でロケ班に少し近づく。とにかく華奢で顔の小さな女はモデルかなにかのはずで、六頭身の女芸人、男性漫才コンビ二人と、若手モノマネ芸人一人。それと顔は知らないが顔つきや身のこなしからして明らかにスタッフではないとおぼしき二〇代くらいの男がおり、おそらく彼も芸人かなにかのはずであった。オーラがある、などという半ば神格化された雰囲気ではなく、その人間の性格や職業病が身体表面の細部に発露しているだけだ。

「直《じか》に見ると、案外普通ですね」

突然上半身裸になり何かを叫んだ若手モノマネ芸人を見ながら、安藤はそう指摘した。

「案外普通、って、何が案外普通なの？」

「なんというか、人を笑わせるぞ、っていう雰囲気に満ちている感じじゃなくて……仕事として、計算で笑わせてるんだな、って」

「じゃあ、あのモデルみたいな子は？　案外普通？」

「そんな、私なんかより断然綺麗ですよ、そりゃ。……ただ、案外普通だな、って感じです」

安藤の言わんとしていることは白戸にもわかる。

「テレビのイメージと落差があっても、ちゃんとわかるもんなんだよな、実物を目にするのは初めてなのに」

「本当ですよね。覚えようとしたわけでもないのに、どうでもいいタレントの顔は毎日のように新しく覚えていっちゃう」

そうぼやいた安藤に、近づいてきていた漫才コンビのボケのほうが目を合わせた。

「すみませーん！」

明らかに自分が呼ばれているとわかった安藤は戸惑い、逃げ腰で目を白戸に向けたが、白戸は笑った。

「呼ばれてるぞ」

「え、でも、職務中ですし」

「オンエアーで使われるかどうかもわからないんだし、行っちゃえよ」

白戸はそう言うと谷が立っている場所へ戻り、安藤はロケ班に呑み込まれていった。

「まさか刑事だとは思ってないですよね、誰も」

谷がそう口にした。わずかに笑う余裕がこの男にあることに、白戸は少しだけ安堵した。

「ああ。まさか刑事をカメラのレンズで写してるとはロケ班の連中も思ってはいないだろうし、安藤自身も今撮影中の映像がオンエアーで使われると本気では思っていないだろう」

「白戸さん、許したんですか？」

「というより、俺が行かせた」

白戸の返事に谷はいささか驚いた様子であった。

「なんでですか？」

「……試してみたかった、という感覚に近い。今の時代、膨大な数の顔を覚えていなきゃ、まともな文明生活を送れないだろう？　現代人の脳はパンク寸前だ。人の顔なんて、テレビに一度映ったくらいじゃ誰にも覚えられない……そんなどうでもいいことを確認したくなった」

人工海岸のなんということのない風景でも、カメラのレンズを向けられているだけで、その箇所だけ切り取られ別世界へ変えられてしまったように見える。

安藤は白戸たちの近くにいながら、白戸たちとは断絶した空間にいた。

ついさきほどまでとは異なり、カメラの前に立たされた安藤は姿勢を正し、控えめながらも笑顔を見せ、訊かれたことに対しよく通る大きめの声で対応していた。タレントでもなんでもない素人でも、カメラを向けられればそれなりの対応ができてしまう。そしてこれがオンエアーされた場合、安藤の姿は全国数百万人規模の視聴者の目に晒される。とても、人の顔を見るプロには見えない。彼女が笑顔を見せ声を張るほど、二六歳の女性としての無防備さが露わになっていった。

12

午後一〇時過ぎに白戸が帰宅すると、ソファーに座った千春が携帯電話のボタン操作をやめ、それを折りたたんでスウェットのポケットに入れるところであった。

「おかえり」

「ただいま」

「崇正、知ってる？　泥棒が捕まった件」

怪しい所作を誤魔化すための牽制。そうとしか思えないような切り出し方を訝しんだ後で、白戸は千春の言ったことを反芻《はんすう》した。

「泥棒？」

「九〇六号室よ。一〇月に空き巣に入られてたでしょ」

ようやく白戸はうなずいた。たしかに二ヶ月前、そんな事件も起こっていた。

「そうだったのか」

「警察なのに、なんにも知らされてないの？」

「広い組織だから。誰に聞いたの？」

「仕事から帰ってきた時、管理室の前で管理会社の人とおばさん二人が話してて、つかまったの。

若い女性の一人暮らしは気をつけなさい、って」

　自嘲気味に言う千春に、白戸は微笑して応えた。

「一人暮らし、か」

「そう。実際は警察官と同棲してる三三歳の女だけどね。ここにもう四年住んでても、そんなことも知られていないことにちょっと驚いちゃう」

「まあ、そもそも誰にも話してないからな」

「そうだけど……一人暮らしだと思われてるのは意外だった」

　くぐもったような低い音が部屋のどこかで鳴っているのに白戸は気づいた。耳を澄ましている白戸の所作に反応するように、千春がスウェットの中から携帯電話を取り出し、サイドキーを押しバイブを止める。

「で、泥棒はいったい誰？」

「え……？」

　和室で部屋着に着替え終えた白戸がソファーに座って尋ねると、千春はわずかに動揺の色を見せた。

「泥棒は、誰？」

「ああ、九〇六に入った泥棒は、向かいのマンションの住人だったんだって」

「向かいのマンション？」

「そう。あの茶色いマンションの、同じくらいのフロアの住人」

　千春は南向きの掃き出し窓を指さした。ベージュの遮光カーテンに隠され外の景色は見えないが、その向こうには、駐車場と古い一軒家を挟みここと同じ規模の茶色いマンションが建っている。

「どうやって発覚したんだ?」

「なんでも、このマンションに住んでる賃借住人の女性が、双眼鏡で覗かれていることに気づいて通報したのがきっかけだったんだって」

「双眼鏡……」

「そう。それでその訴えを基におまわりさんたちが訪ねていったら、男の一人暮らしには似つかわしくない物が色々出てきて、盗品だったってわかったらしいよ。窃盗の常習犯だったみたい」

「覗きに窃盗か」

「本当にどうしようもないよね。っていうか、私たちもそいつに覗かれてたかもしれないってことでしょ? 家の中を物色されたり」

「ありうる……。しかし、双眼鏡を向けられていることに気づいた女の人もすごいな」

犯人が住んでいた茶色のマンションとこのマンションは、距離にすれば一〇〇メートルほどしか離れてはいない。視力の良い人間であれば窓から覗いている双眼鏡に気づけなくもないだろうが、無数の窓のうちから自分へ向けられている目線の存在に気づいたとは並の注意力ではない。普通、観察者と同じ目線を獲得している者でないと、その目線には気づかないだろう。

「今時、泥棒なんて簡単に捕まりそうなのに、その女の人が覗きに気づかなかったら、解決には至らなかったかもしれないなんてね」

「今時、だからこそだよ。いくら科学捜査や監視システムが発達しても、それらに反比例するように地域社会は崩れているからな」

「地域社会？」

「千春も、同じマンションの住人に、一人暮らしの若い女だと思われたんだろ。近隣住民がそれぞれどんな職業に就いているかもわからないどころか、どんな顔をしているかもわからない。警察が行ってきた、昔ながらの聞き込みという手法が、使えなくなってきているんだよ」

いくら犯行現場からＤＮＡや指紋を採取しても、照合すべき人物たちの候補を絞り込めなければどうにもできない。

「仮に犯人が特定できたとしても逃亡されたら、聞き込みが意味をなさないから潜伏先はわからない」

「じゃあ……うちの隣に殺人犯とかが住んでいたとしても、誰も気づかないかもしれないってこと……」

「そう」

白戸が言うとほぼ同時に、またさきほどと同じ低音——バイブ音が聞こえた。今度は五秒以上続いており、電話着信の可能性が高い。千春は携帯電話の入っているスウェットの左ポケットをおさえつけるようにクッションを抱いた。「海老原貫一」だろうか。吉祥寺のカフェで盗み見たその名前や他の怪しい電話番号のいくつか、それにメールの本文が、画像記憶として頭の中に想起される。〈そげんことなら今週木曜もお願いしたか。〉当該の木曜日、千春が帰宅したのは午前一時過ぎだった。

「隣の人がどんな顔で、何をしているのかは、誰にもわからない」

白戸の言葉に対し特に注意を喚起されなかったという顔をしながら、千春は手に取ったリモコンでテレビのチャンネルを替え始めた。

秋葉原の中央通りに立っていた白戸はゆっくりと南下し続け、気づけば総武線のガード下をくぐり万世《まんせい》橋まで来ていた。ちょうど万世橋署から出てきたパトカーが赤色回転灯をつけて中央通りを北上したところで、街に漂う不穏な空気を感じた。あと数日でクリスマス、その一週間後は大晦日。年の瀬は犯罪の件数も多くなる。そして、気を許す犯罪者も増える。ターミナル駅である秋葉原駅近辺で、指名手配犯の顔を見つけられる予感が急に強くなってきた。手帳の中の五〇〇人と、今日はバイオリズムの波長が合っているような気がした。

橋の欄干に片肘をつき、神田川の水面へ目をやる。百数十メートル先にかかる鉄橋を山手線の車両が徐行速度で渡り、その下の水路を小型ボートが白戸のほうへと向かってくる。ボートの進んでいる方向へ、神田川を西へと進めばすぐ近くの御茶ノ水へ、その先は水道橋へと続いている。東京ドームの前で安藤が手配犯を挙げたのが、三週間あまり前のことだ。白戸自身は一〇月から三ヶ月近く、谷に至っては七月から一人も手配犯を見つけられていない。

白戸は欄干から離れ、再び中央通りを北へと戻りだした。谷の状態が心配であった。もうすぐで半年間逮捕者数ゼロという記録をつくってしまう彼が、先日のような誤認逮捕のおそれと闘いながらどうやって手配犯を見つけられるのか。あのような目に遭えば、今度は本当に手配犯を見つけたとしても谷の脳が勝手に〝別人である〟という判断を下してしまうかもしれない。その心配は自分にもあてはまると、白戸は思っていた。班員同士の調子は伝染する。職業経験の蓄積が多くはないにもかかわらずコンスタントに手配犯を見つけ出す安藤のそれではなく、同性であり同じ三〇代である谷の負の調子が白戸には伝染していた。

テナントの入れ替わりの激しい電気店街秋葉原も、中央通り沿いに並ぶチェーン店の数々はこ数年間あまり代わり映えしない。一方で再開発された駅周辺の洗練具合はさらに進んでおり、白戸が足を踏み入れた駅ビルには外資系カフェチェーン店や女性向け雑貨屋がテナントとして入っていた。さきほどまでいた中央通りとは違い、空間の至る所にガラス張りの壁があり、通り過ぎる人々の鏡像が浮かんでは消えた。正午を迎えて間もない時間帯、ランチ目的とおぼしき若い女性客が増え、それに反比例して手配犯の魚影は薄まっているように見える。

駅の中央改札口へ移動ししばらく立ち続けた後、再び中央通りへ戻った。ガラス張りの建物はほとんどなく、雑居ビルの窓もほとんどがポスターや段ボールで塞《ふさ》がれている。一般化が進んだとはいえよその街と比べれば未だオタク文化を色濃く残す秋葉原の中央通りの客層は、己の姿を外部に晒すことも、己の鏡像を目にすることも望んではいない者たちが多い。アニメ絵のプリントされた紙袋を手に提げた私服の中年男が、誰とも目を合わせないようにしているともとれる独特の怪しげな雰囲気を醸しながら足早に万世橋方面へと歩いていた。

人気の多さの割には、自分の鏡像に出会うことは少ない。オタク層だけでなく、案外、犯罪者たちとも親和性の高い街であるといえた。あまり認知されていないものの風俗店がいくつかあるし、パチンコ店もある。家電量販店の並ぶ中央通りから西側へ一歩外れると通称「裏通り」と呼ばれる路地に入り、様々なパーツ屋の前をゆっくりと歩きながら白戸は行き交う人々の顔を見る。中央通りからほとんど離れていない通りであるにもかかわらず、行き交う女性の比率が極端に下がっている。女性は量販店やチェーン店といった明確で均質化されたものに安心感を求める傾向にあるが、男だらけの裏通りでは男女の心理の差が視覚的にわかりやすく具現化されているようだ。

綺麗な身なりの女がいるとそれだけで目立ったが、この近辺に職場があって通過しているくらいにしか思えない。中古ＤＶＤショップ店の前に立っていた安藤の姿も目立ちはしたが、不自然ではなかった。まず刑事には見えない。白戸が気づいた時には、既に彼女の大きな目で先に姿を捉えられていた。

「またですね」

「ああ。でも谷とは朝一で会ったきりだ」

安藤とは午前中に二回、中央通りで顔を合わせていたが、谷とは朝一の駅前でミーティングを行って以来、会っていない。

「どこか違う街にでも行ったか？」

「そんなわけないじゃないですか」

ぎこちなく安藤は笑う。戦績の悪い先輩刑事をどう扱ってよいものか、彼女にすれば迷ってしまうところであろう。最近は必要以上にフォローの言葉をかけることも少なく、黙々と自分の仕事を遂行するのが班にとって最良だと判断するようにシフトしたらしい。白戸もそれが正しいと思う。部下に戦績で抜かれ、なおかつ気まで遣われてしまっては立つ瀬がない。

クリスマス商戦のため街の至る所に設置された電飾が目立ち始めた夕方、白戸は昭和通りの高速道路高架下近くの路上で身震いした。寒さを紛らすため、何か熱いものを体内に入れたかった。本当は牛丼屋の豚汁が理想だが、店に入るのは気が引け、近くにあった自動販売機まで歩み寄り缶コーヒーを買おうとしたところで、最新のタッチパネル式であることに気づいた。パネルの裏側に埋め込まれたカメラが購買客の顔を三次元的に捉え、年齢、性別を分類しマーケティングリサーチを行うタイプである。少し前に千春と一緒に見たテレビのニュース番組で知った。

小銭を投入しタッチパネル上に表示されている缶コーヒーパッケージのデジタル画像へ指を触れた。三九歳の自分は、〝四〇代・男性〟とでも認識されただろうか。顔認証のセンサーは、肌表面や頭髪の状態まで捉えられるわけではないだろう。顔の起伏を数値化し分類するとなれば、鼻を基点とした目尻や口角の下がり具合といった、限られたポイントだけに頼っているということか。肌や髪、ひいては全身の姿勢、歩き方といった情報なしに白戸が同じことをできるとは考えられなかった。

顔認識は、ある局面では機械のほうが人間の能力を凌駕《りょうが》するであろうし、またある局面では、人間のほうが優れていて、未来永劫《えいごう》、絶対に機械に負け続けることはないという点は残るだろう。慣れ親しんだ人物であれば、その人がサングラスとマスクをつけていても、判別することができる。逃亡犯は総じて、顔を隠すためになんらかの対策を講じる。サングラスをかければ機械による顔認証で捉えられることはなくなるだろうが、欧米ならともかくここ日本では、逆に人目を引きやすくなる。たった今も、横を通り過ぎたサングラスの若い男の顔へ、白戸の視線は自然と吸い寄せられた。不一致。すると男は足を止め、顔を向けてきた。サングラスの奥の視線が自分に向けられたような気がした白戸は身体を硬くしたが、男はダウンジャケットのポケットを探りながら自動販売機へと近づいてきた。真新しい販売機に惹かれたのであろうか。白戸は出てきた缶の予想以上の熱さに戸惑いフィールドジャケットの袖で掴み直し、販売機の横でコーヒーを飲みながら、それとなくサングラスの男の横顔をうかがった。特徴的な大きなホクロが左頬にある。

販売機に内蔵されている顔認証センサーは、どこまで読み取っているのであろうか。ともかく、民間の商用レベルでこれほどまでの技術が投入されているとすれば、軍事レベルでは数段上の技術が開発されているのだろう。各諜報《ちょうほう》機関も、自動販売機以上のレベルでどこかで運用しているはずであった。まもなく、白戸と似たようなラフな格好の男が何かを買い、すぐにプルタブを開けると昭和通りを駅方面へと歩きだした。一瞬だけ見えた横顔が、白戸の目の奥を弛緩させた。

知人だろうか。そう勘ぐりながら、白戸は半分ほど残っている缶コーヒーを一瞬の逡巡ののち空き缶入れに突っ込み、追尾を開始した。

ベージュのカーゴパンツに黒の中綿ジャケットを着た男はすぐに中身を飲み干すと、秋葉原駅近くの自動販売機の空き缶投入口に空き缶を捨て、そのままつくばエクスプレス線乗り場へと至る地階行きの下りエスカレーターに乗った。白戸は躊躇しかけたが、思い直し追尾を続行する。四人挟んで後ろから、後頭部しか見えないが、それだけでも、自分の知人ではないだろうという判断だけはできた。テレビで見る芸能人でもない。知人でも芸能人でもないが、あの顔に見覚えがある。

指折り数えても両手で足りるほどの回数しか乗ったことのないつくばエクスプレスは、夕暮れのこの時間帯、結構混雑するようで、地下通路の人口密度は高めだった。追尾に気づかれる危険性は少ないが、相手を見失う可能性は通常より少し高い。男は券売機に並ぶことなく財布を改札機のセンサーにかざしてそのまま通過し、白戸も試しにＪＲのチャージ式ＩＣ乗車券をかざしてみると問題なく通れた。切符ではなくＩＣ乗車券を持っている手配犯――それが定期券という可能性も皆無ではないだろう。偽りの身分証さえあれば、どこかの小さな会社にでも所属し、定期代を支給してもらうのも不可能ではない。

つくばエクスプレスは東京の秋葉原と茨城県のつくばを繋ぐ高速鉄道である。自殺防止柵に守られたホームのどの乗降ゲート前にも列ができており、後部車両の整列位置に男は並んだ。背の低い男で人混みにすぐ埋もれてしまったが、わずかな時間だけ目にすることのできたその横顔を、自分はたしかに知っている――白戸の中で確信めいたものは強くなっていた。

構内アナウンスの後ですぐに電車が到着し、ドアが開くと他の乗客たちと一緒に車内へなだれこみ、白戸が車内へ足を踏み入れると同時に男はギリギリで席に座り、寸差で負けた初老の男が彼を睨みつけ、大げさな足音を立てた。男は組んだ両腕に顔を埋めてしまい、その男の前を初老の男が塞いでしまっている。車内で顔を視認するのは難しい。そしてますます混雑具合を増す車内で顔手帳を開くのも難しかった。

車内アナウンスが、もうすぐ発車することを告げた。白戸はすし詰めの車内でなんとか携帯電話を顔の前まで掲げ、宛先《あてさき》として谷と安藤のアドレスを指定しメールを作成した。

〈ホシを見つけた。ＴＸ乗ってるけどもう発車する。こっちでどうにかするからかくじつづけろ〉

発車ベルが鳴り、ドアが閉まった。白戸は送信ボタンを押した。電車が動きだし、電波受信状況を表す線が一瞬だけ弱まり、またすぐに元に戻った。

浅草、北千住と通過し東京都から出て、埼玉県の八潮《やしお》駅に停車しても男は座席から立たなかった。前に立ち塞がっていた初老の男は別の場所に移動していたが、男は顔を伏せたままで確認できない。相変わらず、顔手帳も確認できない状況であった。

埼玉県内だとすれば三郷《みさと》中央駅で降りるのか、それとも千葉や茨城まで行くのか。どこで下車するつもりかは不明だが、ホシとおぼしき男は座っている分、まかれる可能性は低いとみていい。白戸は目の端で男の姿を捉えながら、窓の外に目を向けた。戦前から敷かれているような既存の路線と異なり、北関東へと延びる新しい高速鉄道の線路沿いの風景は田畑や木々が多く、もっと明るい時間帯であれば緑色豊かであろうが、午後五時前という夕暮れ時の今、窓という四角いフレームの中ではただただ青黒い風景が流れている。

千葉県内の三駅でも男は降りず、電車はいよいよ茨城県内に入った。終点のつくば駅まで、区間快速のこの便ではあと六駅。少し空いた車内でようやくスペースに余裕をもてた白戸はドアを背にするように体勢を変え、ナイロンバッグの中から顔手帳を取り出した。他の乗客から見えないように、読書を装いながら白戸は手早くページをめくってゆく。

電車が減速し始めた時、視界の端で男が顔を上げるのがわかった。次の停車駅は守谷《もりや》だ。奴はここで下車するつもりか。他の乗客たちも数割が降りるようで、下車間際の身支度で車内ににわかに動きがあった。白戸が立っているドアが降車口となるらしく何人かが白戸のほうを向く。ろくにチェックできないまま、白戸は顔手帳を閉じた。窓に映った手帳の中身を見られてはならない。顔写真が無数に並ぶ手帳を目にした人はたとえ手配犯ではなくとも異様さを感じるはずで、その空気が狭い空間内で、手配犯にまで伝わってしまってはマズい。

守谷駅のホームが見え始めた時、男は席から立ち上がり、白戸の立っているドア付近を一瞥した後、一つ横のドアへと移動した。

気づかれた、か？

刑事の匂いを漂わせてしまっていただろうか。しかしそれはないだろうと思う。守谷駅で下車した経験はないが、東京のターミナル駅等と比べれば、下車後に人混みの中でまかれる可能性は低いだろう。緊張してはいるが、困難な任務であるという感覚はあまりなかった。ドアに身体を向け、白戸は窓の中にくっきりと浮かび上がる己の鏡像と向き合った。

ドアが開き外へ出ると、男も不自然な様相を一切見せずにホーム上を階段目指して歩いていた。フェイントを警戒し白戸はしばらく車両の側を歩いていたがそのうちドアが閉まり、男も階段を下っていった。

あの顔を知っている。

しかし誰の顔であるのか顔手帳で確認するチャンスがない。歩きながら一瞬目にした路線図で、守谷駅にはもう一本私鉄が乗り入れていることを知った。男が他路線へ乗り換えるとしてもその一本だけで、そうでなければ、バスかタクシー、あるいは駐車場に停めてあるマイカーもしくは自転車での移動か。車という移動手段へ切り替える際、隙が生まれる。

突然、男が財布を改札機のＩＣカードにかざしかけて振り向き、白戸の横を通り抜けた。

頭の片隅で予期してはいたが実際に起こると驚いてしまうもので、それでもなんとか顔や身体には表さないように努め、あと二歩で改札機にさしかかるというところで白戸も立ち止まり、横に避けた。出口を間違ったという体《てい》で後ろを振り向くと、男性用トイレの中へ入ろうとしている男の背中が見えた。

追尾の気配に気づき、変装でも企《たくら》んだか？　逃走するならば、まず改札口の外に出ることを考えるだろう。白戸はトイレ出入り口付近の壁に張り付くようにして待つことにし、ナイロンバッグの中から取り出した顔手帳の確認を急いだ。男の用が小便だとしたら、一分ほどしか時間はない。

集中する。見開き一ページ、計一〇人分の写真を、広角視野を意識し数秒で処理してゆく。最後まで一巡したが、該当する顔はなかった。急ぐあまり見落としがあったかもしれない。男もまだトイレから出てこなかった。白戸は再度、最初のページから写真へ目を通し始めた。

一巡目より少しゆっくりしたペースで二巡目の半分ほどまできた時、男がトイレから出てきた。壁に張り付いている白戸に気づかなかったのか、振り向きもせずに通常の徒歩ペースで改札口へと向かっている。白戸は手帳を閉じ、男の追尾を再開した。改札機へかざしたＩＣ乗車券の残額は七〇円で、危うく足止めを食らうところであった。秋葉原から一〇〇〇円近くかかる遠方までホシを追ってきたことになる。他県での応援要請は少し気が重いが、必要とあらばためらうわけにもいかない。

建設後一〇年も経過していない近代的な駅舎は広く、人口密度は極端に低くなった。全体的にグレーで統一された建物の中を男は東口へと移動し、階段を下りると広いロータリーに出た。駅舎一階の店舗に入っている外資系カフェチェーン店の横を通り過ぎる際、ガラス張りの店内から照らされる男の横顔がまたはっきりと見えた。

たしかにあの顔を知っている。

しかし顔手帳を一巡半しても、該当する顔はなかった。

白戸は足を速め、男との距離を詰めた。手帳の中の誰とも見当がつけられたわけではないため、声かけもできない。

せめて、手帳に載っている五〇〇人以外で、自分の記憶の中のどこに属する顔なのか、確かめておきたかった。

慎重さが必要な時もあれば、対象者が予期しない大胆さが功を奏す時もある。

「ちょっとすみません」

白戸が横に並びながら声をかけると、男は数歩進んだところで二度見し、ようやく立ち止まった。

「……わたし？」

「はい」

背の低い男の顔を至近距離で正視する。白戸は自分の鳥肌が立つのがわかった。知らないこの顔を、自分はたしかに知っている。

突如、男の表情に険しさが兆した。

白戸は反射的に身構える。

「あんた……」

知人だったか。白戸には思い出せない。

「またあんたかよ、なんだってこんな年の瀬に」

男はぎこちなく微笑んだ。開いた口から、上前歯の銀歯二本がのぞいた。

すべての記憶が、甦る。

「……で、わたしがなんかした？　刑事さん」

見当たりに従事して一年目、渋谷で挙げたホシであった。名前は失念したものの、警視庁から窃盗罪で手配されていた男だったことを思い出した。

「……いつ出てきた？」

「今年の二月に仮出所になったよ。今はなんとか堅気の商売やってるんだからさ、もう勘弁してよー、こんな年の瀬にさ」

三年弱で仮出所となった小物。再び逮捕前と同じ道で食っていくより、堅気の仕事で細々と生きていく道を選んでもおかしくはない。

「今はここに住んでるのか？」

「ああ、そうだよ。家も仕事場も守谷」

「秋葉原では何してた？」

「……は⁉　あんた、そんなところから？」

男は本心から驚いているようであった。

「異常だよあんた……なんでそんな所から追いかけられなきゃならないんだよ、この年の瀬にさ」

「……素行調査。まあ、ただ気になっただけだ」

「頼むからさ、もう忘れてくれよ、俺の顔を」

さきほどよりいくらか大げさに嘆いてみせる男を前に、白戸はため息をついた。

「俺も忘れたいところだよ」

白戸が解放すると男は数度振り返りながら、平面駐車場の見えるほうへと去って行った。

一度自らの手で逮捕した男に対し、未逮捕の手配犯を見つけた時と同じ反応を、この身体がしてしまった。

一度覚えた顔を、忘れることができない。

手帳に収められている五〇〇人は当然として、自分は何人の顔を覚えているのだろうか。白戸も正確には摑めない。五年足らずの間にたとえ短時間であっても手帳に収められた顔の累計は、三〇〇〇は超える。

潮時なのかもしれない。

捜査共助課の見当たりには、顔を覚えられないという不適性もあれば、顔を忘れられないという不適性もある。

覚えた顔が、手配犯なのか、かつての手配犯なのか、知人や有名人の類なのか。職歴を重ねるほど、白戸にはその区別がつきにくくなってきていた。覚えた顔の持ち主とそのバックグラウンドを結びつける能力に長けていれば――安藤のような覚え方をしていれば、そうした弊害も少ないのであろうが、白戸はただただ顔の記憶を蓄積する能力に長けているだけであった。

なにより、幽霊の顔を現実世界で見るようになっては、もうおしまいだろう。

須波の顔。

あの顔を新大阪駅で本当に見たのかどうかも、今となっては怪しく思えてくる。

七〇代前半で亡くなったという両親とともに、霊界にいるというのが真実であろう。あるいは、林小麗《リンシャオリー》も一緒にいるのだろうか。ある中国マフィアの飲食店でフロア管理を任されていた在日中国人二世の女。須波が捜査共助課へ配属される前から二年弱の交際期間があったという彼女は四年前、歌舞伎町の外れにある飲食店の軒先で、ビニール袋にくるまれたバラバラ死体として発見された。身よりもなく、恋人まで失ってしまった須波通の生き甲斐《がい》が、恋人を惨殺した連中への復讐だけとなってしまったとしてもおかしくはなかった。そして刑事的手法ではなく法律の範囲外の手法で彼が順調に中国マフィアたちを消していっていると噂が立ち始めた矢先、彼自身も焼死体となり、今は現世にいない。

〈見間違いだった。各自、今日は適当なところで切り上げてくれ。〉

白戸は携帯電話のメール作成画面でそう打ち込むと、谷と安藤に向けて送信した。今からまたすぐつくばエクスプレスの上り電車に乗り込めば、六時前には秋葉原へ戻れる。しかしどっと精神を消耗させた白戸は、すぐ戻る気になれないでいた。

近代的な造りの守谷駅だが、広い駅舎そのものにはあまり人気はない。駅から少し離れた場所に明かりが集中している箇所が見え、おそらくそこが街の中心部であろう。一〇〇メートル以上歩き、ショッピングモールの中へと入った。

二階にある広大なフードコートの窓際席で石焼きビビンバを食べ終えてからもしばらくそこで顔手帳の記憶に努めた。心を落ち着けることができた。記憶のための記憶でなく、精神安定のための記憶になっていることにも白戸は自分で気づいていた。

席について一時間ほど経過した頃、白戸はショッピングモールを後にした。守谷駅へと続く一本道を歩く。歩いている者はほぼ皆無であった。戻ってきた広いロータリー内に、何台かの車が停まっている。東京都内と異なり、ミニバンや軽自動車といった庶民の生活車が多いことに、車社会独特の空気を感じた。

古いバンの横を通ろうとした時、スライドドアが開く音がした。

直後、両脚に強烈な衝撃と痛みを感じ、白戸は膝から地面に崩れ落ちた。

両脇を強い力で摑まれた時、前方にジャージ姿の大柄な男が見えた。両脇を固めている二人も含め、確認できるだけで三人。ロータリーのベンチに座る中年女性と目が合ったが、女性はすぐに逸《そ》らし、目の前で行われている不可解な暴力との関わりを避けようとしているのが、白戸には冷静に理解できた。

「※△◎×※△◎×」

誰かが発した言葉に、白戸は危機感を増幅させた。おそらく中国語。日本人ではなく中国人であるなら、死はぐっと現実味を帯びる。恐怖にかられた白戸は大声を出し、半ば破壊された両足を踏ん張った。

バンの車内へ押し込もうと正面から体当たりしてきたジャージ男の顎に掌底《しょうてい》を叩き込む。ジャージ男は体勢を崩してバンにもたれかかり、両脇を固める力もわずかに弱まった。

己の上半身を地面に叩きつけるつもりで、白戸は地を蹴った。

拘束から抜け出すことのできた白戸はそのまま数メートル前方まで全力ダッシュし、振り返ると、引き戸を開けたままのバンがロータリーから急アクセルで離れていくところであった。ナンバーを確認しようとしたが暗くてよく見えず、すぐ視界から消えた。

白戸がベンチに座ると、今さっき白戸を無視した中年女性はどこかへと去って行った。

時間が経つにつれ、急に両脚の痛みがひどくなってきた。棒のようなもので殴られたか。危ないところであった。頭をやられたら、間違いなく殺されていたか、車内へ引きずり込まれていた。

一方で、成人男性を拘束することの難しさも白戸は知っていた。武道経験者である警察官を力ずくで連れ去るのは、そう簡単なことではない。

しかし、そういった常識を無視して実際に白戸を拘束しようとした者が、確実にどこかにいるということだ。

警察官という職業に、どこまで身を捧《ささ》げるべきか。遅れてやってきた震えの中で、白戸はそんなことを考えた。

13

廊下を隔て数メートル離れた場所にある寝室で立てられた物音を、白戸は畳伝いに振動として感じ取った。過敏になっている。目覚めてから一分も経たないうちに部屋の隅からアラーム音が鳴り、白戸は掛け布団を蹴飛ばすと和室の隅で鳴る目覚まし時計のボタンを押した。

「おはよう」

リビングへやって来た千春は既に通勤服に着替え終えており、白戸も挨拶を返した。彼女が夜中に一度、トイレへ立ったのも白戸は知っている。些細な物音や気配にも身体が敏感に反応した。

「今日はどこか遠い場所で？」

千春が訊いてきた。和室で鳴った目覚まし時計の設定時刻の早さからそうくみ取ったのだろうか。白戸は首を横に振る。

「今日は、まず登庁する。見当たりはその後」

うなずく千春を見ながら、白戸は寝室からアラーム音が聞こえなかったことに気づいた。いつもなら目覚まし時計や携帯電話のアラーム機能の音で起きる彼女が、今日に限ってはアラームなしで起きた。白戸と同じく目覚ましの設定時刻より前に起き、設定を解除したということだろうか。設定時刻よりどれくらい前から起きていたのかもわからない。彼女の顔つきは、寝起き直後の人間というふうではなかった。マンションの同じ部屋に住み別々の部屋で寝て、互いに設定時刻より早く起き、同じように起きている相手の姿を想像することもない——少なくとも白戸はそうだった。

千春とともに朝食をとり、ちょうど白戸が食べ終えた時、部屋のどこかから重低音が聞こえた。和室からで、白戸の携帯電話のバイブだった。ナイロンバッグから取り出し確認すると、もう何年も会っていない大学時代の友人からの一斉送信メールで、アドレスを変えた旨だけ記されていた。

「同じ班の人、風邪ひいて来られなくなった、とか？」

食べ終えた二人分の食器を台所で手早く洗っている千春に訊かれ、白戸は苦笑した。

「そんなヤワな連中じゃないよ」

白戸は携帯電話の写真フォルダーを開くと、一枚の写真を全画面表示させ台所に立つ千春へ見せた。

「これ、一緒の班の連中」

ディスプレイの正面へと、ふきんで手を拭いた千春が顔を寄せてくる。

「どっか遊びに行ったの？」

写真は、水上バスを降りたお台場海浜公園で谷が誤認逮捕しかけた日、お台場の岸辺で、その誤認逮捕しかけた人物に撮ってもらったものだ。海を背景に、左から白戸、安藤、谷と並んで写っている。派手な格好の安藤が中央で目立つということもあり、三人で遊びに行ったのだと千春に思われてもおかしくはない。

「仕事中だったよ、この時」

「そうなの？　崇正と真ん中の女の子は、すごく楽しんじゃっているように見えるけど」

千春が可笑しそうに言った。憔悴《しょうすい》気味の顔をしている谷と比べれば、他の二人の表情の捉え方は変わってくるだろう。

待ち受け画面へ戻すため白戸がクリアーボタンを押しかけた時、千春が携帯電話を右手でホールドした。白戸の手からほとんど離れかけた状態の携帯電話のメインディスプレイを、千春は凝視している。

「何を見てるの」

「何、って……私が想像してた人たちと全然違ってたから、びっくりしちゃって」

思えば彼らの個性について語ったことはあっても、写真の類を見せたことがなかったことに白戸は気づいた。

「その二人がどんな顔をしているか、話した情報だけでは、伝わらないもんな」

「三人、だよ。崇正も、仕事中はこんな顔してたんだね」

仕事中、といっても、息抜きをしている時に撮った写真だ。普段の顔に近い。少なくともカメラのレンズにすすんで正対した時の顔としては自分の中でごくありふれたもののつもりであったが、彼女はそうは思わないらしい。同棲生活の中で、この写真のような表情はしないように思えるし、かといってカメラや鏡で確認しているわけでもないため、普段自分が千春の前でどんな顔をしているか、白戸は知らない。


千春が出勤してから半時間遅れで白戸も家を出た。九階の共用廊下に他の住人の姿はない。ボタンを押し、六階に停まっていたエレベーターがやって来るのを待った。扉の開いた狭い箱の天井にある半球形のシェルターが真っ先に白戸の目につく。防犯カメラ。操作パネルの下方に、カメラや非常時用受話器がエレベーターメーカーの管理室と繋がっている旨が表記されている。降りた先の一階のエントランスホールに至っては白戸が目視できるだけで五ヶ所、出入り口の外二ヶ所にも防犯カメラは設置されている。数ヶ月前に行われたマンション組合の有権者たちによる投票の末に決まった、防犯カメラ五台の増設は速やかに行われていた。映し出された映像は警備保障会社からリースで提供されている管理室内のハードディスクレコーダーに二週間分記録されているというが、映像の出力先がそこまでにとどめられているかどうかはわからない。ひとたび事件が起き警察に映像の提供を求められれば管理組合や警備保障会社は素直に従う。警察のやり方なら白戸もだいたいわかるが、わからない部分も未だにある。たとえば公安部がどう監視システムに介入してくるかについては、具体的に知っていることは少ない。

通りを挟んだ向かいのマンション前に停められているＲＶ車が白戸の目についた。数メートル離れた位置からだと、スモークガラスで車内の様子はまったくわからない。車の停まっている場所は、白戸のマンションを監視下に収めるにはベストの位置であった。人通りはあるが、白戸は車を意識していないふうを装って歩く。いつもであれば不審車両にはわざと近づいてみせるが、守谷での記憶がそれを躊躇させる。

監視者は、どこまでカバーしているのか。茨城にまで人員を向けてきたあの迅速さは異常で、この顔をシステム的に追っていたはずだ。茨城の現地支部まで擁していた可能性もあり、そんな大規模な組織編成をとれるのはいったいどんな連中であるのか。自宅の場所をおさえられているのは当然として、襲撃されることはあるだろうか。茨城だったからこそ襲われたのだろうか。いずれにせよ、近くの交番にパトロールの強化を依頼することくらいしか、白戸にとれる行動はなかった。すぐそこに迫っている危機に気づいたとしても、大半の人間は変わらぬ日常を送るしかない。白戸がとれる最も簡単な危機回避方法として、警察官を辞める、という選択肢だけはあった。さすがにそれを選ぶ気はないものの、異動くらいなら有り、むしろ望むところかもしれないと、認めざるをえなかった。

マンションに囲まれた場所に位置する日本家屋の玄関にはカメラが二台設置され、広い敷地の外部へレンズが向けられている。敷地の外へレンズを向けることは本来違法であるが、国会議事堂でも同じように〝防犯〟と称して外部監視が行われていることを踏まえれば、いちいちあげつらう者も出てこない。駅へ近づくにつれ商業施設が増え、比例してカメラの数も増え、マンションを出てから駅へ着くまでに白戸は計一二台のカメラを発見した。駅構内でも七台発見し、先発電車が出たばかりでがら空きの列に並ぶことはせず、なるべくホームの端に近づかないようベンチの側に立ち周囲を見回した。体格の良いジャージ姿の中年男が一人近くにいたが、携帯電話のキーを操作し終えると階段を下りていった。先に到着した電車から降りた客だったか。

ターミナル駅での乗り換え、下車した桜田門駅から本庁へ歩くまでの間も、白戸は気を抜けなかった。そして本庁へ足を踏み入れてからは、また別の緊張感を覚えた。

捜査共助課へ向かう途中、エレベーターで上がった先の自動販売機前で缶コーヒーを飲んでいる男に白戸は目を向けられた。組織犯罪対策部の小池だった。チャイナタウンの地下銀行を挙げようとしている彼に、白戸は数点の情報提供を頼んでいる。

「白戸、なんか飲むか？」

近寄ってきた白戸に小池がそう声をかけ、白戸が答えるより先に勝手に缶コーヒーを買って差し出した。受け取った白戸の手には缶コーヒーと、二つ折りにされたメモがあった。

「今日は普通に都内で見当たりだろう？」

プルタブを開け一口飲んだところで、小池がそう口にした。

「ああ」

「じゃあまたな」

この廊下にも監視カメラは設置されている。立ち去る小池へ必要以上に目を向けることもなく、白戸は缶とメモを右手に握ったまま捜査共助課のデスクへついた。第四班の若手捜査員が一人いるだけで、空き会議室へ移るでもなく自分の机の上に開いたシステムバインダーへ目を落としている。挨拶を交わした白戸は荷物を置きがてら、小池から受け取ったばかりのメモを開いた。ボールペンの手書き文字で一行だけ文が記されている。

〈14時に恵比寿東口のライブハウス「ラウドネスカフェ」へ〉

正月直前の上野アメヤ横丁は、平日とはいえすごい賑《にぎ》わいであった。早いところでは、今日から正月休みに入る企業もあるだろう。一様に同じような呼び込みのだみ声が通りの両端からたえず発せられている。生鮮食品の客引きはどこでも見られるが、お菓子の客引きはこの街以外で見たことはない。手配犯の一人に少し似ていると思い目をやったお菓子屋の店員から輸入チョコレート三箱九〇〇円のセットをしつこくすすめられた。

多く立ち並ぶ居酒屋もこの時間帯だとランチメニューが提供されているようで、どの店にも会社員とおぼしきスーツ姿の人々が出入りしていた。食料品の様々な匂いが鼻につくが、白戸はそれらに誘惑されるでもない。途切れることのない緊張の中では、食欲という本能ですらおさえこまれている。

ビジネス街や普通の繁華街ではそれほど多く見かけない、老人や中年女性の姿が沢山視界に入ってくる。混み合ったこの一画にバンがやって来て連れ去られる、ということはないだろうが、人混みの中で刺されることなら充分ありうるだろう。大勢の目線があるからこそ皆が皆、救助行動を他人任せにしてしまう。たとえ白戸が白昼堂々と刺されたとしてもすぐに通報されるとは限らない。それを心得ている手練《てだ》れの者であれば、茨城の守谷でなくここ上野でも、実行に移してくる可能性は充分にある。

何者かに狙われている。

刑事としての身分を隠し街に紛れ込み、ただ漂流する目と化してきたと思っていた白戸にとり、五年間に及ぶ見当たり生活の中で最大の危機であった。狙われていることそれ自体ももちろん危ないが、刑事としての自分の姿を認識している他者の目線が存在するということ、それがノイズとなりますます見当たりに集中できなくなっている。見られていることを意識している者が放つ存在感は、雑踏の中で浮いて見える。その気配を、手配犯のように警戒心の強い者であれば敏感に感じ取るだろう。

三ヶ月近い連続無逮捕記録を、いつ打ち止めにすることができるのだろうか。せめて年内にあと一人でも捕まえられなければだめだろう。

ランチ客が減る頃なのか、サラリーマン風の人間の姿をあまり見なくなったことに気づき腕時計へ目をやると、一三時一〇分だった。一四時までに恵比寿のライブハウスへ着くには、そろそろ向かったほうがいい。アメ横の、上野駅と御徒町《おかちまち》駅のちょうど中間地点と呼べる辺りに立っていた白戸は立ち止まり、どちらの駅へ向かおうか迷った。恵比寿駅へ向かう山手線へは、どちらからでも行ける。御徒町駅へ向かおうかと決めかけた時、激安スポーツ洋品店の店先に積まれたジャージの山の近くに、目線を感じた。御徒町駅のほうを見るフリをして白戸がさりげなく二度見すると、グレーのブルゾン姿の男が煙草を吸い始め、それを若い店員が睨んでいた。目こそ向けてこないが、視界の端で白戸を捉えていることは確実だった。目線を合わせているわけでもないのに、互いの姿を意識している奇妙さ。白戸は振り返り、上野駅へと向かって歩き始めた。

眼光鋭い男は、追尾に気づかれないことより標的を見失わないことを優先させていた。不自然なタイミングでの喫煙も、白戸を見失わないようにするには正しい。マニュアル通りでそれ以上でも以下でもないやり方だが、問題なのは、それが警察という大組織のマニュアルと同じやり方であるという点だ。

　警視庁公安部、だろうか。それとも警察庁警備局の公安部、もしくは法務省の外局の公安調査庁か。今の白戸にとり最も可能性があるのは、王龍李と接触していた川本が所属する警視庁公安部からの監視だ。少し予想していたことでもあったが、いざ現場要員の姿を目にすると意外でもあった。連中に追尾されているとしても、守谷での拉致《らち》未遂が彼らの仕業だとは考えられない。今朝、組対の小池は本庁の廊下で具体的に何も話すことなく、メモだけを渡してきた。自分が想い描いていたより事は厄介なのかもしれない。白戸は手立てを考え始めた。

　待ち合わせの場所をわざわざ本庁の外に指定してきた小池。誰にも知られないようにそこへ来いという意図だろう。要するに、組対の小池と接触することすら誰にも知られないようにしろということ。

　尾行者をまくしかない。

　マニュアルに従っているだけの現場要員は、標的である白戸が追尾に気づいている、ということに気づいているだろうか。白戸自身は、気づかれていないという自負があった。敵が何人体制で張っているのかわからない今、雑踏を駆け抜けてまく、という雑なやり方は得策ではない。自分に対する今後の監視体制をもっと強めてしまう可能性もあった。

　気づいていないフリをしながらまく。捜査共助課の見当たり捜査員である白戸が最も自然に追尾をかわすには、ホシを見つけたフリをするのが最良であろう。

ミリタリーショップと屋台の並ぶ交差点で立ち止まり、それとなく三六〇度辺りを見回す。追尾者はさきほどまでと同じ距離を保ってついてきていた。白戸は上野駅方面へと向かう一人の中年男を手配犯だと仮定し、ナイロンバッグから顔手帳を取り出し数秒だけ目をやると、歩きだした。

上野駅に直結した立体歩道と、駅ビルが近づいてくる。手配犯だと仮定した中年男はラーメン屋へ入ってしまったが白戸はかまわず直進を続け、マルイシティの一階出入り口へ足を踏み入れた。ガラスのディスプレイや、鏡――外部に対し自らを誇示したがる人々の集まる空間には鏡像を映すガラス面が沢山あり、宝石店のガラスショーケースに映る追尾者の姿が見て取れた。白戸はエレベーターホールへ進み、ちょうどやって来た上りエレベーターに足を踏み入れ、箱の中から外側を眺めた。走れば追いつく距離でも、追尾者は同じエレベーターに乗ってくることはなく、ドアが閉まった。すぐに二階で降りると、立体歩道に通じている出入り口へと向かい、マルイシティを後にした。駅へ向かいがてらそれとなく後ろを振り向いてみても、さっきの男の姿はない。敵によるマニュアル通りの追尾方法を逆手に取り、白戸は〝消毒〟に成功した。追尾者は、狭い空間内で標的と接近しすぎることを良しとしない。彼らを街中でまくには、立体の構造物、特にエレベーターを利用するのが最良の手段であった。

マルイの外へ出たと気づかれる前に、早くこの街を出てしまう必要がある。ＩＣ乗車券をかざし改札口を通ると、そのまま山手線内回りの電車に乗った。谷と安藤へは、一三時頃から別行動する旨を、上野駅前で今朝口頭で話しておいた。公安が介入しているとなれば、電話もメールも迂闊には使えなかった。微弱電波が探知されるのを防ぐため携帯電話のフタを外し、電池パックを抜き取る。それにしても、連中の何に自分は触れてしまったのか。白戸は乗車中もドアを背にし、車内に敵の気配がないかうかがった。

三〇分ちょっと乗車し恵比寿で下車すると、東口からガーデンプレイスへと抜けた。指定された場所近辺の地図は頭の中に入っている。都会の真ん中にありながら独特の人気のなさ、喧噪から離れた優雅さを漂わせる街並みを歩きながら、白戸はすぐに一軒の白い洋風建物を見つけた。地上一階、地下一階の造りで、地上階のドアの前には鎖が張られており、その横に位置する地下へと至る階段を下る。金属製の重い防音ドアを押し開けると、白熱球色の薄暗い空間があり、テーブル席にカップルとおぼしき男女二名、そしてカウンター席に小池が腰掛けていた。

白戸を含め、客は四人。カウンター越しに小池と話している女性店員は若く見えたが、近くまで寄ると三〇代半ばと見受けられた。

「尾けられはしなかったか？」

開口一番に発せられた小池からの言葉に、白戸は黙ってうなずいた。

「それは、どっちの意味なんだ？」

「上野で見当たり中に尾けられた。で、まいて来た」

白戸の返答に小池は数度うなずき、プラケースに入れられたメニューを差し出してきた。白戸がブレンドを頼むと女性店員は返事をしながらおしぼりとお冷やを置いた。

「尾けられてたんだな……本当に」

「本当だよ。今朝、コーヒーと一緒にメモ書きを寄越すなんていう手間までかけてくれたけど、なんで俺が尾けられてるなんて想定できた？」

「うちの……組対の捜査線上に、たまたま公安部の人間が浮上した。前に情報を提供してやった時からさらなる進展が見られ、これは気をつけてみたほうがいいと思った」

「やはり川本なのか？」

「そう。正確に言うなら、川本たち、だ」

王龍李逮捕の際、歌舞伎町で妨害しようとしてきた男。そしてさきほど上野で尾行してきた男。川本と同じ公安部所属とおぼしき人間の姿を二名は目にしており、守谷で拉致しようとしてきたグループとの繋がりもわからない。

「本当に川本たち公安の人員が動きだしているのだとしたら、俺の携帯電話での通話も傍受されているということか？」

「はっきりとはわからない。電話の基地局を基点にした範囲で傍受できるのは確実だから、自宅や通勤経路での通話は傍受されている可能性もある」

白戸はうなずいた。

デジタル信号はなかなか傍受されにくい上、日本の通信方式は特殊で基地局から外れてしまえばまず安心といえるかもしれないが、ヨーロッパでは全地域的な傍受もぼちぼち可能になってきているといわれている。ひょっとしたら日本全土で傍受は可能で、システム運営に携わる民間企業の技術者たちもそれを口止めされているのかもしれない。

「あくまでも推測の域を出ないことばかりか」

「相手が相手だ。同じ庁舎で働いていても、連中が何をやっているかは一切わからない。連中同士も、隣の奴が何をやっているか把握できていないだろう」

トップダウン方式の命令系統。一公安捜査員が何か特異な行動を起こしても、その情報は横には伝わらないということか。

「川本に関していえば、奴は直属の上司にもろくに工作活動の詳細を話していない様子だったそうだ。元公安部所属だったうちの人間が、その上司から最近直接聞いた話だ」

「例の、地下銀行関連の捜査か」

「そこから始まった捜査だが、つつけば色々出てくる。その重要なピースが川本という公安捜査員で、上司にさえ頑なにその詳細を教えようとしない協力者連中と、不透明な活動を水面下で行っているようだ」

カウンターテーブルに出されたブレンドに白戸は口をつけた。地下階に位置し分厚い防音扉で守られているこのライブハウスは、あらゆる電波を遮断できているのだろう。携帯電話に関しては電池パックをさっき抜いてしまったからわからないが、警察無線ももちろん遮断されてしまっていた。日中に白戸が班員以外からの連絡を受けることは少ないためそれは問題なかった。テーブル席にいたカップルも中年男二人が醸し出す尋常ならざる雰囲気に居心地の悪さを感じたのか、帰り支度を始めている。

「チャイナタウンの一商店が同胞相手に行っている地下銀行とは規模が違う、西新宿にオフィスを構えるダミー企業の手助けをし、そこから毎月一パーセントのマージンをもらって……」

「そこまでは聞いた。なぜ俺が目をつけられる？　連中の何に触れてしまったんだ？」

「それに関しては、多分に俺のせいでもあるんだが」

顔をしかめた小池に対し、白戸は先を促した。

「王龍李と接触した日本人について捜査共助課の白戸が知りたがっている、ということを組対の中で話したんだ」

協力するつもりでそうしたのだということは理解している。

「金融庁検査局のGメンたちとの合同捜査で王龍李の関わる地下銀行なんかの実態が浮き彫りになってきた矢先に、川本の名前が浮上した。しかしウチとしては公安の人間をマークするより、優先的にやるべきことがある。そのダミー会社は中国人犯罪組織である黒孩子《ヘイハイズ》の下部組織で、中国共産党の大物幹部とも繋がりがある。こちらが地道な捜査の上に挙げようとしても、日中関係のバランス維持に勤《いそ》しむ外務省の連中に下手をすれば潰される」

対策に総力を注ぎ、川本のことに関しては後回しになっているということか。当然の流れであろうと白戸はうなずき、口を開いた。

「そこへ、一人だけそれを嗅ぎ回っている刑事が現れた」

「そう、おまえが俺に情報提供を頼んでいる、ということが川本自身にも伝わっていると見て間違いはないだろう」

「しかし、中国のダミー会社からの巻き上げを隠蔽《いんぺい》するためだけにわざわざ人員を割くものか？」

組織ぐるみの裏金作りなど、公安の連中にすれば日常的なものであろう。特に上のポジションの連中ほど機密費を詐取していると噂される分、川本個人による巻き上げなどは黙認されそうなものだ。

「額が違う。それに、川本にはつつかれてヤバいことが他にもあるかもしれないということだろう」

そんなことであれば、今は調べも手薄だとはいえ、組対が自分の名前までたどり着いた、ということを川本自身も摑んでいるはずだ。

「現時点で川本のことを最も気にかけているとはいえ、奴が俺一人にこだわる理由がわからない」

白戸がブレンドに口をつけたところで、小音量でかかっていたブルースが年代物の雑音混じりの曲へと切り替わった。

「須波通」

その名前がこのタイミングで、小池という第三者の口から発せられたことが奇妙すぎる。眠りの中で夢を見ているのかと白戸は一瞬疑うほどであった。須波の幽霊を大阪で見つけたことなど、大阪の森野警部以外の誰にも話してはいない。

「やはり表情が変わったな」

「須波がどうした？　仏の名を持ち出して」

「関係あるからだ。川本に目をつけてなおかつ須波とも交流のあった人間、ここまで絞ると、おまえしかいないんだよ」

その一言を聞いても、今ここで小池の口から須波のことが語られる必然性が白戸にはわからなかった。

鉄の重い防音扉を開き退店するカップルに、カウンターの奥に立って洗い物をしている女性店員が挨拶をしながら頭を下げた。

「これは調べ直してみてつい先日判明したことなんだが、四年前、須波の司法解剖を担当した法医学者が誰だか知っているか？」

「法医学者……いや」

「柴田均《しばたひとし》っていう名に覚えはないか？　あの墨田区の谷崎《たにざき》一家惨殺事件の死因偽装工作に関与した元法医学者」

名前こそ知らないが、元法医学者の存在自体は白戸も覚えていた。一年ほど前に世間を賑わせた一家惨殺事件の捜査において、とある宗教団体のメンバーによる犯行であるという警視庁捜査本部の見解に沿わせるようにという、鑑定書捏造《ねつぞう》要請に従った解剖医。不審がるジャーナリストたちによる調査も後押しする形で結局強盗殺人だと判明したその事件では、警察による証拠捏造まで行われたことがマスコミで大きく取りざたされ、同じような関連記事が各週刊誌で長い期間にわたり取り上げられるきっかけとなった。

「四年前に須波の司法解剖を担当したのが、その柴田という医師だったというわけか？」

「その通り。車に三体あった死体のうち一体が須波のものだったなんて、当時考えてもおかしなものだったがな。どうすれば須波本人と、その復讐相手である中国マフィア二人が一緒に並んで死ぬという流れになるんだ。誰もがおかしいと思ったはずだが、結局当時はうやむやのまま捜査は打ち切られた」

小池に促された白戸は当時覚えた違和感を思い出した。

「三体見つかったうちのどれもが、須波の死体ではなかった、という可能性があるということか」

「ありうるだろう。なにせ、警察の都合に合わせ、疑問点の多い鑑定書を、判明しているだけで二十数件は出している法医学者の関わった司法解剖だ。当時の須波にかけられていた嫌疑を考えれば、警察にとって都合の良い鑑定書がどんなものであったか、わかるだろう」

　体裁を一番に気にする警察組織としては、中国人マフィア相手の殺人事件の容疑者として捜査線上に浮上しつつあった須波が消えてくれるという筋書きが、最も好ましいものであったはずだ。大家族的組織のうちの数人の意志により、柴田という末端の法医学者が鑑定書を捏造させられるに至ったという筋書きこそが、数年経った今の時点では最も自然な解釈といえる。

「須波は……生きてるのか？」

「結論から言うと、わからない。ただ、須波が死んだとされた頃から、川本は協力者として一人の有能な男を使い始めた。公安畑出身のウチの捜査員から聞いた話だが、その頃から川本は強引な仕事の進め方をするようになり、公調などといった他のインテリジェンスからかなり反感を買うようになったらしい。有能な協力者が誰であるのか、その素性はウチの捜査員だけでなく、川本の上官も摑めていないとみていい」

　警察ぐるみの須波通の死亡偽装工作、時を同じくして公安の川本が獲得した協力者――四年前の調査でも、須波と最後に接触していた身内の人間として、川本の名が挙がっていた。

「死んだ男が、公安捜査員の配下で暗躍し続けてきたということか？」

　白戸の問いに小池は曖昧にうなずいた。中国人をターゲットに、恋人を殺された復讐を遂げていると噂されていた刑事への、中国人工作員を幾人か囲っていたとされる公安捜査員による接触。そこになんらかの取引があってもおかしくはない。

「そして先週、これはマスコミ発表されていない情報なんだが、日本海洋上で爆発した船舶があった」

白戸は眉根を寄せた。

「中国の蛇頭たちが有していた密航船なんだが、船が出航した新潟県の漁港は、以前から自衛隊の情報保全隊にマークされていた」

自衛隊情報保全隊。思わぬ言葉が出てきたことに白戸は少々戸惑った。日本に数ある情報機関の中で、標的を継続的に追尾し続けるという点ではトップクラスの機関と噂されている。一人の標的に対し三人一組で追尾するのが基本で、一度狙われればその目から逃れることは困難とされる。

「洋上で船が爆発する前の深夜、漁師風の格好をした男が不自然なタイミングで現れ、まだ誰も乗っていなかった密航船に乗り込み、一〇分足らずで出てきた。その数時間後に中国人とおぼしき五人組が車に乗ってやって来てすぐ船に乗り移り、出航した」

「そして、その船が洋上で爆発した」

「それが判明してから向こうは大騒ぎだったらしい。漁師に扮《ふん》した男の顔写真も望遠で数枚撮られていて、その照会を警視庁にしてきた。それで、うちにも情報が流れたというわけだ」

「その漁師に扮した男の写真が」

白戸がそこまで言うと、小池は鞄の中から封筒を取り出した。高感度で撮影された粒子の粗い2L判の写真には、船のタラップを上ろうとしている男の姿が写っていた。顔の部分はぼやけ気味だが、細部がぼやけていることにより逆に、パーツの配置等の特徴が浮き彫りになっている。

須波通に似ていた。

「須波の……この、須波に似ている男のその後の足取りは？」

「摑めていない。だが時を同じくして最近、須波の写真が池袋、新宿といったあらゆるチャイナタウンで出回っている。うちで囲っているカラオケ店の中国人店主から仕入れた情報だ」

「須波の写真……なぜ今さら？」

「復讐、だろう。四年前の復讐なのか、密航船爆破の復讐なのかはわからない。少なくとも川本の配下で実働要員として任務をこなしているうちはうまく身元をくらますなり、川本の権限で中国マフィア連中に手を出させないようにするなりできていたのが、その均衡が一気に崩れたのだろう」

「つまり、なんらかの理由で須波が川本から離れ、川本は須波の情報をマフィア連中に流した、ということろか」

与えられた数少ない情報から導き出される筋書きは、そんなものであった。

「仮に本当は生きていた須波が川本の協力者として現場で暗躍していたとして、突然離反する理由はなんだ？」

「一切不明だ。それに、そのことに関して一番鼻が利きそうなのは、むしろ白戸、おまえのほうだろう。同じ捜査共助課の見当たり捜査員として、しのぎを削っていたんだ。ウチで当該の事件にあたっている捜査員は誰も、須波と直接の面識はない。この件に顔を突っ込んで、なおかつ須波の顔を知っているのは、おまえだけだよ」

須波の顔を知っている唯一の人間。

「ともかく須波はなんらかの理由で川本から離れ、川本は中国人に情報をリークし自分の持ち駒《ごま》であった須波を消そうとしている。もっとも、死んだはずの人間が再び死にうるのかどうかは、わからないが」

新大阪駅で白戸の目の奥を弛緩させた顔は、本当に須波だったのだろうか。

白戸はしかし、同じ顔をまた目にできる気が全然しなかった。

「その川本だが、何度か接触をはかっていたらしきある企業の名前が挙がった」

企業？

「電話記録や、おたくら捜査共助課が管理しているNシステムの記録で判明した。過去に何度か公用車で、つくばにあるその企業の研究所の近くまで行っている。日本ネクソス社という企業だ」

「どんな企業だ？」

「主に、医療や介護業界で用いられる管理機器を製造している。高齢者が自宅でどんな状態でいるかを遠隔地から把握するための屋内設置型センサーや、病院や施設内で患者の名前や治療歴といったあらゆるデータをデータベースからダウンロードできるチップの開発により、日本でも急成長中の企業だ。人間用のチップ内蔵の腕輪、ペット動物用の皮膚下内蔵型チップが有名だ」

「海外資本なのか？」

「日本ネクソス社の親会社は、アメリカ本国にあるネクソス社だ。表向きの事業内容は日本と同じだが、それは利益全体の二割にも満たない。残りの八割は、軍需産業部門が生み出している」

軍需産業――。

「社の歴史は古い。二〇年前に枝分かれしたが、前身となった会社は、第二次世界大戦前から航空機のレーダー製造を生業としていた。戦場でまず大事なのは、敵と味方を識別すること、つまり情報の整理だ。誤って味方を殺したり敵の侵入を許したりしないよう、戦場での情報整理システムを構築し、利益を上げていった」

そこから半世紀以上経った今もそのＤＮＡを受け継ぎ、戦場だけにとどまらず平和な国の庶民の生活にまで、ネクソス社の技術は入り込んでいるということか。

情報整理システム。そしてつくばの研究所。昔捕まえた男を追い守谷まで足を運んだ際、白戸の行動はシステマチックな監視網で把握されていたのか。

「ここで奇妙な繋がりが浮上するんだが」

「川本と日本ネクソスの、か」

「違う、また別の名前だ。その日本ネクソスの社員で、数ヶ月前に逮捕された者がいる。商法に抵触したとかではない、れっきとした刑事事件でだ」

「容疑は？」

「東京都北区で弁護士を殺害し二日後、長野で歯科医師を殺害した容疑だ。二件の殺人だよ」

白戸の頭の中で、一人の男の顔が呼び起こされた。八月の平日、新宿南口サザンテラス——。

「塚本孝治。おまえが見当たりで捕まえた男だよ」

山手線に乗り上野駅へ着いた時点では、白戸は誰にも尾けられていないという自信があった。ナイロンバッグから取り出した携帯電話に、抜いておいた電池パックを差し込み電源を入れる。

ここから発せられる微弱電波をキャッチしている者がいないとも限らない。時刻は一五時五八分で、上野の街は賑わいを増している。安藤と谷に電話で捜査状況を訊いたところ、二人とも芳しい結果ではないという。

恵比寿に向かう前まで張っていたアメ横へ戻ろうとした白戸は、違う場所へ行こうかと迷った。犯罪者の行動は流動的であるが、それを捕まえようとする刑事が流動的である必要はない。それに、恵比寿に行く前に尾行してきた人員があの近辺にまだ潜んでいないとも限らない。見つかるより先に相手の顔を見つける自信が白戸にはあった。

相手は公安と、協力関係にあるかもしれない中国人犯罪集団〝黒孩子〟の可能性がある。それを考えると白戸も気が滅入《めい》った。日本中に張り巡らされた公安のシステム的監視網に加え、殺しに微塵のためらいも抱かない中国人犯罪集団。足りない点を互いに補完し合えば、捜査共助課の刑事一人を効率的に消し去るくらい、わけもないだろう。日本ネクソス社という外資系精密機器メーカーの軍需用最先端技術が投入されているとすれば、自分の行動がどこまで把握されているのか想像もしたくなかった。

アメ横の魚屋の前に立っていた白戸は、携帯電話のバイブに気づいた。当たりだろうか。開いたディスプレイを見ると、非通知設定であった。いったい誰だ。少なくとも班員や他班員、本庁からではない。通話ボタンを押し、耳に当てた。

「もしもし」

――俺を見つけられたか？

聞き覚えのある低い声。

想起される当該人物の声とあまりにも変わりがない。一瞬、白戸はその人物と会わないでいた四年間のほうがむしろ偽りの記憶なのではないかと思った。

辺りを見回す。

「どちら様、でしょうか」

――大阪では驚いたよ。あの白戸が隙だらけで。

死人から電話がかかってきている。恵比寿で情報を提供してくれた小池がお遊びでかけてきているという推測が白戸の頭を過《よぎ》ったが、声の主は大阪のことを口にした。

「おまえはいったい、誰だっ？」

――梅川亭《うめがわてい》で待ってる。

通話は切られた。

この仕事に、命まで捧げる気にはなれない。厄介事に近づくのは避けるべきだ。しかし白戸は衝動をおさえこむことができなかった。再び周囲を見回してみるが、視界に見覚えのある顔は一切ない。相手は梅川亭へ来いと指定してきた。上野の不忍池《しのばずのいけ》近くの高台にある、鰻屋《うなぎや》だ。向こうは少なくとも白戸が上野にいることを把握している。

白戸は警戒しながら指定の場所へと向かい始めた。

アメ横や駅近くのビル街から離れ、緑に囲まれた道を歩く。上野動物公園のモノレールの線路下を通った時、坂の上に位置する伊豆栄《いずえい》梅川亭の明かりが見えた。それと同時に、手荷物を何ももっていない若い男を一名、坂のふもとに見つけた。須波ではないことは真っ先にわかったが、その目が不器用に自分へ向けられたことに白戸はすぐ気づいた。中国人か。なおも歩いているうちに、路肩に停められた黒いセダンの中に男が一人座っているのもわかった。バックミラー越しに周囲の気配をうかがっていることまで白戸は視認できた。車の近くを通る際、冷気で収縮した鉄部品が立てる、弾《はじ》けるような音がわずかに聞こえた。つい今しがた、停車したばかりというわけだ。以前からここで待機していたわけではないのだろう。電話の相手と中国人がグルになって白戸を呼び出した可能性は低いといえた。

坂へさしかかる時白戸は身構えたが、ふもとに立っている中国人は手元の携帯電話をいじっているのみであった。多くはないが他の通行人も途切れることはない。白戸は坂を上り、梅川亭へ足を踏み入れた。女性店員による応対を手で制し、一階をぐるっと見てまわり、二階の座敷席もチェックした。知っている顔はない。大きな窓に、竹林が黒いシルエットとして映っている。

店の入り口に戻りしばらく待機したが、一〇分経過しても知人は現れなかった。電話をもらってから、二〇分は経過している。

現れないつもりなのか。白戸は店の外へ出て、周囲を見回した。一目で、堅気でないとわかる人間を二人見つけた。うち一人は、さきほどは目にしなかった太った体軀の男だ。増援部隊か。接触してくるでもなく、連中もカモフラージュのためというより、それが第一の目的であるかのように周囲へ目を向けている。誰かを探している。白戸が接触をはかろうとしていた人物が、彼らの標的でもあるようだった。

さきほどの通話は、傍受されていた。

この近辺の基地局をおさえていれば、まず不可能ではない。傍受された通話を基に、協力関係にある実働部隊が緊急配備されたのか。

白戸は空を眺めた。

ほとんど木に遮られ周りに高い建物は見えないが、木と木の隙間《すきま》から、遠方の高いビルが見えた。

たとえばあのビル内のどこかで望遠レンズでも構えれば、ここ梅川亭の近くに続々と集結する人員の顔を目にすることも容易だろう。広場ではなく、狭い坂道の上に立つ店を指定したのも、視認しやすくするためか。あるいは、すぐ近くの建物や路上駐車されている他の車に身を潜めているという可能性もある。ともかく、公安の川本一派や中国人たちといった敵の包囲網がどの程度の規模でありどれほどの迅速さを有しているか、刑事一人を利用し確認したのだ。それだけではない。名乗りもしなかった声の主の言うとおりに動いてしまうほど白戸の関心が彼へと注がれてしまったことも、知られた。自分が何に注意を向けているかを知られるということは、全容の見えていないゲームを進める上で大きなアドバンテージを相手に与えてしまったことを意味する。

しかし白戸には、声に反応しないという選択肢を選ぶ余裕はなかった。

「俺にも顔を見せろよ、死人さん……」

もう一〇分待ってみて白戸は諦め、待機中の中国人たちを警戒しながら一人で坂を下って行った。

14

葛飾区《かつしか》小菅《こすげ》に位置する見慣れた建物の内外は新鮮ではないものの、懐かしくはあった。思えば捜査共助課へ配属されてからというもの、ここへ足を運ぶ機会や必要性はなかった。約五年ぶりに東京拘置所内へ足を踏み入れた白戸は所定の手続きを済ませ、身柄との接見を許可された。約三〇〇〇人収容されているうちの一人の男に、白戸は用があった。

取調室のドアを開けても、塚本孝治は白戸のほうを見ようともせず机の上へと目を向けていた。日の光をほとんど浴びていないせいか、捕まえた八月末の時点より肌の色は白く、生気が失われている。対面するように向かいの席に腰掛けると、塚本はようやく白戸の顔を見て、いささかの動揺をその顔に浮かべた。顔のパーツの中で最初に目尻の形が変わったのを白戸は見逃さなかった。演技ではない。表情を偽ろうとすれば、まず口が動く。約五ヶ月ぶりに会う男は自分を逮捕した刑事に対し素の表情を見せたと判断してよかった。

「俺を覚えているか？」

塚本は白戸の目を見て一度うなずき、睨みつけるような目になったかと思うと、座り直し、講義を聴く学生のような目をした。意外な反応であった。

白戸の顔を認識し、数ヶ月ぶりに言葉を投げかけられたことに対する自分の態度を一瞬決めかね防御反応として怒りの態度を示しておき、最終的には話を聞くためのニュートラルな表情へと落ち着ける、という顔の変化が五秒以内で行われた。

会話を通して、現況を変えようとしている。

「私を逮捕した刑事さんだ」

「その通り。八月の、サザンテラスで」

週に二〜三度、二〇分程度しか入浴できない決まりとはいえ、日がな一日取り調べを受けるか読書するしかない身柄で活発な新陳代謝が行われるわけもない。それでも開いた毛穴が間近ではっきりと確認でき、中年男そのものの体臭が瞬間的に強まったような気がした。見かけと違い、興奮しているのだろうか。

「また会うとは思わなかったよ」

塚本はそうつぶやきながら、口から変形させるようにして笑みを浮かべた。コンマ数秒遅れて細められた目はそのまま不自然に固まっている。表情をつくったということだ。

「会うとは思わなかった？」

「容疑を立証できるのかとこっちが訊いた時、あんたはまともにとりあわなかったじゃないか」

皮肉めいた物言いに白戸は口をつぐんだ。たしかに覚えている。滅多に経験できない声かけの際の記憶は、どれも鮮明なまま脳内に保存されている。ストレスが記憶を強固に刻みつけ、対処方法をフィードバックさせ成長を促す。

「たしかにそうだった」

「だろう。国策逮捕だと言っても一切聞き入れず、私をパトカーへ押し込んだ。捕まえて差し出すという点数稼ぎしかしないあんたがここへ来るとは、思いもしなかった」

白戸自身もあの時点ではそんなことは考えておらず、新宿署のパトカーへ乗せた時点で自分の仕事を完遂させたつもりでいた。五年間の見当たり歴においても逮捕後の手配犯に関わることは一切なく、ただ顔手帳から当該人物の写真を抜き取り、そこへまた他の手配犯の写真を差し込むということの連続でここまでやってきた。

顔を見つけて、捕まえる。それだけが見当たりの仕事であった。手配犯逮捕以後の仕事は、指名手配した警察の担当部署の刑事が行う。塚本孝治も検察に送致され、起訴されてここ東京拘置所で裁判を待っている身であった。

警察という大家族内での分業を考えれば、自分は今、与えられてもいない役割を果たそうとしている。逮捕した時点で関わりを絶ったつもりでいた男へ再びどう関わろうとしているのか、白戸自身も整理しきれてはいなかった。

「容疑を否認し続けているらしいな。なかなかしぶとい」

「当然だ。ぶっ続けで取り調べを受けさせられ、犯してもいない罪を認めると思ったか。体力も精神も限界まで追いつめられ、逆に嘘をつく気も失せたよ。私は本当のことしか話していない。嘘をつく力はもう残っていない。容疑から証拠まで、すべてネクソスと警察のでっちあげだ。証拠を捏造して逮捕した警察も起訴した検察も、取り調べで私の話を一切聞こうとはしなかった」

淡々と口にされる塚本の言葉を聞き、白戸は段々と居心地が悪くなってゆくのを感じた。自分が捕まえた目の前の男から、嘘の臭《にお》いがあまり感じられない。ここへ来るのが久しぶりである自分の感覚が狂っているのかもしれないと思い直した。

「二件の殺人を、自分は犯していないというんだな」

「そうだ。それより」

塚本は不可解だという顔を繕っていたが、白戸に向けた目だけは大きく開かれわずかに潤っていた。希望を見つけた者の目だ。

「どの刑事も検察官も私の話は一切聞こうとしないのに、あんたはなぜ私へ会いに来た？　新しい証拠が何か見つかったのか」

白戸は首を横に振った。

「何も見つかってはいない。ただ、おまえが日本ネクソス社の社員であったという事実に興味を抱いた」

「ウチの……じゃないか、もう元の勤め先でしかないが、ネクソスの事業内容を知ったのか」

「そうだ」

「まさか、自社開発の技術で自分がはめられるとは思わなかった」

はめられた。新宿南口のサザンテラスで身柄を確保する時にも、同じことを口にしていた。

「その手で二人、殺したんじゃないのか」

「メーカーで正社員として働いていただけの私が、北区で弁護士を殺し、その二日後に歯科医師を殺す、そんな理由がどこにある？　赤荻《あかおぎ》先生はともかく、田島《たじま》さんとは接点すら見つからないはずだ」

医療や介護業界向けの精密機器の製造を生業としている企業であれば不況の影響も受けにくく、したがって安定した社会的地位を得続けられるといってよい。築き上げたものをふいにするリスクを冒してまで二件の殺人を行う理由は考えにくい。法を侵すというリスクを平気で冒せるのはたいてい、ろくな社会的地位をもたない者たちだ。アメリカの老舗軍需機器メーカーを親会社とする日本ネクソス社の社員だった塚本が行う場合、それなりの理由が必要になってくる。

被疑者の動機について考えを巡らす。白戸にとって久々の感覚であった。

「赤荻と面識があったことは認めるのか」

「仕事上のつき合いがあり、月に一度ほどのペースで医院へは足を運んでいた」

「どういった業務で」

「採取したDNAサンプルの回収、それと管理機器のメンテナンスのためだ」

「DNAサンプル」

「そうだ。人体の中で最も簡単にDNAを採取できる箇所は口内だ。綿棒で口内の粘膜をこするだけで、採取することができる。そしてその機会に最も多く恵まれているのが、歯科医だ」

言っていることに間違いはない。しかしそれを行う理由が不明だ。白戸がうなずくと塚本は先を続けた。

「長野県の歯科医師会で八年前から行われている、DNA採取事業がある。それにネクソスが関わっていた」

「事業？　DNA採取でどうやって利益を得る」

「親子鑑定や、災害や有事の際に身元確認するための手段として採取、保管する、というのが表向きの目的だが、DNAという究極の個人情報を採取し続けることが真の目的だ。私が逮捕された時点で約三〇〇人の歯科医が採取認定を受けていた長野のモデルを起点として、他県でも広がりをみせているというのが現状だ」

「歯科医師会にとって直接の利益にはならないであろう事業を先導しているのは、いったいどういった連中だ」

「採取事業に関わっている歯科医師たちは、ネクソス派遣の回収部隊へサンプルを渡すだけでそれ以後のことには関知していない。倫理委員会の作成したガイドラインではDNAの保存期間も六年までと決められていて、それが守られていると考える医師が大半だ。しかし、その実情はあんたでも推測がつくだろう」

ガイドラインというものに法的拘束力は一切ない。

「おたくらの、一定期間経過後に消すというNで得た情報の扱い方と同じだ。一定期間が一日なのか一〇〇年なのかもわからない。つくばのネクソス研究所へ一手に集められたDNAは、六年経過したものも一つとして処分されることなく、保存され続けている」

「客は誰だ？」

「本社のあるアメリカのあらゆる機関へ情報が売られているということだけははっきりしている。上客の国防総省にとどまらず、FBI、CIA、NSAまで多岐にわたる」

「日本人のDNA情報を、海外のインテリジェンスへ流しているのか」

現代が情報戦の時代であるとはいえ、歯痛でちゃんと歯科へ通うような市民のDNAをいくら集めたところで、それが直接的な利益へと繋がる可能性は低いだろう。しかし、単独では価値や意味をもたない情報でもそれをシステマチックに膨大な量集めれば、解析を重ねることでそこから何かが浮かび上がってくる。

「本国アメリカのデータベースへ日本人のDNA塩基配列情報が流れるのも当然だろう。一方で日本国内での取引に関して、私はあまり詳しく知らされていない」

公安部の捜査員がつくばの研究所へ足を運んでいたということも、塚本は知らないのだろうか。

「警察関係者との繋がりはあったのか？」

「ネクソスの提供する技術の受け手は、この国ではそれくらいしかいない。だからこそ、私の容疑に関する証拠の捏造も簡単だったわけだろう」

証拠の捏造。わかりかねるという態度を白戸がとっていると、塚本は続ける。

「私は田島さんを殺したとされる日は休日で家にいたし、翌日に社有車で長野をまわった時も、赤荻先生と会いはしたものの、その夜は県内のビジネスホテルに泊まり、翌午前中に残りのルート巡回を済ませると夕方頃にはつくばの研究所へ戻っていた。少し早めに帰宅したところ、その日の夜に、テレビのニュースで赤荻先生が殺害されたことを知った。手配されている男の特徴が自分に酷似していたことから、濡《ぬ》れ衣《ぎぬ》を着せられていることもすぐにわかった。だから逃げた」

「逃亡する必要はなかっただろう。警察で事情を話すべきじゃなかったのか」

「ネクソスと警察を一時に相手にして、一個人の証言が通るわけがない。二つの殺人の犯行時刻に関して、私にはあるはずのアリバイがない。すべてもみ消されたからだ。日本という国で、こんな目に遭うとは思わなかった。どんな犯罪組織よりなにより、最も危険な組織じゃないか、あんたらは」

「赤荻とは最後に会った時、何を話した？」

「赤荻先生は、田島さんの死に怯《おび》え、そして憤っていた」

塚本は当時を思い出すかのように左上のほうを見た。右利きの人間の眼球は記憶を思い出そうとすると無意識的に左上を向き、嘘をつこうとすれば右上を向く傾向にある。

「田島さんは、市民派で知られていた。住基ネットが導入された時期に頻繁に行われた違憲訴訟や行政訴訟で、ことごとく住基ネットの違憲性を追及し勝訴してきた。国を挙げて構築しようとしていた国民管理システム構想に、ほとんど一人で立ち向かっていたわけだが、案の定、消された。敵が大きすぎた」

「それについて赤荻がどう絡んでくる」

「赤荻先生と田島さんは同郷だ。県内の高校まで一緒に通い、大学進学で共に上京してからもしばらくは交流があったらしい。赤荻先生が長野へ戻り開業医を始めた頃から二人の交流は途絶えたが、三年前に東京で行われたＤＮＡ採取事業協議会で、久しぶりに再会を果たしたと話していた」

協議会では、いわば対立する立場にいたということか。

「田島さんは東京で一貫して市民派の弁護士として活動を続けていたし、赤荻先生は長野で、強い意志があるわけでもなく、どちらかというと周りに流されるようにして事業に協力してくれていた。しかしプライベートでの仲がこじれるということもなく、以後年に数回程度、盆や正月に交流の機会が設けられていたらしい」

田島が殺害されたのは今年四月、住基ネットをめぐる訴訟に関して勝訴した二日後で、ニュースでそれを知った赤荻の動揺は激しかったという。

「私が最後に病院を訪れた際、知っていることはすべて公にするつもりだと慌てふためくように話していて、事業に関わるのをやめたほうがいいと忠告までされた。田島さんから色々と、おそらくネクソス社員である私も把握できていないようなことをいくつか聞かされていたようで、そのうちのいくつかを私にも話してくれたが、私は赤荻先生をいさめ、サンプルを回収した」

塚本はビジネスホテルへ戻り、赤荻の話していたことをすべて本社へ電話報告した。

「それが私の命取りになったんだと思う。私が立ち寄ったはずの長野や東京のコンビニの防犯カメラ映像はなぜか発見されず、存在するはずのない私の指紋が田島さん宅から見つかった」

捏造された証拠。

司法解剖鑑定書を捏造した法医学者の存在を先日知らされたばかりでもある。

「どこへ逃亡していた？」

「凍結される前の口座からあるだけ引き出して、全国を転々としていた。鹿児島のネットカフェで一週間ぶりにウェブメールをチェックしたところ、元同僚からメールが届いていた。なんでも私が諏訪《すわ》で立ち寄ったコンビニの店主と連絡をとり、警察に押収され存在を消された監視カメラの撮影データのコピーを入手できたとの内容が記されていた。それが本当なのか、そして送信者が同僚本人なのかなど、疑問に思う箇所はいくつもあったが、何通かのやりとりを経た後、私は東京へ向かった」

塚本は疑心暗鬼でただ逃げ続けているだけという状況に、耐えられなかった。

「わずかにでも希望が見いだせるのなら、それにすがりたかった。待ち合わせ場所は、サザンテラスと髙島屋を結ぶ橋の真ん中だった。コンビニ店主と弁護士も同行させるとのことだったが、一目見て怪しい奴がいれば引き返せばいいくらいに考えていた。そしたら待ち合わせ場所へ着く直前に、あんたに捕まった」

あんたらがそうなのか、とたしかにあの時、塚本はそう口にしていた。

「私は、メールを送ってきた連中と捕まえに来たあんたはグルだったのかと思った」

「そのメールの差出人は、少なくとも俺ではない」

「だったら私を呼び寄せようとしたのは、いったいどういった連中なんだ？」

自宅最寄り駅近くのレンタカー屋へ来て数分、白戸が手続きをしている間、千春は狭い事務所の円形スツールに腰掛け、携帯電話のキー操作をしていた。昨日、東京拘置所を訪れた後、渋谷で〇時近くまで見当たりを行っていたため、疲労が完全には抜けきれていなかった。ウェブサイトから予約を入れたのが一〇日前と早めで、平日ということもありどの車種も空いていた。白戸と千春二人の休みが重なることがわかった一〇日前の時点で千春から今日の旅行を提案され、どちらかの休みが潰れるだろうと思いながら白戸が宿もレンタカーも予約したが、結局二人とも休暇をふいにされることはなかった。

「それではご案内いたします」

店名のプリントされたジャンパーを着た店員に促され、白戸と千春も後に続いた。来店前に洗車されたばかりとわかる、排気量一八〇〇ccの中型セダンのシルバーのボディをぐるっとまわり、傷の立ち会い確認をさせられた。確認書にサインをした時点で鍵を渡され、白戸は運転席へ、千春はボストンバッグを後部座席へ置いてから助手席へと座った。カーナビが起動しており、小さな画面には現在地が表示されていた。久しぶりの運転にわずかに不安を覚えなくもない。タッチパネルで目的地を入力しようと考えたが、見送ろうとしている店員二名が一メートルほど離れた所に立ったまま、笑顔をずっと白戸へ向けてくる。

「見送りは、かまわないです」

窓を開けた白戸がそう声をかけると二人はうなずいたが、いっこうにそこから立ち去ろうとはしない。白戸は途中まで操作した入力画面から現在地表示へと戻すと、ゆっくりと車を発進させた。

「これ、どうやって操作するのかな」

「いいよ、目的地まで、そんな複雑なルートは通らないし」

「そうなんだ。やっぱ刑事さんは、道に詳しいね。頼もしい」

「都内の道には詳しいけど、他県の道に関してはあてはまらないよ。単に、高速に乗っちゃうから迷わないっていうだけのこと」

すぐ赤信号につかまり、サイドブレーキを引く。平日の午前中だからかそれなりに交通量も多く、右横の車線には大型トラックが停車している。曇天だからか、白い空を眺めるだけでは時間感覚がつかみづらい。白戸は冷蔵庫にあった残り物のご飯を食べてきたが、千春は今、白戸の横で菓子パンの袋を開け、食べ始めた。肘掛けとなっているドアの出っ張りへ左肘をつきながら右手に持ったパンをかじっているだらしない姿を一瞥した時、目が合い、互いにすぐ逸らした。五年間つき合っていても、助手席でくつろぐ彼女の顔を見たことはこれでたったの数度目だ。それでいて、このようなだらしなさは、去年の夏に九十九里へ行った時には見せない類のものであった。誰か違う人間の運転する車の助手席で、身につけたのではないだろうか。それは「海老原貫一」なのだろうか。アルミホイルで足回りを固めたＳＵＶの助手席に足を組んで座る千春の姿を夢想し、白戸は前の車に続いてアクセルを踏んだ。

「この先、左側車線で工事やってるから、右にずれておいたほうがいいよ」

千春に指摘され、うなずく。車は運転しない彼女でも、毎日通勤のため原付には乗っているのだ。事実としてわかっていることでも、車道上の作法を共有することではじめて体感的に理解できた。

「車、買おうか？　通勤大変でしょ」

白戸の提案に、千春はしばらくうなっていた。

「何か大きいものを持っちゃうと、いざという時に身動きが取りづらくなるからな……いいよ、私は原付のままで。崇正が買いたいんだったら、買えばいいと思うけど」

「いや……別に俺もそんな願望があるわけではないよ」

車は所持せず、借家住まいで、交際五年、同棲四年目にして籍も入れていない三〇代同士。白戸に至っては今年で四〇であった。いざという時に身動きが取りづらくなる、という千春は、どういう局面を想定しているのだろうか。

出発して一五分ほど経ったところで、前方に高速道路への入り口が見えてきた。手前の車の流れは停滞している。青信号にもかかわらず進めない白戸は、ブレーキペダルに三〇秒以上足をのせたままでいた。エンジンの振動音だけが低く聞こえている車内で、異質の軽い振動音が響いた。後部座席を振り返りダウンジャケットのポケットから取り出した携帯電話を千春は操作し、すぐにストレッチジーンズの左ポケットにしまった。

高速道路に乗ってしまうと、流れは滞りなかった。電光掲示板によると、熱海ＩＣまでは二時間半であった。

「なんか、早く着きそうだね」

「宿のチェックインは四時だから、高速降りたら色々時間潰していってもいいかもしれない」

「たしかに」

千春は助手席シートとコンソールの間に挟んでいたドライブマップを手に取り、ページをめくりだした。久しぶりに二連休をとれたことを白戸が話した際、千春も休みが一日だけかぶっていることがわかり、シフトの調整をはかり彼女も二連休をとった。努力しても、二人の連休を重ねられる機会は少ない。旅行へ行こうと提案したのは千春で、彼女は熱海へ行きたがった。

日本ネクソス社の研究所のある茨城県では拉致されそうになり、公安の川本一派や中国人黒孩子の連中にもつけ狙われている現況を考えれば不用心に旅行へ行くべきではないのかもしれないが、千春の要望に応えないという選択肢を今の白戸が選ぶことはできなかった。逆に東京から離れるほうが安全ということも考えられたし、少なくとも自分の精神衛生上はそのほうがよかった。

単調な道を時速一〇〇キロペースで東京から離れるほどに、全身から澱《よど》みが減っていくように白戸は感じた。忘れるべき顔を忘れられれば幸いだし、警察官という職業に就いている自分の忠誠心も減らせていければと願う。現状のままでゆけば、身を滅ぼす。死から遠ざかりたいと思うのは当然で、現実的に辞職するわけにもいかず、所轄へでも異動となってくれればありがたいところだ。かといって自分から異動を願い出るのは、後々の人事査定において不利になりこそすれ有利に働くことはない。千春に苦労をかけないようにすることを優先すれば、黙って働くしかなかった。

「急に明日の休みを追加で申請して、しわ寄せとかは大丈夫？」

「いや、平気だよ。正月に二日出たから、今月だけはデカい面しても大丈夫。それと、五年も続けてる私は実質古参だから、みんな文句なんか言わないよ」

今年の正月も、千春は熊本にあるという実家へは帰らなかった。白戸だけは元日の朝に都内西部の実家を訪れ、母や姉の家族たちと顔を合わせ、その日の夜には千春と住むマンションへと戻った。千春が抜き取ったのかどうかは知らないが、彼女宛の年賀状は一枚も目にすることはなかった。

「崇正は、急に呼び出されたりしないの？」

「それはありうる。けど、捜査共助課の刑事は、滅多なことでは呼び出されない」

国に奉仕する全国の警察官は、休日でも急な連絡に応じられるようにしておくことを義務づけられている。遠方へ旅行に行く際は毎回、届けを出さなければならなかった。白戸は一泊二日の日程で熱海へ出かける旨だけを記した手書きの書類を、上官に提出してきた。

『この先五キロ、道なりにまっすぐです』

煩わしい音声案内の音量を絞ろうと手探りでディスプレイの縁を触ったがダメで、意思をくみ取ったらしい千春が代わりに操作しだした。やがて、ノイズ混じりの洋楽Ｒ＆Ｂが流れだした。ＦＭラジオをつけた彼女はそれでも満足しないようで、独り言を漏らしながら操作を続けている。

「あれ、テレビが見られない」

「走行中だからね」

「え、関係ないでしょ。普通、見られるのに」

「標準仕様のカーナビはすべて、走行中にテレビを見られないようになってるんだよ。見られるやつは、繋がなきゃいけない線を繋がないとかいったなんらかの改造をしてるだけで。レンタカー屋で貸し出される車に違法改造が施されてたらまずいでしょ」

「そうなんだ、知らなかった……。テレビ見られない車が、あるんだね」

千春は今まで、どんな車に乗ってきたのか。熊本時代の顔、上京してからの顔、昔の職場での顔、今の職場での顔、友人と都内で会っている時の顔。想像するしかない顔がいくつも白戸の脳裏に現れるが、そのどれもがぼやけていた。

『……ねずみっていいねさん他、沢山の方々より同様のメッセージをいただいております。ありがとうございます。先週の放送でも……』

　普段聞かないＦＭラジオに耳を傾けながら、白戸は不思議な感覚に襲われていた。聞き覚えのある企業のＣＭや流行曲の隙間を縫うようにトークする女性ＤＪの人間性が、一聴しただけの白戸にもちゃんと伝わってくる。声だけで顔の見えない相手であるにもかかわらず、顔なしの状態でもそのパーソナリティはきちんと完結していた。顔がないのに、顔を認識できた。それも間違いで、人は顔を見ていないものなのか。だとすればその人がその人であると認証される拠《よ》り所は、いったいどこにあるというのか。やがてＣＭ明けに人気の若手お笑い芸人がゲストとして出演すると、千春がその芸人についての話を始めた。

「この人、プライベートだとすっごく暗い性格らしいよ。豊洲《とよす》のレンタルビデオ屋で見かけたって友達が言ってた」

「そりゃ、明るい性格の人でも、レンタルビデオ屋で明るい面なんて見せないだろう。ああいう店で物色する姿なんて、誰しもが暗めというか地味な雰囲気になるかと」

「そういえばその友達、そのレンタルショップの近くのスーパーで、何人も芸能人を目撃してて……」

　千春は、テレビの中に登場する芸能人たちについて様々なことを話した。彼女自身は一度も顔を合わせたことすらないという人物たちについての話に、白戸も適宜相づちを打った。あたかも、実際に会ったことのない芸能人たちを共通の知り合いであるかのように言葉を重ね合わせる。

二人には、共通の知り合いがいない。

学生時代からの知り合いでも、職場で知り合ったわけでも、どこかの店の常連同士として知り合ったわけでもない。

接点がないはずの者同士が一つのサイトで偶然出会い、繋がりをもった。共通の知り合いがいないということは、二人をカップルだと認める他者がいないということでもあった。

「……やたら色白で華奢な女の子が猪《いのしし》みたいな化け物に追い回される映画、見たじゃん。あれ、あれ」

「……『レディ・イン・ザ・ウォーター』？　起きたことのすべてに役割と繋がりがある、っていうふうに、すべての物語の構造を身も蓋《ふた》もなく表現しちゃってた」

「それはどうだか知らないけど、たぶんそう、『サイン』と同じ監督の」

「シャマラン監督の作ったフィクションを観ると、他の監督のフィクションが馬鹿馬鹿しく思えてくるよな」

「私は別にそうは思わないけど、あの色白の女の子の太股《ふともも》が、私の理想。細いのに肉感的で、女から見ても目が離せなくなった」

テレビや映画の話は、よくする。

熱海ＩＣから一般道へ降りたのは一二時半であった。十数分前に、ドライブマップを広げていた千春が昼食をとる店を選ぼうとしていた。運転する白戸の横でカーナビのタッチパネルを手探りで操作し目的地住所を入力してもうまい具合に検索結果が表示されないようで、千春はぶつぶつ言っていた。

「あれ、電話番号で入力しても、近くの別の場所しか表示されない」

「近くの場所がわかっていれば充分だよ。あとは肉眼で探す」

「あらそう？　じゃあ決定ボタン押しちゃうね」

千春が指でタッチパネルに触れるとＦＭラジオの音声がミュートし、やかましい音声案内が始まった。

「そのそば屋、どんな店なの？」

「ん、とりあえず雑誌にデカデカと特集されてた店。熱海周辺ランキング一〇位以内で、載せられてた天ぷらそばの写真もいい感じだったから間違いないでしょう」

「なるほど」

高速から降りて二〇分弱でたどり着いたその店のそばの味は、たしかに間違いはなかった。ただ、それ以上でも以下でもなかった。つなぎもごく少量しか配合していないであろう麺はおいしかったが、似たような味のそばは年に何度か食していると白戸は感じた。思い返してみると、見当たり捜査中の昼時、安藤がスマートフォンを用いウェブ上のグルメランキングから探し出した周辺飲食店ランキング上位の店へ案内されることも多く、そういった中で〝おいしいそば屋〟へも何度か足を運んでいたのだった。熱海のそば屋も五反田のそば屋も湯島のそば屋も代々木のそば屋も、ネット上で探せる「ランキング上位」の店はどれも似たような味だった。逆に、つなぎをふんだんに用いた〝大衆的な味〟のそばと出くわす機会のほうが、近頃は減っていた。

会計を済ませようとした時、白戸は手持ちの金がほとんどないことに気づいた。千円札三枚を出しお釣りをもらうと、財布の中の現金は五〇〇〇円にも満たなかった。

「金おろさなきゃな」

畑に囲まれた駐車場の砂利道を車のほうへと歩きながら、白戸は遮蔽《しゃへい》物のほとんどない周りを見回した。数歩行けばATMに当たる東京と異なり、金をおろせる場所へは探さなければたどり着けそうもない。

「ナビで探せるんじゃない?」

千春の提案通りにナビを立ち上げ周辺検索で銀行を探してみると何件かヒットしたが、白戸が持っているキャッシュカードの銀行はなく、広域で探し直して一〇キロ以上先に見つかるという具合であった。代わりにコンビニを探すと、視界にはないだけで一キロ圏内にいくつかあった。

「コンビニのATMを使うか」

「手数料もったいないよ。現金なら私もってるけど、三万くらい」

「いいよ、いざという時、身動きとれないのは不安だし」

ドラムバッグの中から財布を取り出そうとしていた千春はその手を止め、再び前へ向き直りシートベルトをしめた。

「ATM」のロゴが店看板の下についているコンビニへは五分足らずで着き、車内で待つという千春を残し白戸だけ店へ入った。流行のポップスとともにループで流される店内放送、売り物の配置、至る所にあるポップやポスターの質感が、チェーン店であるから当たり前だが東京にある同店とまったく変わらない。雑誌棚の置かれている窓側の向こうに広がる景色ですら、都会と田舎の差があまり感じられない。一七〇キロを車で走り、自宅最寄りのいつものコンビニへやって来たかのような錯覚にも陥った。日常のどこからも、離れられていないのだろうか。

誰も利用していないＡＴＭの前に立ってボタン操作を行い、カードリーダーにキャッシュカードを通すと、暗証番号入力の後、指紋認証画面へと切り替わった。台座右端にある指紋認証センサーに、登録している右手親指をかざす。

《認証できません》

現れたエラー表示に従い指の位置を何度かずらしたがまたエラーで、予備で登録してある左手薬指をかざした。

《認証できません》

生体認証の〝合鍵〟として登録してあるのはその二本の指のみで、他のキャッシュカードを持ってきていないため白戸は再度生体認証にトライするほかなかった。

《認証できません》

昔は銀行の窓口だけで行われていた預金の引き出しという業務を、今はこうして機械が行っている。悪意をもった人間によって不正に預金を引き出され預金者が不幸に遭わないようにするために開発されたセキュリティーシステムが、預金者の要求を拒絶している。指を確認してみたが、指紋が消えているわけでもない。

自分が自分であることを機械に対し申し立てているにもかかわらず、〝登録されたあなたの情報とは異なる〟という理由で、承認されない。

あなたは、あなたではありません。

白戸崇正は、白戸崇正ではありません。

機械に登録された白戸崇正と、機械の前に立っている白戸崇正は別人。機械へ登録されていた虚像が、本物を前にし真贋《しんがん》を判別している。

あなたは、あなたではありません。

諦めた白戸の目に、天井設置の防犯カメラが映った。コンビニの防犯カメラは警察ＯＢたちにより運営されている警備保障会社からのリースである場合がほとんどで、要請があれば映像情報はすぐ警察へと流れる。実質的に、コンビニの防犯カメラの映像が警察の監視網と直結しているといっても過言ではなかった。

半球形のシェルターも取り付けられていないむき出しのカメラレンズは、ちょうど白戸の顔へと向けられている。

白戸が店の外へ出た時、駐車場内に足立《あだち》ナンバーの黒いセダン車が入り込み、白戸の車が停めてある場所から離れた位置で停車した。純正か後付けか、黒いスモークのおかげで車内の様子はわからない。白戸が車内へ戻りガイドブックを見るフリをして目の端で様子をうかがっても、黒いセダンの中からは誰も降りてこず、エンジンもかけられたままだった。

考えすぎ、か。

乗ってきたこの車は、レンタカーだ。車をわりあてられたのも今朝だ。いくら日本全国の主要道路に張り巡らされたＮシステムを駆使し網羅的にナンバー照会を行おうとしても、白戸が所持している車でないためそれも難しいだろう。

「おろせたの？」

「いや、駄目だったから現金使う時は貸して。機械が、指紋を読み取ってくれなかった」

あるいは――。

公安の意図のもと、秘密裏に全国配備が進められているというNシステムの新型であれば、顔認証による追尾も可能か。ただ車を追うだけであればナンバープレートが写る角度でカメラのレンズを固定すれば充分であるにもかかわらず、通過する者には決して気づかれない場所に仕込まれたレンズを運転席の正面へ向ける必要性は、どこにあるのか。

「まだチェックインまで二時間あるし、秘宝館にも行ってみようか。場所はここなんだけど」

千春の提案に従い、白戸は車を発進させた。

見失うくらいであれば、怪しまれてでも対象に目を向け続けるほうを選ぶのが連中のやり口である。五分ほどゆっくりと車を走らせても、バックミラーに黒いセダンは点の大きさほどにも映ることはなかった。

思い過ごしだったか。

もしくは、見失っても、なんら困ることはないということなのか。


切開手術の痕だろうか、胸に傷のある老人が上がってしまうと、夜の露天風呂に浸かっている客は白戸一人となった。水滴で曇ったガラス張りの壁から屋内を見る限り、洗い場に座っている男のシルエットが一つ、と思ったら二つに分かれ、父子《おやこ》なのだろうと理解できた。しかし子供は歓声を上げるでもなく、男風呂も、竹垣を挟んだ対岸の女風呂も静かであった。

大きな石の縁に頭を乗せ、白戸は夜空を眺めた。満月が見えている。四〇歳手前であるが、裸眼でクレーターまで見える。視力の良し悪《あ》しには遺伝的な要素も関わってくるらしく、眼軸が伸びにくい体質は父親に似たのかもしれない。亡くなる直前の父が病院の窓から眺め感想をつぶやいていた富士山も、母や姉は裸眼で視認することができず、白戸だけが父と同じ景色を見られた。

今いる熱海の露天風呂と月の間に、遮る物が何もないということが、とても奇妙な事実に思えた。そして二つの星の距離をとても近く感じる。クレーターを視認できてしまうほどの距離なら、人間が造った乗り物でも行けてしまうだろう、と体感的に思った。

女風呂のほうから、引き戸を開ける音が聞こえた。湯から上がる足音や湯に浸かる水音も聞こえなかったため、誰かが新しく入ったのかそれとも出て行ったのかわからない。今まで露天風呂に浸かっていた千春が上がったのだとも考えられる。現在何時であるかわからぬが、二人で旅館地下一階の風呂入り口まで訪れそこで別れてから、小一時間ほどは経っている気もする。いつでも好きな時に上がれるようにと客室の鍵は千春に持たせたが、鍵を持ってしまったほうは相手を待たせてはいけないという意識にかられる。自分で持っておいて早めに上がるほうが優しさだったかもしれない、と白戸は今さら思った。日頃の入浴時間は二人ともほぼ変わらないため、よく考えていなかった。

風呂から上がり体を軽く洗い直した白戸が更衣室に出ると、掛け時計の針は午後九時四五分を示していた。入浴前に見た時は八時五〇分であったから、ほぼ一時間入っていたことになる。身体を拭き浴衣に着替え、男風呂を後にする。

階段を上った先の一階エントランスには誰もおらず、食堂での夕食の折にも感じたことだが全体的に人気は少なかった。正月明けのこの時期は毎年そんなものなのかどうか白戸にはわからない。世間的には不況の影響を受け正月休みが長くなったといわれるが、正月休みに観光へ出かける余裕もないほど切羽詰まった国になってきているということだろうか。そうだとしたら、かつては大挙して押し寄せてきた不良外国人たちが日本に見切りをつけアメリカ等の他国へ移っていった理由も納得できる。

新館三階まで上がり、廊下を奥のほうへと進む。右手に並ぶ窓から、月光に照らされた小川が見下ろせる。三〇二号室の丸いドアノブを回してみると、開いた。しかしスリッパは一足もなかった。短い中廊下の先にある襖《ふすま》を開くと天井の明かりが灯されており、さっき千春が手にしていたナイロン袋も布団の上に置かれていた。トイレを確認してみるが彼女は入っておらず、一方で洗面所前のステンレス製タオルハンガーにバスタオルが一枚かけられていた。千春は入浴後に部屋へ戻ってきた後、どこかへ出かけたということ。防犯意識が甘いが、ただでさえ客の少ない旅館に空き巣をするような酔狂な人物がいるとも思えないのもまた事実であった。夕方に来館してから新館のこのフロアはずっと静かだが、他の部屋に客はいるのだろうか。白戸は居間へ戻り入浴グッズの整理を済ませると布団の上に横になった。

のどの渇きを感じて上体を起こし、ビールを飲もうかと思案したが、さきほど夕飯の時に千春と一緒に中瓶三本分飲んでいた。部屋の隅に置かれたテーブルの側まで膝立ちの状態で移動し、ポットの中に入ったお湯で茶を淹《い》れようとして、既に急須の中に淹れられていることにその重さで気づいた。出涸《でが》らしのティーバッグがお盆の隅に置いてあった。千春が使っていないほうの湯飲みに注《つ》ぎ、ちょうどいい温《ぬる》さの緑茶を立て続けに二杯飲みきった。

千春は何をしに出かけたのだろうか。ひょっとしたら連絡があったかもしれないと思い白戸はナイロンバッグの中から携帯電話を取り出したが、なんの着信もなかった。布団に寝転がり千春へ連絡を入れようとしかけてやめ、少し考慮した後で連絡を入れる気になった。電話をかけると数コール目でコール音は消えたが、ツーツーという電子音で相手が話し中であるとわかった。外で電話中か。この部屋からではなく、わざわざ外へ出て電話している。相手は白戸でない。それだけが確かなことであった。

風呂に入って体温を上げた反動か、急速に眠気がこみあげてくる。白戸は携帯電話のブラウザをたちあげ、「お気に入り」からとある出会い系サイトへアクセスした。現在、最も人気のあるサイトらしかった。勤務中でなく、それでいて顔手帳を見て顔の記憶に集中できる状態でもない空き時間に時折、白戸は出会いを求めるわけでもなく当該サイトを閲覧していた。でたらめなプロフィールで男性会員として登録した白戸の画面には女性会員のプロフィールが並ぶ。「関東在住」「二〇代」「三〇代」という大枠で絞った検索結果は膨大で、新規登録者のプロフィールから順に見てゆく。写真貼付《ちょうふ》なしのものが多いが、四分の一ほどの割合で顔写真は掲載されていた。

やけに鮮明に写っている美人の写真は、業者等がよそから勝手に写真を流用している場合が多く、業者臭がしないもので自らの鮮明な顔写真を載せているものは、歪《いびつ》な自己顕示欲がその顔にも表れていた。大抵の写真は、顔を晒しているにもかかわらず、できるだけ個人を特定されないよう顔を隠そうとしている構図や表情であった。一人一人に与えられた短いプロフィール欄で文章によって自分をアピールすることなどほぼ無理で、実質上、顔写真を見てもらうことによってしかパーソナリティーを表現できない。一方で、サイト上で知り合いに見つかりたくはない。晒しながら隠す、という難儀な課題をこなそうとする女たちの顔は、妙に色っぽいものばかりであった。

しかしながらそう感じられるのも閲覧し始めた直後までで、やがて、サイト上に自発的にアップされた無数の顔写真が気持ち悪くて仕方なくなってくるのもいつものことであった。

他人に撮られたのではなく、〝こう撮られたい〟という意志のもと自分流のアングルで撮られた〝キメ顔〟写真からたちのぼる各自独特の自意識臭が、混じり合い、受け手である白戸を食傷気味にさせる。

五年前に別のサイトで初めて「ユウコ」を見つけた時も、キメ顔に目を留めさせられた反面、わずかにだがバカにするような感情も抱いたものだった。送ったメッセージへの返信が思いのほか地味で真面目だったことに不意をつかれ、その時、このキメ顔の女の別の顔を見たいと強く思った。あのキメ顔の画像データを白戸は今は一切所持していないが、千春本人はどうなのだろうか。物に対する彼女の執着の弱さを考えれば、携帯電話を買い換える際に画像データごと破棄してしまっている可能性が高い。本人ももっていないかもしれない五年前のキメ顔写真は白戸の記憶に残っていて、当時のサイトが置かれていたサーバーのどこかにデータとして残っている可能性も高い。一度晒されてしまったあの顔写真を抹消することは、もはや不可能なのかもしれなかった。

千春が現在所持するクレジットカードの利用履歴を作成時からの四年分すべてと、通勤で使っている原付のナンバーから得られるNシステム通過履歴半年分の照会結果を、白戸は一昨日までの時点で得ていた。クレジットカードの記録は近所のスーパーや都心部の百貨店、ネットでの通販の記録がほとんどで怪しいものはなかったが、他の男と出かけている場合は男が金の支払いを受け持っていることは容易に想像できた。Nシステムの通過記録に関しても自宅と通勤先の間にある二ヶ所を日々通過するのみで時折他のポイントを通過している日もあったが、迂回路の範囲内だった。しかし定かではないものの、白戸は自分の記憶との食い違いに気づいた。出勤日にもかかわらず、Nシステムのポイントを通過していない日が何日かある。たとえばマンションからの最寄り駅に原付を停め、電車で出かけるとすれば、そのような結果となる。雨が降った日に千春がそうすることはあるが、面倒だからと大降りにでもならない限り最近の彼女は原付で直行しているはずだ。大雨でもないのに、最寄り駅で原付から電車に乗り換え出かけた日がここ一ヶ月ほどのうちにもある。あるいは、「海老原貫二」に車で迎えに来てもらっていたか。

白戸は携帯電話を閉じるとその場で仰向けになった。眠気にあらがえなくなっていた。高い塔を背景に、決して目線を合わせることのない千春が近づいてくる。夢でよく見る像が脳裏に明滅するのも、脳が思考停止を命じているからなのかもしれなかった。蛍光灯の明かりがまぶしく、なんとかうつ伏せになったところで、眠気、というより虚脱感に気づいた。立ちくらみに近い感覚が長く続いている。少し危険を感じた白戸は柔らかい掛け布団の上で顔を横に向け、気道を確保した。その時、襖の向こう側でわずかに床板のきしむ音がした。

「千春」

発した声は思いのほか小さく、ほとんど布団の上でかき消えたように白戸には思えた。そして明かりが消え、真っ暗な中で襖の開けられる音がした。

「千春」

つぶやいてもなんの返答もない。

白戸は身体に力を入れかけ、それが難しいことにも気づいた。

「探しているのか」

男の声は、久しぶりに耳にするものであった。

「千春、を、どうしたっ?」

正確には、年末の上野で電話越しに聞いている。しかし生の声を聞くのは、初めてか、あるいは、四年ぶりか。

「女のことなら俺は関係ない。留守を狙って寄っただけだ」

それだけ聞くと、白戸は顔だけ上げた状態でなんとか安心した。急須のお茶の中に、薬品を入れられていたか。力を振り絞れば立てなくもないだろうが、立ったところで主導権は向こうにある。自分に選択の余地がないという事実に気づくと、不思議と、危機感は薄らいだ。身体で対応行動がとれないとなれば、どんなシグナルも意味をなさない、ということを脳が知っているかのようであった。それに、聞き覚えのある声ということも大きかった。

「何を飲ませた」

身動きがとれない中、こちらに敵意はほとんどないという意思表示として険を含めないように言うと、闇の中に潜む人物が低く笑った。

「ロヒプノールをベースに細工しただけの安全な薬だ、安心しろ。半減期は七時間で、後遺症も何も残らない。ただ、無理に立とうとして転べば骨の一本も折れるだろう」

命を狙っていたとすれば、お茶に即効性のある毒薬を入れてもおかしくなかったはずだ。

「白戸」

須波通と、同じ声。

「俺を探しているのか?」

「ああ……〝死人〟の顔を、探しているよ」

それでもこの先どう転ぶか見えない。迎合した口調で白戸は言ったが、男は笑いもしなかった。

「いつから探してる? いつ気づいた?」

「……組対から情報を流されてからだ」

「本当か? 仲間もそう推測してたみたいだが、俺はおまえがもっと早くに気づいたと思っていた」

「仲間? 公安の川本がまだ仲間なのか?」

闇の中の男が息を呑んだのが白戸にもわかった。

「勘がいいな」

「四年前に死亡を偽装してもらった縁であいつに協力していたんだろう。おまえが中国人たちから殺されずに済んだのは、連中に対する川本からの工作があったからだ」

闇の中からはなんの声も発せられない。

「しかし、おまえはなんらかの理由で手を切った。川本は四年間飼い慣らした非公式の要員を始末するため、中国マフィアたちをけしかけた。日本海洋上での密航船爆破も、その応酬合戦の一つか? 自衛隊情報保全隊におさえられていたぞ」

「それも織り込み済みだ」

白戸は相手を狼狽《うろた》えさせるつもりで言い切ったが、男の簡素な返事に言葉を失った。

「あの場所が張られていたことは知っていた。つい先月の頭まで、川本の下でシステムを駆使して仕事していたからな」

「大阪にいたか？」

「あれが最後の仕事だった」

やはり王龍李が死んだ現場にいたのはこの男だったか。

「俺と、民間から引き抜いた技術者一名、そして川本以外の公安捜査員三名。川本を含め六人チームだったが、シーズンレポートにも決して名前を書かれることのない俺は実働要員としてシステムを利用し任務を遂行してきた。大阪の時は、俺と技術者、大阪の現地要員の三人で任務にあたっていた」

たしかあの場にいた、帽子をかぶった怪しい男。陽動作戦におけるカモフラージュ要員であったということだ。

「諜報合戦じゃないが、どの組織がどこに目をつけているかくらいは、システムを利用すればわかる」

「……それを知ってて、行動に移したのか」

「そうだよ。俺の顔を、おまえに見せるために」

馬鹿な。

「なぜ、会いに来た？」

「おまえに会いたかったからだ」

「ふざけた……ことを」

「俺の顔を見つけろ」

闇に目が慣れてきたが、顔を上げた状態を維持するのが辛くなってきた。

「俺の存在が各捜査機関に知られてゆくにつれ、俺を生み出した川本自身は神経質になっている。躍起になって消そうとしているよ。俺としても奴に簡単には接触できない」

「それと俺がどう関係する」

「おまえがいるおかげで川本までたどり易くなった。あいつはお前にも目を向け始めた。俺の顔を見つけようとする人間のことを見つけ返すのは少々厄介だが、あいつの目がおまえに向けられている間、俺はあいつの姿を捉えやすくなる。ただ殺すだけなら、すぐにでもできる。しかし死は一瞬だ。川本を、社会的に殺す必要がある。俺にはその準備がある」

聞き取っている言葉の意味はわかるが、白戸の中で思考がまとまらなくなってきていた。

「準備?」

「おまえが俺を見つけようと場に出てきた。それこそが、俺の準備だ」

捜査共助課の見当たり捜査員が、かつて同僚であった〝死者〟を探しに、場に出る。それが、〝死者〟当人にとっての準備。〝死者〟の思惑通りに動いている自分の行く末はどうなるのか。白戸はただ息を吐いた。

「この平和な国のインテリジェンスは、自分たちだけが見る側にいると思っている。見られることに無自覚なのは、川本も同じだ。自分が教えたシステムで自分が見られているとは思っていない」

「俺を巻き込むな」

「もう遅い。おまえは王龍李の顔を見つけてしまった。普通の警察官がいくら精力的にやっても捕まえられないホシを、顔を見つけるという一点のみで捕まえてしまった。そんなおまえが俺のかつての同僚とあれば、巻き込まれないわけにはいかないだろう。これは必然だ、おまえが通ると決められた道だ」

　闇の中の男は響きの悪い声でそう言った。

「うまく整形しているであろうおまえの顔を見つけられる自信はない」

「かまえる必要はない。見当たりに最も適した街で、おまえはいつも通りやっていればいい。俺とおまえの感覚にそう違いはないはずだ。見当たりのしやすい繁華街は、逃走ルートも確保しやすい」

　いくつかの街が白戸の頭に浮かぶ。

「俺を挟まず、連中の運用するシステムとやらの前に、おまえが直接顔を出せばいい」

「奴らに俺の顔は見つけられない。おまえにしか見つけられないんだよ、白戸。おまえが追っている男が誰であるのかと疑問に思った時、連中は初めて俺の顔を識別できる」

　それはつまり、川本一派の手を離れてからもさらにどこかで顔を変えたということか。

「最近は不調だ。三ヶ月以上連続で無逮捕記録更新中だというのに、ましてや整形し直した男の顔など……おまえのようなプロを相手に」

「見つけろ。しかし、見つけようとはするな」

　見つけようとはするな？　矛盾している。

「なにを……」

「さらにいえば、覚えていないフリをするのはやめろ。自分を欺くな」

自分を欺く？　覚えていないフリとはどういうことなのか。

車のヘッドライトの光が一瞬窓から部屋の中へ差し込み、チャンスだとはわかったが身体の動きが追いつかず白戸は男の顔を見そびれた。それよりも、車がこの近くまでやって来たことのほうが気になった。

「川本か？　おまえの顔を追ってきたんだろう」

「俺はシステムの弱点を知っている。だから追われるようなボロは出さない。もし連中だとしたら、狙われているのはおまえだ」

その一言で、消えかけていた危機感が甦った。

「千春には、本当に何もしていないのか？」

「俺はな。川本は、特に俺の代わりに投入された実働要員は、どこまでやる奴かわからないが」

直後、遠くのほうから救急車のサイレンが近づいてきていることに気づいた。

「千春……」

「俺は何もしていないぞ」

闇の中で男が後ろを向いたのが音でわかる。しかし白戸は言葉を発することも難しくなっていた。

「自分で自分を欺かないようにしろ。そうすれば、俺の顔だけでなく、おまえはすべてを見つけられるはずだ」

実際に耳にしたのか、幻聴だったのかも判別がつかぬまま、白戸の意識はやがて途切れた。

15

高い塔を背に、白いコートとロングブーツで身を固めた女が向かってくる。

千春はその顔を白戸に向けないまま、白戸のすぐ横を通り過ぎる。自分に向けられない笑顔を目で追っていた白戸の目に、女の後ろ姿が焼き付く。長い髪の色は、かなり明るい。

進行方向にそびえ立つ塔へと目を戻すと、空が白く輝き、白戸はその世界から身を離された。目が覚めた。

その自覚から逆算するようにして、白戸は自分が寝て夢を見ていたことを知った。

夜更け前か、はたまた今日は休日で午睡の末夕刻まで寝てしまったのかという考えが一瞬白戸の頭を過るが、時計を見ると午前六時五〇分であった。曇天の白い空は、時間感覚を狂わせる。

自然に目が覚めたのか、外部的刺激によって起こされたのか判然としない。中廊下の向こうで、寝室のドアが開けられる音がした。

「おはよう」

「おはよう」

眠そうな顔で挨拶してきた千春に、白戸は同じ言葉を返し、彼女のことをそれとなく眺めた。

室内の光量だと髪はほとんど黒に近く、明るくはない。ついさっき見た夢の中での彼女とは違う。

なによりどことなく、寝起きの状態が以前より良くないと感じる。慢性的な疲労が溜まってでもいるのだろうか。

熱海の旅館でも、あの夜、本館ロビーにある消灯された応接室のソファーに座っているうちに、少しの時間寝てしまっていたと本人は話す。部屋に戻ったところ、布団に突っ伏して起きる気配のない白戸の横で、寝たという。

早朝に目覚め、すぐ横の布団で寝ている千春の寝顔に気づいた時、白戸は闇の中で話した男のことは夢だったのかと本気で思った。それにしても、やけに具体的に、話した内容を記憶していた。死亡を偽装された上で意図的に生かされていたかもしれない男――かつて死者であった者と言葉を交わしたという記憶は、白戸の脳の中でひどく収まりが悪かった。

やがて千春が出かけた。今日は原付で職場へ向かう日なのか、もしくは、駅で電車に乗り換えどこか違う場所へ移動する日なのか。

白戸が家を出るまで、半時間ほど時間があった。

通勤用の服に着替えた状態で、ナイロンバッグの中から顔手帳を取り出し、ローテーブルの上に置く。

手配写真の記憶に努めるべきかどうか、迷った。

集合場所のＪＲ新宿駅西口、小田急百貨店のエレベーター乗り場前には、安藤が先に着いていた。近くに谷らしき大柄な男の姿はないが、待ち合わせ時刻の九時半まであと一〇分ほどあった。自分が見つけたと同時に安藤と目が合った気が白戸はしたが、実際のところどうだったかはわからない。互いに同時に見つけたのかもしれないし、彼女に先に見つけられていたかもしれない。日本で最も防犯カメラの多い街で、白戸は安藤へと目線を合わせたまま近寄っていった。

「おはようございます」

「おはよう」

「なんか今日、朝から人気が多いですよね」

言われて、白戸も気づいた。たしかに大勢の人々がここ半地下においても、曇り空の閉塞感に苛立《いらだ》っているかのようにせわしなく歩いている。

「冴えてるな」

「そんな大層なものじゃないですよ。ここに数分間立っててなんとなく感じただけですから」

活力と自信がみなぎっている若い女性警官に、白戸は美しさを感じた。自信が結果を生み、結果が自信を生む。

安藤は三日前に一人検挙し、白戸と谷は連続無逮捕記録を更新中であった。白戸は今日で一二〇日目、谷は二〇三日目を迎える。

「でも今年まだ一人目ですからね。月一の最低ライン以上の仕事はしないと」

言ってから急に気づいたように口をつぐんだ安藤だったが、嫌味を言うつもりは彼女になかったことを理解している白戸は笑おうとした。しかしなぜか笑えなかった。

三年前に三人を射殺し逃亡中だった元暴力団員の男を、安藤は三日前に荻窪《おぎくぼ》のパチンコ屋で見つけた。白戸と谷だけでなく、制服警官たちの応援を呼び、身柄を拘束した。

「その調子で頼むよ、期待の新人君」

「新人、って、もう二六ですよ。今度の春でどうなるかもわからないですしね」

「そんなことを言うなら、春の人事異動でどうなるか一番読めないのは俺だ」

口にしながらそれも違うと白戸は自分で思う。幹部連中と異なり、警部補クラスの人事がどうなるか読めないということに変わりはないが、春以降も捜査共助課にいるかどうかという点については、三人の中で一番予想し易いだろう。捜査共助課ももうすぐ丸五年で、ほぼ四ヶ月の連続無逮捕記録更新中なのだ。まず、所轄へ配属される可能性のほうが高い。癒着を防ぐためだいたい三年周期で異動になることの多い警察組織の平均的な人事例と照らし合わせれば、五年は長いほうだ。それ以上の懸念事項として、見当たり捜査員として良い成績を残せなくなってきている。手配犯の顔を見つけられない見当たり捜査員は、血税でまかなわれる組織の運営資金を食いつぶす無能な散歩者でしかない。加えて、移送中の王龍李を殺された件もある。降格という可能性も充分視野に入っているが、暗に辞職を勧められないだけマシといえるか。ＴＶニュース等で世間に伝えられる警察官の「停職処分」は言葉通りのものでは全然なく、体面を重んじる警察内部において実質的には〝自発的な辞職〟を意味する。

「あ、谷さん」

つぶやいた安藤の視線の先を追うように白戸が振り返ると、西口改札を出てきたばかりの谷の姿が目に入った。白戸が目にして数秒経ってからようやく、谷も白戸たち二人へ目を向けた。視認するまでに要する時間がいささか長い。全体的に、感覚を鈍らせている。

「初めて見ますね、そのダウンベスト。かわいい」

「正月のセールで買ったのに、全然着てなかった。ちなみにあそこの伊勢丹で」

安藤に指摘された谷は改札口のある東のほうを指さした。モスグリーンのチェックシャツの上に着ている茶色いダウンベストは肩部分に革が縫いつけられている。腕の自由度の高そうなそのダウンベストは仕事で着用していてもよさそうなものだが、谷も白戸のようになんとなくプライベート用と仕事用の服は分けていて、今日はたまたまプライベート用を着てきたとも考えられる。なにより、正月にショッピングへ出かけるだけの心理的余裕は持ち合わせていたのだということに、白戸はいくらか安堵した。

「俺は歌舞伎町近辺をあたるつもりだ。二人とも、好きにやってくれ」

地上に大きく開いた螺旋《らせん》状のロータリーがあるおかげで、西口改札前は地下なのか地上なのかが感覚的にはわかりにくい。近くにある西口交番の出入り口には制服警官が一人立っている。数分に一度のペースで道を尋ねられている光景は馴染みのもので、その牧歌的光景だけ見ていると、ここが日本有数の危険な街であることを忘れそうになるが、日本の〝危険な街〟は、人の流入量が多ければそれに比例して犯罪の発生数も多くなるというだけのことであった。

新宿で見当たりを行う日は、西口で待ち合わせることが多かった。いくら刑事と見られない風体の人物が三人集まったとしても、何かを話し合い画策している姿を、犯罪者たちの多く潜んでいそうな場所でわざわざ晒すのも得策とはいえない。特に、手配犯たちは、自分を追う目線に対し異様に敏感になっているためなおさらである。

「それじゃあ、始めよう」

昨日と今日に、あるいは、今日と明日に、関連性はない。

訪れる街も変われば、目にする人々の顔も変わる。

同じ街の同じ場所に立ち続けたとしても、同じ光景を見ることは、二度とは叶わない。人々はどこからかやって来て、そして去って行く。

西口から新宿通りへ出て、紀伊國屋《きのくにや》書店の前まで来た時点で、白戸は二七台の防犯カメラを視認していた。そのうち、新たに発見したカメラは三台で、今まで見落としていたのか、増設されたのか。開店準備を進めているデパートや大型店の店先には一様に、大手警備保障会社二社のうちどちらかのシールが貼られている。現代の〝お札〟が貼られている箇所からそう離れていない場所には必ずカメラが設置されており、そういった店内配備のカメラも含めれば、新宿一帯だけでどれほどのカメラが稼働しているのか。警視庁所属の警察官である白戸にもそれは把握できていない。

次の人事異動で己の身がどうなるか、はっきりとはわからない。ただ、本庁捜査共助課の見当たり捜査員として六年目を迎える確率はかなり低いのではないかと白戸は思っている。所轄勤務の可能性も考えられ、そこでせわしなく働くほうが今の状況よりマシなのかもしれないという思いもある。むしろ近頃の白戸は、所轄へ異動となることを積極的に望んでいた。ともかく春からは共助課ではないよそへ異動になるとみていい。せめてあと数人は見つけておきたかった。

顔手帳に貼られている、手配犯五〇〇人の顔。会ったこともない、写真の中の像しか知りえない人物たちの実存する姿と偶然出くわし、なおかつ、見る側である自分がそれを認識しなくてはならない。

そんな五〇〇の顔に加え、知っている顔を一つ、見つける必要があった。

須波通。

本人は、〝俺の顔を見つけろ〟と言った。

白うさぎを追いかけろ、ということであろうか。白うさぎを追いかけた先に、通常の世界から分岐された異世界が広がってくれているのなら――悪い筋書きにしろ、何かしらの物語が始まってくれるのであればむしろ救われるくらいだが、今日と明日は繋がっていない。須波通に近づいたとしても、捕まえられなければ、その翌日も〝須波通を捕まえられないでいる世界〟がゼロから始まる。見当たりとはそういう仕事であった。そんな仕事の世界に居続けたことで、白戸の身体も精神も疲弊しきっていた。衣服から露出した部分だけが真っ黒に焼け、掌だけにわずかな白みが残っている。内側と外側のコントラストの差がそのまま、街に立ち雑踏の中から手配犯を見つけるという、無謀な行為に全身全霊を注ぐという狂気の日々を過ごしてきたことの記録となっていた。

もう四ヶ月、手配犯を捕まえられていない。

しかし、五人も捕まえたある年の月と、一人も捕まえられないここ四ヶ月の間に、繋がりはない。これまでの四ヶ月間と関係なく、状況は好転する可能性もあるのだ。問題なのは、かなりの頻度で手配犯たちと擦れ違っているにもかかわらず、それを見落としている可能性もあることだった。そんなことを重々承知で街の隅々にまで目線を這《は》わせても、誰も見つけることはできていない。

白戸は数日前から、見つけようとすることをやめていた。

〝見つけようとするな〟という、須波が発した言葉が心にひっかかっていた。そして見当たり捜査の職務と矛盾するようなその言葉は日ごとに白戸の中で大きな染みのように広がっていった。〝見ていないフリ〟をして〝自分を欺く〟ことなど、してはいない。それだけは確かだと白戸は思うが、ただ街に立ちパンフォーカスレンズのように風景すべてにピントが合うようにしているここ数日間、何かが起ころうとしているような兆しを感じる機会が何度かもたらされていた。

助言を残して去った本人は、何かを掴んだということだろうか。

ただ街に立つだけ。

職務を放棄しているわけではない。あらゆるものに焦点を合わせない、というわけではなく、その真逆で、あらゆるものに焦点を合わせた。道路にも、ガードレールにも、ビルにも、商店にも、車にも、自転車にも、空にも、そして人々の顔にも。あらゆる像へ均等に焦点を合わせ、顔を含めたすべてを風景として眺めながら、白戸は新宿通りから靖国通りへ出、さらに靖国通りを渡って歌舞伎町に足を踏み入れた。

ともすれば探してしまう。

見つけようとすると、見つからなくなる。

自分が捜査共助課に配属された直後、わりと好成績を残せたのも、顔の記憶が混濁していないという理由もあったであろうが、写真を覚えることに精一杯だったのが大きな理由であるかもしれない。そんなことに、白戸は五年目の終わりかけの時期に今さらのように気づいた。須波通は、現役時代の一年目から気づいていたのだろうか。あの男の常人離れした成績を考えれば、街の見え方も自分とはまったく異なっていたのだろうと白戸は今にして思う。

見つけようとすれば、視界の中に浮かぶ無数の顔に対して、脳の中に記憶してある一定数の顔を無理矢理あてはめようとしてしまう。目の外側に広がる外界を歪ませてしまうことに近かった。

実際に目にしている顔と記憶の中の顔は、ごく自然に一致させられなければならない。記憶をスムーズに想起させるためには、リラックスが必要だ。

見つけようという意識をもたずにただ目の前の光景に目を向け続けることは、難しいことであった。ごく数秒、数十秒までならそれも完全に意識下でコントロールできたが、数分ともなってしまえば無理であった。見当たり捜査員である白戸ですら、というより、見当たり捜査員だからこそなのか、風景の中に人の顔が入れば、それを見ようとしてしまう。視界を通り過ぎる対象者が次の一歩を踏み出すまでの短時間のうちに、記憶している無数の顔との照合が行われる。一瞬の照合作業には、既に顔手帳から外された約二五〇〇人の顔と、白戸のプライベートで知り合った無数の顔も含まれる。ベースの骨格に、パーツの配置。顔認識の主要要素を抜き出せば、人の顔というものにそれほどバラエティーがあるとは考えにくかった。白戸は一〇メートル離れた位置からでも、三〇〇〇人以上の記憶の中から、的確な一人を意識に上げることができた。それができるということは、人間にとって生きていく上で必要な能力であるということなのかもしれなかった。人の身体は、縄文時代から現在に至るまで、遺伝子レベルでは一パーセントも変わっていない。人の顔を正確に認識できなければ、自然界で生き延びることは困難であったということなのだろうか。ムラ社会だけで生きていればよかった古《いにしえ》の人々と現代人とでは、一生のうちに見る顔の数が違う。実社会で色々な顔を目にし、テレビやネット、印刷物の中にも膨大な数の顔があふれている。自分にできているからといって、それが生物としての自然な状態であるとは限らなかった。

見つけようとすることをやめなければ、見つけることはできない。

その命題を満たせる日が来るのであろうか。強く望んでしまっては、それが成り立たなくなる。

白戸は気分転換に飲み干した缶コーヒーの空き缶をゴミ箱へ捨て、死角のない街中を歩きかけたところで立ち止まり、背後を振り返った。視界の中で、何人もの人間がそれぞれ勝手に動いている。

たしかに今、異質な感覚があった。

目の奥を弛緩させるほどの親しみ、といういつもの感覚とも少し違う。

それを、自分は怖れている――。

白戸はすべての対象に焦点が合うようにして見ているうち、コンビニの前で立ちながら何かを食べているスーツ姿の中年男性に注意が向いた。眼鏡をかけているから視力は悪いのだろう、一〇メートルほどの距離から向けられる白戸の視線には気づいていないようだ。白戸は凝視する。

手配犯ではない、という確信は強かった。あの顔を、自分は知っている。しかしそれが誰なのかがわからない。学生時代の知り合いなのか、警察組織で働く仲間なのか等、脳内で照合を行っている途中、ありえない画が突如浮かび上がった。密集して置かれた棚の中からビデオテープのケースを取り出している、エプロン姿の男。レンタルビデオ店内の光景だ。それも、まだブルーレイやDVDといったディスク型映像メディアが普及していなかった、VHS全盛の頃の。白戸は大学時代、レンタルビデオ店でアルバイトとして働いた経験があった。実家の最寄り駅近くにあった店舗の外観、親しくしていた職場仲間ごく数人の顔、ケースの角の差し込み口に差し込まれたL字形の貸し出しカード……それらの断片的な映像記憶が再生されるまま、白戸はコンビニ前でサンドウィッチを食べている男へまっすぐに近づいて行った。

「あの……すみません、どうも、ご無沙汰してます」

男の真正面に立って声をかけてみた。男は一瞬だけ白戸の顔に目を向けるとすぐにまた目線を落としてサンドウィッチを食べ続け、それでも白戸が一歩も動かないのを確認したのかようやくまともに顔を合わせた。

「白戸です、ご無沙汰してます」

「はあ」

男は必死になって誰だかを思い出そうとして眉間に皺を寄せている。その表情に、さらに覚えがあった。若い頃の男は、眼鏡をかけてはいなかった。

「失礼、どちら様……で?」

「一八年前、経堂駅近くのレンタルビデオ店で……ドルフィンで、一週間ほど一緒に働いてたと思うんですが、覚えてないですかね?」

男は怪訝そうな顔になりながらも、ひっかかりがあるのか「経堂……ドルフィン」とつぶやきながら目をせわしなく動かしている。

「ああ、ちょっとの間だけドルフィンで働いていたこと、たしかに、ある……」

それを聞いた白戸は、確認しようとした自らの意志に拮抗《きっこう》するように湧き起こったわずかなストレスを自覚した。記憶の中に眠っていた顔と今現実の世界で目にしている顔が結びついてしまうことを快く思っていない。

自分を欺く。須波に言われた言葉がちらついた。

「だけどすみません……あなた、どなた？」

白戸とほぼ同時期にアルバイトとして働いていた男はたしか数歳年上で、理由はよくわからぬが一週間ほどでシフトに入らなくなり、後日、辞めたことを誰かから知らされた。名前は覚えてはいないが、丸顔に離れ目の顔だけは記憶にあった。

「同じバイトで働いていた白戸という者ですが、無理もないですよね、すみません」

苦笑して誤魔化そうとする白戸に合わせて男も苦笑するが、目の奥にはさきほどから警戒心を宿しているようであった。食べ終えたサンドウィッチの包装袋を手荒く丸めると雑な会釈をし、店内設置のゴミ箱へ捨てることなくそのまま足早に新宿駅方面へと去って行った。

理性ではなんとか理解できても、心の奥底では不審がるのも無理はない。二〇年近く前に、ごく短期間だけ顔を合わせていた相手を認識できるなど、不気味以外のなにものでもないだろう。

ここ数日の間ずっと感じていた、何かが起こるという予兆。それが、こういう形で結実したのであろうか。

見つけようとするな。

見ないフリをするのはやめろ。

自分を欺くな。

自分へ向けられている目線に気づいた。

水商売に従事する男女が朝方に立ち寄ることで有名な牛丼屋の二階席の窓から外を見下ろして

いた白戸は、コマ劇場があった場所の前に立っている男の姿へ目がいった。ゆったりとした化学繊維の黒いズボンに、カーキ色のフィールドジャケット。年の頃は三〇代前半だろうか、日本人にはないタイプの目つきの上、その目線が時折、この店のこの二階の窓へ向けられる。混み具合をはかる必要などない、ごく普通のチェーン店である。わざわざ目線を上にし、店内をチェックする人物は、たとえそれがどんなに細心の注意を払っているつもりでも、白戸の目についた。

黒孩子か。

中国本土での一人っ子政策の陰で、戸籍登録されなかった者たちにより結成された、犯罪集団。戸籍のない犯罪集団に対し公安の川本が工作活動を行っていたという情報と照らし合わせると、あの監視の素人は、白戸を見張っているとみて間違いない。監視・追尾の素人ではあっても、殺しの素人ではないという確証はない。ここ歌舞伎町の街中で派手にやらかしても、とりあえずの間だけでも姿をくらますことができれば、黒孩子の犯罪者は逃げおおすことができる。出入国記録もない、ましてや本国で戸籍もない人間を後追いで捕まえられる可能性はかなり低い。茨城の守谷でバンの中へ引きずり込まれそうになったことも、ただの脅しだったのではないかと心のどこかで思うこともあったが、今となっては、単純に殺しを命じられていただけではないのかとも白戸は思っていた。危険な状態も度を越えてしまっており、恐怖感が空回りしている。しかし冷静になってみると段々と全身が萎縮《いしゅく》してくる。

どこからマークされていたのか。食後のお冷やを飲みながら、白戸は心を落ち着かせようとした。しかし街中のそこかしこから全方位的にカメラレンズで捉えられている歌舞伎町で、死角を探して通るほうが難しい。歌舞伎町で見当たりをすることは、昨日渋谷で谷と安藤に口頭で伝えただけであるから、メールや電話の傍受で行動を読まれたとも考えづらい。

この顔を、読まれた。それしか考えられなかった。

人に顔を読まれたのか、カメラをモニターしている個人に顔を読まれたのか、顔認証センサーを搭載しているカメラに顔を読まれたのか――ただ歩いているだけでも、この顔はもはや無数の目によって見られている。そのうち誰が、「白戸崇正」という個人を見つけようという明確な意志のもと、目を向けてきているのか。

白戸は中国人の監視者へ目を向けないようにしながら、その男の周りへ目を向けた。気づいた、ということに気づかれないようにする意味合いももちろんあったが、あまりにもずさんな監視を行う監視者はただの囮である可能性も考えられた。本当の監視者は、囮の監視者へ注意を向けている白戸を秘密裏に監視しているかもしれない。しかしそのようなプロであれば、ただ目視で見つけ出そうと思っても困難であることは想像するに難くない。広場で、静的な状態でいるうちは、追ってくる者を見つけることはできない。洗い出す場合は、狭く長い一本道を歩くという動的な状態に白戸のほうから誘い込むほかない。

白戸は北へ足を向けた。韓国人街へと至る狭い道を歩きながら時折、飲食店を物色するフリをして後ろを向いた。二〇メートル以内に、怪しい男が四人いた。新大久保駅の近くで別の狭い道に入って再び南下を始め、しばらくしてから振り返ると、さきほど目星をつけた四人のうち三人が尾けてきていた。

元コマ劇場前の広場へ戻った白戸はそこへとどまりしばらくの間、見当たりを行いながら自分へ向けられる目線のチェックを行った。

半時間ほど経過してから、靖国通りへ出た。

ふと、身体が緩んだ。

あの感覚に、白戸は襲われたような気がした。

目の奥が弛緩する。ピントを合わせている対象に、親しみが湧いて仕方がない。

そして、怖れている。

この感覚自体、初めてのものではない。今まで感じていたにもかかわらず、それが恐怖なのだとは気づいていなかった。

少なくとも白戸が一方的に知っているはずの誰かが、いる。その人物に関与しようとして受け入れられなかった時の絶望感を、受け入れられない機会に晒される度に自分の存在感が希薄になるのを、この身体が怖れていた。

視界の中にある複数の顔をあらためる。

前方約一五メートル以内に、こちらへ顔を向けている男が三人、女が一人、横顔を向けている男が二人、女が一人、背を向けている男が二人、女が二人。

白戸に背を向けて靖国通りを西方面へと歩いている男へ目がいった。一〇メートルほど離れた位置からでも、目線の高さが自分とほぼ同じであることがわかる。八分刈りといっていいほどの短髪で、頭の形がはっきりとわかる。毛髪は長いほうが抜けやすい。毛根から採取できるＤＮＡの痕跡《こんせき》を犯行現場に残しておきたくないという犯罪者が好む髪型である。

白戸は追尾を始めていた。気がつけば、目に入った視覚情報に反応し足が動いていた。そしてすぐ、男は左を向いて靖国通りを渡りだし、横顔が見えた。

深く窪《くぼ》んだ眼窩に、高い鼻、小さめの耳、薄い唇、よく発達した顎。鼻や顎の形に心当たりはないものの、顔の上半分の配置や頭の形、そして全身とのバランスといったものが、白戸の脳の中にある一人の男の像と一致しているのは間違いなかった。

しかし目の当たりにしている像と記憶の中の像が一致している今、さきほど感じたはずの親しみは消えていた。代わりに、怖さだけは残っていた。知っている顔に出くわすということは、その対象と関わりをもつことを促す。あの男から関わりを避けられる、あの男に認識されないという事態を白戸は怖れた。

新宿西口へと向かう男から一〇メートルの距離を維持し続けながら、白戸は一瞬だけ後ろを振り向き点検した。さきほどの三名は相も変わらずの陣形で尾けてきており、白戸の一〇メートル後ろにいた男が携帯電話で誰かと話しているようだった。白戸が追尾している男の正体に連中も気づいたか。連絡をとっているのは黒孩子の仲間か、それとも公安部の川本率いる〝チーム〟の連中か。確信はもてないが、白戸は意識して、誰かを追尾しているのではなく見当たりの場所を移動しているだけというフリをしながら歩いた。傍から見れば誰も、白戸が八分刈りの男を追尾していることには気づかないはずだった。追尾してきている連中は、自分たちの追尾対象者が他の誰かを追尾していることを見抜くほどの手練れの者たちなのであろうか。仮に今は気づいていなくても途中で気づいた場合、八分刈りの男に対しこの新宿という街中でなんらかの実力行使に出るという可能性はあるだろうか。白戸は自分にとってのベストな行動がなんであるのかがわからないでいた。前を行く男は、危険な男たちからの追尾に気づいたとしても交番へ助けを求めるようなことはしない。四年前に死亡認定されたのち公安の非公式の実働要員として暗躍してきた元警察官が、現職の制服警官になんの助けを求めるというのか。幽霊男を追尾できるのは自分だけだと白戸は思った。

男が小田急百貨店の地上階入り口へ足を踏み入れた。エレベーターガールつきのエレベーターが頭を過り、〝消毒〟の可能性に焦った白戸は対象との距離を少し詰めた。しかしどう考えても八分刈りの男はわざと白戸の前に姿を現したはずで、まくという行動に移るのは考えづらかった。

俺の顔を見つけろ。

須波通と思われる男は熱海でそう言った。

男は四基並んでいるエレベーターには乗らず、下りエスカレーターに乗り、右側を歩いた。後に続きながら、白戸は斜め上から男の後ろ姿を見下ろす形となった。この角度から見ても、というより顔の見えない後ろ姿の記憶だけだと、男は須波通そのものであった。降りた先の西口地下を、須波はロータリーのほうへと進む。死者として記憶されていた男が、実体を伴った四肢をもち、見慣れた新宿駅の西口地下を歩いている。この日本で、死んだはずの一人の人間の存在を四年間も隠し続けることができたという信じ難い事実にあらためて心が動かされる。川本という一公安捜査員の力だけで、そんなことが可能だったのだろうか。

タクシーにでも乗るように見えた須波は方向転換し左を向いた。都庁へ向かう動く歩道に乗るのか、小田急線や京王線といった私鉄に乗るのか。地下の至る所に防犯カメラはあり、それに気づいているはずの須波はそれらを避けようともせず、むしろわざとカメラに顔を晒すような場所を歩いていることに白戸は気づいた。考えすぎなのだろうか。そうとも思えない。〝システム〟の弱点に気づいていると話していた元公安の実働要員には、企みがある。現職の見当たり捜査員と黒孩子、公安という三者の目を引きつけながら、何かを始めようと——あるいは、終わらせようとしている。

須波は京王線の改札口へ近づいていた。券売機に寄ることもなく、上着のポケットから財布のようなものを取り出すとセンサーにかざし、そのまま通過する。白戸もＩＣ乗車券をかざし後に続く。京王線の下り電車始発駅である新宿駅は、三つの乗り場に分かれている。左の階段を下った須波の後に続くと、二番線から各駅停車高幡不動《たかはたふどう》行きがもうすぐ発車するとのアナウンスが聞こえ、電光掲示板を見ても当該電車があと一分で発車することが、その次には三番線の準特急電車が五分後に発車することがわかった。

階段を下りた須波はわずかに駆けだし、白戸は距離をあけられた。しかし、電車に乗らずにホーム端の通路から外に出る可能性もあるため油断はできず、白戸は須波が乗り込んだ車両の隣の車両に乗り込むと乗降口から顔だけ出して様子をうかがった。慌ただしい足音に後ろを振り向くと、ＩＣ乗車券をもっていないために足止めでも食らったのか、例の追尾者三人に増援らしき一人を加えた計四人が白戸の乗っている車両の連結部近くに乗り込んだところで、そのうちの一人とアイコンタクトをとったもう二人が白戸の前を通り過ぎ、須波が乗っている車両のもう一つ先の車両へ乗り込んだ。

連中は須波が現れたことにもう気づいている。

そして、出会い頭に殺《あや》めるという手段は取らず、荒っぽいながらも追尾の陣形をとった。

鳴りだした発車ベルに緊張し、白戸はいつでも車外へ出られるよう身構えた。やがて、ドアが閉まった。須波は追尾者全員をまくことなく、電車にとどまった。ひとまず安心した白戸が窓の外を見ると、ゆっくりと歩いていた男が立ち止まり、須波の乗っている車両へと目を向けていた。黒孩子の一員に間違いなかった。ドアが閉まる寸前に須波が下車する場合に備えたバックアップ要員だろう。確認できただけで、七人の人員が投入されていたことになる。白戸が気づいていないだけの手練れの追尾者が他に何人かいたとしてもおかしくはなかった。

午後四時近くの車内の混み具合は乗車率一〇〇パーセントを超えており座れる席はないが、車両内の移動に困難を伴うというほどではない。だが連結部の窓越しに隣の車両を覗くことはほとんど叶わないといいえた。

大々的な追尾に気づいていないはずもない須波通は、どこへ向かおうとしているのか。

そして、勝算はあるのか。

単独で、三つの組織相手にどう戦おうというのだ。

とはいえ自分も単独行動をしていることに気づいた白戸は、車内であるのもかまわずに携帯電話を出し、短縮ダイヤルで谷へかけた。しかし同時に車両はホームから暗い地下へと入り、電波表示は瞬く間に減り「圏外」へと切り替わった。一定間隔置きに設置されている常備灯の光がわずかに目に入るだけの真っ暗な空間を、電車は徐行スピードで進んでゆき、やがて速度を上げていった。次の停車駅は笹塚《ささづか》で、約五分後に着く。

〈ホシとおぼしき男を追い京王線各駅停車に乗った。〉

谷と安藤の両者へ向けたメールを作成する途中で、その先をどう続けるべきか白戸は迷った。これからどこへ向かうのかもわからない須波を捕捉するために協力は欲しいところだが、今から彼らを呼んだところで合流することは難しい。応援が必要な時は現地の最寄りの交番に頼むのが最良といえた。仰々しい装備の制服警官たちを呼べば黒孩子たちに対する抑止力にもなるだろうが反面、須波を捕まえることは難しくなる。

そもそも、死亡認定された男を、捕まえるべきなのか。

新潟で自衛隊情報保全隊に面を割られてはいるものの、警察からの逮捕状は出ていない。〝生前〟も、中国マフィア数人を殺害した嫌疑がかけられただけで、公式にはシロのまま「死亡」した。

体裁を守ることを第一とする警察組織からすれば、死んでいるはずの元刑事を掘り起こしてしまうほうが、よほど事件といえるだろう。現職の警視庁公安部員が関わっているとなれば、なおさらだ。多くの警察官たちに望まれていないことを、自分はしようとしているのか。白戸が逡巡している間に、電車はゆるやかな勾配《こうばい》を上り、地上へ出た。「圏外」だった携帯電話の電波受信状態が改善されてゆく。

〈ホシとおぼしき男を追い京王線各駅停車に乗った。こちらでなんとかするので応援不要。〉

白戸は結局そう打ち込んだメールを送信し、携帯電話の電源をオフにした。

減速した電車はやがて笹塚駅で停車した。白戸は須波が乗っている車両へ注意を向けいつでも降りられる態勢で、同時に後方の気配にも神経を尖らす。発車ベルが鳴ると心拍数が急上昇した。

ドアが閉まる。

窓の外を見ると、さきほど目にした黒孩子のメンバーの一人が下車して須波の乗っている車両を見つめ、そして白戸とも目線が合った。そこで初めて、上野の鰻屋へと至る坂で目にしたことのある顔だと気づいた。

黒孩子はリスク分散を考慮した確実な戦術を用いている。手荒な手法が特徴的な中国人犯罪者たちのやり方としては、少々意外であった。車両に乗っている現場リーダーの判断だろうか。それとも、川本率いる〝チーム〟仕込みの戦術か。五人に減ったメンバーで、彼らの組織的追尾は続行されている。須波も、彼らがその戦法で動くことを予測していたように白戸には思えた。各駅停車に乗ったのはそのためである可能性もある。しかし敵の追尾を完全にまいてしまえば、白戸に対して「俺の顔を見つけろ」と言い残し今日こうして実際に姿を現した意味もなくなるのではないか。それとも、見当たり捜査員である自分にだけ用があるのか。

その後も代田橋、明大前と停車する度に黒孩子の人員は目減りしてゆき、白戸の把握している限り残り三人だけとなった。白戸が乗っている車両に二人、須波が乗っている車両の先の車両に一人。須波と白戸を挟み込むような形である。三人のうちの誰かが現場リーダーであると考えるのが妥当だが、離合集散を繰り返す中国人犯罪集団のことであるから明確な指揮系統があるかどうかはっきりとはわからない。

下高井戸で停車すると、白戸の車両に乗っている二人のうち一人がホームに出た。発車ベルが鳴り終わりドアが閉まった。残るは二人だけとなった。須波もそれを確認しているはずだ。彼らもこれ以上追尾人数を減らせないだろう。それを受け須波がどう動くのか。次の駅では今までと異なる行動に出るかもしれない。

桜上水に着いた際、ドアが開いてから数秒後、須波が降りた。

白戸は半身だけ車外に出し、改札口のある向こう側へと歩いて行く須波の後ろ姿を目で捉え続けた。須波が通り過ぎた直後に車外へ出てきた追尾要員と須波の距離は二メートルもあいておらず、追尾の調子を崩されたのだとわかる。白戸が後ろを振り向くと、別のドアから顔をのぞかせている男がいた。発車ベルが鳴り、白戸も外に出た。ほとんど車両に肩を当てるようにして歩き、須波の身体がどう動くか全身で感じ取ろうと努める。今まで須波が乗っていた車両のドア前まで来た時、ドアの閉まるコンプレッサーの音とともに須波の身体が左へと傾き、それを確認した白戸も左側にある車両に飛び乗った。

反対側のドアへ寄り添うように立っていた大学生くらいのけばけばしい女が怪訝そうな顔で白戸を見た。白戸は閉まったドアに張り付くようにしてホームの様子を確認する。須波の姿はなく、黒孩子の追尾要員一名が、携帯電話を取り出し誰かと連絡をとろうとしていた。残る追尾要員は一名。

上北沢に着いても須波は車両から姿を見せず、やがて発車ベルが鳴り、そのままドアが閉まった。その後の数駅も同じで、白戸は気づかぬ間に須波が下車したのではないかと考えたりもした。

つつじヶ丘へ到着した時、白戸は駅ホームの電光掲示板に注意を向けた。先に反対ホームから快速電車が出る。今までまいてきた追尾要員たちも、今頃車でピックアップされ、追いかけてきているということも考えられる。各駅停車に乗り続けていれば追いつかれる可能性も皆無ではない。白戸は発車ベルが鳴りだしてから車外へ出た。後ろを振り向くと車内から驚いたような顔をのぞかせている追尾要員と目が合った。追尾要員は白戸の行動に明らかに困惑していた。

自分の読みは外れか?

ベルが鳴りやみエアーコンプレッサーの音がした時、須波が走って快速電車に乗り移り、白戸も続いた。ドアが閉まり、発車する。

ホームには、強ばった表情の追尾要員の顔があった。

全追尾要員をまいた。

それとも自分が見落としているだけで他にも手練れの者がいるのだろうか。白戸はさきほどまで乗っていた各駅停車より混んでいる快速電車の中でそれらしき目つきの男がいないか探ってみたが、手応えは何もなかった。それが安堵へ繋がるということもない。

調布駅で停車しドアが開いてすぐ、須波が下車した。さきほどまでのように車両へ沿うようにして歩くことをせず、迷うことなく改札口へ至る上り階段へと向かっていた。白戸も後に続き、階段を上る列に加わった。階段を上りながら、自分や須波へ向けられている視線を探す。ここでも手応えはない。

須波はそのまま改札口を通り、南口へと続く階段を下りていった。探す気はなかったものの、半ば無意識的に白戸はこの駅だけでも三台の防犯カメラを視認していた。南口ロータリーの賑わいを避けるように線路沿いを歩く須波から一〇メートルほどの距離をあけて追尾する白戸は、もう声かけする段階まできているのではないかと判断に迷っていた。線路沿いの道からすぐに左折し、文化会館の横を通り過ぎたところで、須波はコインパーキングへ入った。白い国産大型セダンへ乗るところまで確認した白戸は、車へ駆け寄ろうとしかけ、急いで近くのロータリーまで走ってタクシーをつかまえ乗り込んだ。

「どちらまで?」

「今すぐそこの通りへ入ってくれ」

白戸が指さす方向を見た初老の運転手はかぶりを振った。

「あそこは一方通行なんですよ」

「かまわない、責任はこっちがもつから、早く」

掲げられた警察手帳に目を丸くした運転手は無言で車を発進させ、一方通行の道を逆走した。

「コインパーキングの前で停まって」

対向車とは一台も擦れ違うことなく数十メートルの道を行くとタクシーは減速し、コインパーキングの前で停まった。そしてタクシーの到着を待っていたかのごとく、コインパーキングの敷地内で白い大型セダンが動きだした。

「あの車を追ってほしい」

「わかりました……バレないように、ですか?」

「いや、真後ろについてもかまわない。とにかく見失わないように」

「はい、わかりました。ただ、混んでるところで無理な運転はできませんので……」

「できうる限りの範囲で、お願い」

タクシーの運転手は渋々といった様相だが運転に迷いはなく、コインパーキングから出てきたばかりのセダンの後ろにぴったりくっついた。

右折を二度繰り返し甲州街道へ出ると、セダンは左折し西へ向かった。片側二車線の道の左側を走る車の速度は周りの流れから浮いているということもなく、タクシーによる追尾に対して回避行動に移るでもない。死んだはずの男を追っているという大事に遭遇しているにもかかわらず、白戸は自分が飲み屋からの帰りに代行運転業者の車に乗っているかのような錯覚に陥った。

俺を、どこへ導こうとしているのか。

五メートル先を行く車の運転者の思考がまるで読めない。東京の真ん中、中央区に位置する日本橋から西へと延びる甲州街道は、八王子や相模原《さがみはら》へと至る。須波を追い主要幹線道路を東京の西部へと向かう展開を、白戸はまったく予想していなかった。

中国マフィアへの復讐という目標を遂げた後でこの四年間、どこに身を潜め、何を食べ、誰と会い、何を生き甲斐にして生活してきたのか。わからない。だがそれは現職の警察官である白戸の境遇とそうかけ離れていないのかもしれない。与えられた状況の中で、自分にとって最良のやり方で生きることをただ考えてきただけのような気もする。かつての同僚であり、年齢も一つしか違わない男の、世間への折り合いの付け方、それは白戸と似ているはずだ。あの白いセダンも、普段から乗り回している車なのか。おそらく今日のためにどこかから調達した車なのだろうが、「わ」ナンバーでないところからするに、盗難車か。「土浦」ナンバーの車には、どのように手をつけたのか。土浦、茨城県……同県内の守谷でのことを思い出し、震えがわずかに甦る。茨城県に、須波も先月まで身を置いていた〝チーム〟か黒孩子の拠点でもあるのだろうか。少なくともつくばには日本ネクソス社の研究所がある。思いつきでそう仮定してみると、須波が東京西部へ向かう理由はますますわからなくなる。フロントガラスの向こうに見えるナンバープレートへ目を落としながら、白戸は緊張感を失いかけていた。

ふと、なにかの記憶を想起しそうになった。

全身を駆けめぐったその感覚を取り戻そうとして慌て、すぐに白戸はリラックスすることに努めた。ストレスや緊張は、記憶の想起の妨げになる。深呼吸をし、今さっきとまったく同じ状況を作り出そうと努めた。

直後、息を呑んだ。

メッセージが白戸へと伝わった。

須波がやろうとしていることの一部が、理解できた。

しかしそのことで何がもたらされるのか、予想がつかない。

白戸は携帯電話の電源をオンにする。セダンは立川市へ入ったところで甲州街道から外れて新奥多摩街道へと入り、そこから一〇分足らずで多摩川堤防沿いの小路へと入った。

目的地が近づいているのか。

それとも、ここへきて追尾の回避行動に出たか。


セダンは何回かブレーキランプを点滅させ、減速して角を曲がると、用水路近くの敷地へ入った。倉庫風の建物の入り口に停まったセダンの中から八分刈りの須波が現れ、辺りをぐるっと見回す。しかし、敷地のすぐ近くで停車しているタクシーには目もくれなかった。須波は閉められたシャッター横のドアを開錠し、中へ入っていった。

「着いたみたいですね」

料金パネルへ目をやると乗車料金は九八〇〇円だったが、白戸は一万円札と五千円札を取り出し運転手へ渡した。

「釣りはいらないので、三〇分ほど待ってて。それを過ぎたら去ってもかまわないから」

「ほお、了解いたしました」

まんざらでもなさそうな表情の運転手がドアの開閉ボタンを押し、開いたドアから白戸は外へ出た。多摩川堤防からさほど離れていない、どぶ川とも呼べる小さな用水路近くにある、平屋建てが点在する一帯。あまり人気のないこんな所に何があるのか白戸にはわからない。だが人気のない所は、人知れず何かを行う犯罪者にとって親和性の高い場所でもある。

上着のファスナーを全開にし、腰に差したニューナンブへ右手を添えた白戸は、倉庫へ近づいていった。シャッター横にある通用口のドアの前まで来て、壁に張り付くようにして左腕だけ伸ばし、丸いドアノブを回した。施錠はされておらず抵抗なく開いた瞬間、白戸は霊界と現世の渡し口を開けたかのような気になった。

顔を出し一瞬だけ中を覗くと、暗い空間内で壁に向かい何かの操作パネルを触っている須波の姿が見えた。入り込んだ途端に銃撃されるということはなさそうだ。それでも白戸は銃に手を添えたまま、いつでも撃ていつでも走れる構えで倉庫の中へ入った。

開け放ったままにしようとしたドアも微弱なアームの力で引かれ、ほとんど閉まった。微妙に歪んだアルミのドアとその枠の立てる擦過音が合図であったかのように、須波が白戸へと顔を向けた。

五メートル近く離れた場所に立っていた須波は壁のパネルから手を離し、身体ごと白戸へ向き直った。高めの天井からは水銀灯が三基吊られているが、それらのスイッチをオンにしたわけでもないらしい。小さな窓から入るわずかな光だけが頼りという暗い空間に目が慣れる前に、須波が微笑んだのは見て取れた。

あの顔を、間違いなく知っている。

正視すると、その顔に見覚えはない。〝須波通〟より鼻が高く、顎は発達し、眼窩の窪みも深くなっている男に、視覚的な記憶はない。しかしその顔を構成する肝の部分を、白戸の脳は見抜いていた。

よく考えられた美容外科手術を受けたことがわかる。顎を発達させれば顔全体の輪郭が変わり、それにともなってパーツの配置もわずかに変わる。眉の皮下をシリコンで盛り上げれば顔全体における目の位置も変わり、高く隆起した鼻へ目を向けさせるようにすれば輪郭もシャープになる。一点豪華主義的にそれぞれのパーツを派手にするのではなく、パーツの配置、目の錯覚という重要な点だけを考慮した、非常に巧みな手術だ。どちらかというと、化粧の思想に近い。見当たり捜査員も全般的に美容整形した顔はすぐ見抜けるが、化粧を施した顔は苦手とする。その目線をもっている者なりの顔の変え方だった。

「見つけてくれたか」

一見した顔は異なるのに、声だけは昔と変わらないという奇妙さに白戸の全身が総毛立った。思えばその顔と声が一致した状態で接するのは初めてであった。

「本庁の認証コンピューターにもひっかからないこの顔を、よく見つけられたな」

「おまえが今日、新宿で、俺の前に現れたんだろう」

「普通は気づかない。もっとも、この前の顔の時、夏と秋に一度ずつ接近した際は、おまえも気づいていなかった」

接近していた――流していた街中で目の奥が緩む感覚だけを覚え、顔は発見できないということはよくある。去年、そのうちの二回は、須波通の顔だったということか。

「本当か？」

「新宿南口サザンテラスで一度、池袋北口で一度だ」

白戸は思い出した。サザンテラスで塚本孝治を逮捕した時と、池袋で王龍李を逮捕した時、たしかに目の奥の緩みと対象者不明の強い親しみを感じた。

「何が目的で」

「新宿では偶然だった。ケバい姉ちゃん……安藤さんだとあとで知ったが、東口でまずあの子を見つけた。目線の流し方で、素人ではない何者かであるということはすぐわかった。初めは、探偵事務所にでも勤めている有能な女かとも思ったが、鞄から手帳を取り出したところでようやくわかった。見当たり捜査員だと。まさか、警察官、それも昔の自分と同じで捜査共助課の見当たり担当だとは思わなかった」

須波は同窓会で昔話を口にするかのように語った。

「ちょうどその時は任務の待機中だったこともあり、気になって彼女を尾けてみた。そしたら、前方にお前が現れた。たしかその後ろに谷もいた」

その通りだ。約半年前のあの時の人員配置まで正確だ。普通であれば覚えていないはずの記憶を共有することで、目の前にいる男と自分がたしかに一つの同じ世界で生きているという実感がもてた。顔と声を目の前にしてもリアリティーはないが、記憶の共有にはリアリティーがあった。白戸が覚えていることでも周りの人間は覚えていないということが常日頃から多いため、その実感はなおさらであった。

「すると、俺たちのターゲットであった塚本をおまえが捕まえた」

「なんだと？」

「おまえが東京拘置所まで足を運んだという情報はもう漏れている。知っているんだろう？　あいつが協力者と待ち合わせていたことも。その協力者とは——協力者と偽り奴を誘《おび》き寄せたのは、俺たちだった」

白戸は須波がからかっているのではないかと思った。しかし偶然再会したというより、手配犯の顔に引き寄せられたのだと考えるほうが自然である。

「ネクソスも絡んでいたのか」

「そうだ。塚本を別の場所まで連れて行き、バンの車内で拘束し、つくばの研究施設へ移送する手はずだった。俺はその作戦ではバックアップ要員でしかなかったが、予想外の展開になった。まさか見当たり捜査員たちに、かつての自分の分身に介入されるとは考えなかったよ。それより」

須波は白戸の腰へ目を落とした。

「腰に添えた右手、いい加減に離したらどうだ」

促された白戸はその言葉に反応しかけたが逡巡してニューナンブのグリップを一度握り、すぐに離した。

「俺が殺《や》ると思っているのか？」

須波はそう言うと鼻で笑った。銃を携行してはいるが、元同僚を撃つ気はない。白戸もそれは理解していた。須波通は白戸崇正という一個人に〝生前〟も〝死後〟もなんの恨みも抱いていないであろうし、今現在、利害が対立しているわけでもない。白戸が無言でいると須波は続けた。

「むしろおまえには感謝したいくらいだ。おまえは四年前と変わらず捜査共助課の一刑事であるが、俺の顔写真は、おまえらの手帳には貼られていない。そもそも、なんの容疑もかけられていないだろう、死人には」

「思い違いだ、既に本庁組対の何名かは、おまえの存在に気づいている。自衛隊情報保全隊にも漁船の爆破工作のことを摑まれている」

「だからどうした？　俺が船と一緒に沈めたのは、日本どころか中国本土でも戸籍のない連中だ。存在しないはずの男が、存在しないはずの連中を消した。そこになにがある？」

　他国ならともかく、この日本で、無を有に変えようとすることは、誰にも歓迎されない。特に、全国二六万人の警察という大家族からは。

「黙認しろというのか」

「それが皆に望まれている。違法捜査ばかり行う警視庁公安部の連中でもできないような汚い仕事を、俺は四年間やってきた」

「川本と共謀して私利私欲のために動いていただけだろう」

「俺がこなした九割以上の仕事は、俺や川本それぞれの私利とは一切かけ離れたものだった。国家の治安維持のために必要で、正規のやり方では誰もこなせない仕事を、俺は請け負った」

「それに対してとやかく言う気はない」

「そうだろう、顔を見つけて、捕まえる。それだけがおまえの仕事だ」

　犯行の動機や、ましてや立件されてもいない事件には興味を注がない。群衆の中から顔だけで選び、捕まえる。

「川本から離れた理由は、なんだ？」

「俺のような非公式の実働要員を獲得したかった、という川本の思惑がすべての始まりだったとしたらどうする？」

組対の小池から先日聞き知った話が白戸の頭に甦る。

「プロファイリングすれば、俺がどういう性向の人間かはわかっただろう。大切なものを奪われれば、激しく根にもつ。おまけに警察官としては珍しく身よりもない」

採用時に親族や家柄に汚点がないかどうかの調査まで行われる警察組織の中にあっては、消えても波紋を残さない刑事は貴重だ。囲い込むには最適の人材だったろう。

「当時川本の抱えていた中国人協力者数人の裏切りに気づいた周が、そのうちの一人であった小麗を殺した。正確には、他の協力者たちが一斉に手を引きたがり始めた時、彼らの手綱を引く川本が見せしめの意味も込めて小麗の正体を第三者経由で周に漏らした」

自分の側近が日本の公安の犬だった、と知った周は、彼女をあの世へ送った。

「情報を一つ流せば誰が死に、誰が誰を殺すかまで、奴は把握していたというわけだ。その後は、おまえも知っての通り」

「懇《ねんご》ろだった林小麗の復讐を果たし嫌疑をかけられたところで、おまえは運良く、川本に拾われた」

「そう、運良く、だ。歌舞伎町のパワーバランスが変わる中で周一派の残党も離散し、そもそも大々的なマフィア組織が減った。その多くが堅気のビジネスへとシフトするか、日本へ見切りをつけ祖国へ帰った」

舞台は歌舞伎町の一ヶ所から新宿西口や池袋へまで拡散し、地下ビジネスの覇権争いが始まった。

「そこへ川本が食いつき、連中の弱みを握った」

川本の得た力は、周一派の残党による須波への殺意の抑止力にもなった。

「何も知らなかった俺は奴に感謝しながら、頼まれた仕事をこなしていった。だがそれも数ヶ月前までで、周に小麗の情報を流したのが他でもない川本の指示だったということを、ある筋から聞いて知った」

そして、離れた。川本から、川本の側に存在するシステムから離れ、独りになった。

「おまえに何ができる？　川本たちと任務を遂行してきたおまえにもそのうち、そこでの蓄積がなくなる時が来る。システムはたえず更新され続ける。そこから離れ独りになったおまえに、勝ち目はない」

「だからどうした」

「出頭しろ」

白戸の言葉に、須波は柔和な表情になった。

「おまえは優しいのか？」

「警察が黙殺しても、川本や黒孩子の連中が執拗におまえを狙う。最新のシステムと最適な人員とともに居た頃と違い、一匹狼のおまえに勝ち目はない。時が経つほど、おまえは不利になる。生き延びるためにも、そしておまえが言うように川本を社会的に殺すためにも、出頭するのが一番だ。出頭してきた人間を黙殺できるわけもないだろう、俺らの家族は」

「おまえの家族でしかない。もう俺の家族ではないよ」

出頭する気はない。予想通りの反応といえた。白戸は予想してはいたが、かといってそうなった時に自分がどういう行動をとるのか、考えてはいなかった。須波の後ろ姿を追いかけながらも、こうして対面するという事態を現実感をともなって想像することができなかった。手錠に手をかけながら歩み寄っていっても、須波は動じることはなかった。

「俺を逮捕するのか？」

そう言って微笑む須波の顔を、一メートル以内の至近距離から白戸は正視する。見続けて一〇秒も経つと、頭がおかしくなりそうになった。思えば〝生前〟の須波の顔でさえ、こんなにちゃんと正視したことはない。威嚇する気もない白戸は須波に正視し返され、反射的に目線を相手の目から逸らし、鼻や頰や口元へとずらしてしまった。そして眉間へと目線を固定させた時、須波の顔が消えた。人の顔らしき像は目の前にあるが、それを人の顔として認識しなくなっていた。脳内の、顔を顔と判断する回路がはたらきを拒絶した。耳に届く相手の呼吸音だけでかすかに、人の気配を感じている。須波の目を境にした内側の世界と外側の世界にはどれほどのズレがあるのか。警察組織の一員である白戸から見れば自首する以外に須波が生き残れる道はないにもかかわらず、彼自身は勝機があると思っている。あるいは本当に勝機があるのかもしれないが、目を境にした内世界と外世界に隔たりがあることに違いはなく、その二つの世界が大きく乖離《かいり》してしまうことを防ぐために、こうして元同僚に会いに来たのかもしれないと白戸は感じた。精神世界の平穏を保つためなら利害損得を超えて行動に移すという一種の甘えに似た感情を、目の前にいるこの男も同年輩の人間らしく抱えているということだろうか。

「今日、妙な経験をした」

白戸がつぶやくと須波の顎が少し上を向いた。

「二〇年近く前に、たった一週間だけアルバイトで一緒に働いていた男の顔を、新宿で認識できた。話して確かめたら本人だった。一緒にいた一週間も、ほとんど仕事以外の会話は交わさなかったはずなのに、俺はあの顔を雑踏の中で識別することができた」

須波は柔和な表情を再び見せた。歓迎するとでもいうようである。白戸の身に起きた奇妙な現象を、須波は先に経験していたのだと白戸は一瞬で理解できた。

「自分を欺かなかった、というわけだ」

「おまえに熱海で言われたことを、意識し続けていた。数日前からその予兆はあり、さっき、結実した」

「結実、ではない。覚醒《かくせい》だ」

覚醒？　場違いな言葉に白戸は調子を崩されかけた。

「自分で抑制していた力を、解き放っただけだ。俺は、おまえがおまえ自身を欺き続けていると直感でわかっていた」

人が他人のなにかに気づく時、自分も同じ目線をもっている場合が多い。自分が覚醒したのだとしたら、それを指摘した須波自身も覚醒していたということか。白戸が目だけで疑問を投げかけると須波は続けた。

「いいことばかりではないがな。自分で抑制していたということは、身体と精神の機構がそうはたらきかけるだけの必然性があったということだ。見えすぎるのも、辛いぞ。特に俺のような、一度死んだ人間にとっては」

知っている顔にどれだけ出くわしても、死者が話しかけることは許されない。

近くを通る車のロードノイズが大きくなり、やがて小さくなった。ぶつ切れに近い唐突さだ。

「来たか」

入り口から離れた奥の位置にある木製コンテナの後ろへと須波が走り寄り、反射的に白戸も後に続いた。

窓からの明かりを人影で遮られたのと、アルミのドアが開けられたのは同時だった。

慌ただしい足取りで倉庫の中に入ってきたのは八人で、全員手に何か持っているのが視認できる。木製コンテナから胸より上を出している二人へ全員が視線を向け、そのうちの二人が銃を向けた。白戸はすぐに屈んだが、須波は動じなかった。

「あんな短銃で」

独白のようにつぶやく須波の言葉通り、連中に自信がないのか、それともまだ撃つ気はないのか、誰一人として発砲しない。

「警視庁捜査共助課だ！」

白戸はコンテナの上に手帳を掲げた。しかし反応はない。

警察権力を相手にしても動じない。

消すつもりか。

襲ってきた恐怖の中で白戸は携帯電話を取り出し開いてみるが、なぜか「圏外」と表示されていた。小型警察無線機も同様で、どことも通じていないようであった。

「妨害電波だよ。近くに発信器を積んだバンが停まっているはずだ」

立ったままの須波がそう言った。

白戸はホルスターから抜いたニューナンブの安全装置を外さないまま、手帳の代わりにそれを掲げ、ゆっくりと立ち上がった。倉庫の入り口付近に並んだ八人のうち銃を白戸たちへ向けている五人はおそらく黒孩子で、手に持った銃を下に向けたままのノーネクタイ、スーツの男二人と紺チェックのダウンジャケットを着た非武装の細身の男は公安捜査員かその関係者と見てとれる。外で窓を遮り斜めの角度から銃口を白戸たちへ向けている男は、黒孩子の中国人か。

膠着《こうちゃく》した状態は、その場に指令を下す者が不在であることを示していた。

やがて、男がもう一人入ってきた。

川本。

非武装が基本である公安部の捜査員が、右手に官給品でもないオートマチック式の拳銃を提げていた。

「警部補、あんたは関係ないんだ、早く銃をしまったほうがいい」

銃口を下に向けたままの川本が、白戸へ向かって呼びかけた。その声は想像していたより太く、アクセントの高低差が少なく平坦《へいたん》だった。

「そこにいる男は、こちらで抱えていた協力者だ。これから少しばかり話をしなければならないので、捜査共助課の警部補さんには外していただきたい。ただちに武装を解除し、そこのドアから出て行けばいい」

川本の言うことに従えば本当にここから無事に抜け出せるかもしれないと白戸は思いかけた。

しかしすんでのところで誘導されることを拒んだ。須波が外部と連絡をとる可能性は低い。妨害電波で通信を遮る目的は、白戸が応援を呼ぶのを防ぐこと以外に考えられない。

「全員の武装を解除させろ。この男は任意同行で俺が連れて行く」

白戸の言葉が聞こえなかったかのように、銃を持っている者たちは誰一人として武装を解除しなかった。

現職の刑事である白戸もろとも消すつもりでいることは明らかだ。

白戸は窓を見た。窓の外に立っている男を撃ち、発砲音を辺りに響きわたらせて近隣住民が通報してくれるのを待つしかないのか。しかし小さな用水路の近くにあるこの一帯は人気もあまりなく、白戸の一発目を皮切りに連中によって集中砲火を浴びせられるかもしれない。

「冷静になれ、捜査共助課の白戸さん」

そう語りかける川本の声は強ばっている。

「我々はその男に用があるだけだ」

「俺もおまえに用がある」

白戸の横に立つ須波がそう声を張り上げると、暗い倉庫内に緊張がはりつめた。日本語に不慣れらしい黒孩子の男たちは反射的に銃を構え直した。

間近で横顔をうかがいながらも、白戸には須波の感情が読めない。無表情というよりは、風景を見ているようなニュートラルな表情であった。もはや恋人であった林小麗を殺されたことへの怒りは燃やし尽くしたのかもしれないし、怒りは健在のまま感情と表情を断絶させているのかもしれない。

「なら話が早い。武器を捨てさっさとこちらへ来るんだ。四年も共に行動してきたんだ、多少の見解の相違も、話し合えば解決できる」

「俺という存在を世間に知られたら、おまえは終わるな」

須波が一言つぶやくと、川本が目を剝《む》きながら銃を両手で持ち須波の顔へと突き出した。白戸は反射的に屈みかけたが須波は動じず、それによりオートマチック式拳銃の有効射程距離がどれほどなのか把握できた。

「その通り、元捜査共助課刑事の死亡偽装工作に関わり、公安で運用していたなどという事実が知られたら、マズすぎる、マズすぎるよ、須波。だからこうして、今度は本当の仏にしてやろうと来てるんだろう」

白戸の存在に関係なく川本は声を荒らげる。二人まとめて消すつもりでいることは明らかだ。身体の奥底から熱が湧いてきた白戸には自分の鼻息が聞こえた。全神経が過敏になっている。鉱物油の臭いが鼻につくようになった。

「また仏になるつもりはない。俺はおまえに用があった。俺が、おまえを呼んだんだ」

須波の言葉に川本が相好をくずした。

「そうだったな。さて、どうする？　俺を殺すか？」

「もう済んだよ」

その一言に公安の連中は全員、緊張を少しやわらげた。予想外の包囲網に須波も諦めをつけたとみなされたか。白戸も覚悟を決める必要があるのかもしれなかったが、五感の感受性が鋭くなってゆくのみで不思議と恐怖心は増大しなかった。

ともかく、やるべきことは把握できている。時間を稼がねばならない。

「悲しいな、須波。しかし仕方がない、所詮《しょせん》、チームの中に組み込まれていたからこそ自らの力をふるえていたに過ぎない。おまえもうちのチームから抜け出し独りになった時点で、何もできなくなってしまった。当然だ」

「まだ気づいていないとはな」

須波がつぶやいた。

「カメラが見えないのか？」

「なに？」

顔をしかめた川本は、既に倉庫内の至る所へ目線を這わせていた。

「防犯カメラだよ。おまえらに教えられたやり方で、一〇台以上設置してある」

白戸には倉庫内へ入ってすぐ視認できた何台ものカメラに、血走った目をした連中は気づかなかったらしい。

「もちろん音声も拾っている。会話は全部、映像とともに記録されているというわけだ」

狼狽した表情を見せた川本だったが、非武装だった一人に何か耳元で囁かれ、すぐに表情を戻した。

「だからなんだという。何台仕掛けてあっても同じことだ。こちらには時間がある。これだけの人員も、探知機といった装備もこちらには揃っている。すべての記録媒体を掘り起こして、処分させてもらう。無線でどこかへ飛ばす仕掛けだったとしても無駄だ、ジャミングで妨害している。サカモト、道具を取ってきて始めろ」

川本の指示を受け、非武装だった紺チェックのダウンジャケットの男がアルミのドアに向かって移動しかけた時、その姿を追う一人の男の横顔が白戸の視界から浮かび上がった。

目の奥の緩みを誘う親しみ……そして怖さに全身が包まれそうになったが、白戸はそれをそのまま受け入れた。相手と関わりをもたなければならないという強迫観念が怖いのは当たり前であると自分に言い聞かせる。

「六年前、家電窃盗の際一緒だった他の連中はどうした？」

銃を提げたリーダー格の長身の男に向け白戸が声をかけると全員が耳目をそばだてたようだった。南方系の彫りの深い顔をした男は自分が問いかけられていると気づいたようで、白戸の顔を睨んだ。

西新井署の刑事課時代、家電チェーン店の防犯カメラに写されていた横顔を、白戸は思い出した。正確にいえば、自分の無意識下で自分を欺くことなく、脳が顔を想起することをそのまま受け入れた。

「東京一帯で総額二億近くの窃盗を行っていたチームにいたよな。あとで遺体で見つかった他の四人は、おまえが殺ったのか？」

さきほど公安チームと何か話し合っていたはずの男は日本語を聞き取れないフリをするが、理解できるらしい他のメンバーが中国語で長身の男に強い口調で何かをまくし立てている。

「※△◎×※△◎×！」

リーダー格の男が白戸を無視し中国人たちに向かって何かを叫ぶが、それに呼応するように他の中国人たちも口々に何かを言いだし、川本たち公安の連中も予想外の成り行きに何をすればよいのかわからないようであった。白戸の視界の右端、窓の外で銃を構えていた中国人が事態を摑みかねた様子のまま銃底でガラス窓を破り、ガラスの大きな破片が倉庫内のコンクリートの床に落ちた硬質の音に何人かが注意を向けた。

狼狽している川本の姿を見る須波の横顔は少し笑っており、中国人たちから責められている様子のリーダー格の男は窓の外にいる中国人に対して何か叫び、それを了承した様子の窓の外の男が突如として銃を白戸たちに向けた。川本の姿を捉えるだけでそれに気づいていない様子の須波へ白戸は反射的に横からタックルをかけ、背中を撫でられるような感触と同時に耳がつんざかれた。発砲されたのだと気づいた須波が右足の踵《かかと》で上にかぶさる白戸の腹を軽く蹴ったのと中国語の叫び声が聞こえたのが同じで、白戸は己の無傷を確認してすぐ、焦げ臭い匂いに気づいた。ブルゾンの右側表面に黒い線状の痕があり、熱で溶けたナイロンの匂いが鼻をついた。安全装置をかけたままのニューナンブはまだ白戸の拳《こぶし》の中にあり、安全装置を外し窓のほうに向けるも木製コンテナに遮られ相手は見えない。半身を横に出し一瞬だけ覗いた窓の向こうでは、さっきの男が銃だけは白戸たちのほうに向けたままで顔は右を向き仲間たちからの指示を仰いでいる様子であった。白戸は銃を構えたまま須波の元へ後退した。

「敵は?」

「撃ってきた奴は指示待ち、おそらく混乱中」

白戸からの報告を受けた後、須波は咄嗟《とっさ》に立ち上がりながら窓のほうへと目を向け、再び屈みかけた姿勢をゆっくりと元に戻しまっすぐ立った。窓の外の男が狙いをつけて撃つまでの時間とただ屈み障害物の裏に隠れるまでの時間を瞬時に秤《はかり》にかけ、須波なりに安全だとの判断を下したのであろう、白戸も状況を把握するために頭だけコンテナの上に出した。窓の外の男は銃をほとんど下ろしたまま中国人たちと白戸たちに交互に目を向けており、向こうでは中国人のうちの一人が倒れていた。銃を持っている、長身のリーダー格の男だった。気づかなかったが、一〇メートルほど離れた場所でも銃撃は行われていた。一対三で中国人たちの激しい口論が交わされているが、仲間同士でまた撃ち合うという一触即発の空気は既に去ったようだ。それを感じたらしき川本が倉庫脇にしゃがんでいる技術要員のほうを向いた。

「サカモト、道具！　早く始めろ！」

続けざまに川本が中国語で何か大声で言うと中国人たちによる口論も収まり、連中の全員が白戸たちのほうへと向き直った。

消しにかかる気だ。

「来るか」

須波がつぶやいたのと、サカモトがドアノブに手をかけたのは同時だった。

アルミのドアが開かれた時、かすかに、鼓膜を緊張させる甲高い音が聞こえてきた。

それは間違いなく近づいてくる。

パトカーのサイレンだった。

外に出かかっていたサカモトは後ろを振り返り、ドアのほうへ体を向けた川本の横顔も激しく歪んでいる。他の者たちも動揺し始め、所在なげに互いの顔を見合った。

「まっすぐこっちへ向かってるんだよ、ただの通りすがりじゃない」

声をかけた須波に全員が顔を向けた。

「俺が……いや、違う、おまえらが呼んだんだよ」

「……何を？　俺たちが？」

川本の声は掠れている。

「そう。オウム以来、おまえらが大義名分のもと莫大《ばくだい》な予算を投入させ構築してきた監視システム網が、おまえらにとって不都合な客人たちを呼んだ」

「どういう……意味だ？」

「俺が乗り、おまえらが追いかけ回してた車のナンバー、気づかなかったのか？」

殺人容疑で広域手配されている韓国系の宗教団体の幹部が逃走に使っているとされている車のナンバーだということに、注意を払っている警察官なら気づく。

「NもTも、どこに配備されているか俺はすべて摑んでいる。俺は先々月までおまえらと同じ側だった。丁寧に、監視システム巡りをしてここへやって来た」

「土浦×△—○□を警察組織が血眼になって探していることくらい、本庁勤務の人間なら皆知っているはずだ。俺の携帯電話の電波を追いかけるので必死だったか」

白戸が声をかけても川本は固まったまま何も答えられない。

「Nでおおまかな場所を特定された上、不審な妨害電波を検知。Nもジャミングも、おまえらの愛してやまない武器がそのまま弱みになったというわけだ」

須波に言われても川本はなお動かないままで、中国人たちは日本人四人を無視し母国語で会話し始めた。

「記録データを処分することができるのか？　時間はないだろう。武装しうる広域手配犯を確保するために、大勢の人員がここへもうすぐやって来る。交番、所轄あわせての大隊かもしれない」

日本語が理解できるのか、須波が言い終えた後に表情を変えた中国人の一人が中国語で何か大声で言うと、黒孩子のメンバーは銃を下ろし全員外へ出始めた。だいぶ近づいてきていた複数のサイレンが秒刻みで大きくなり、中国語の叫び声が聞こえた後、車のドアのくぐもった開閉音がいくつも聞こえた。

「川本さん！」

銃を持ったままの男が川本へ近寄り指示を仰いだが反応はなく、男は顔をしかめながら銃をホルスターへとしまった。倉庫が全方位的に包囲されていることは音でわかった。これからの保身をどうするか、手立てを考える方向へシフトしたのだろう、もう一人の男も銃をしまった。

倉庫の外で発せられる怒声に似た声が、はっきりと聞こえる。

強化ポリカーボネイト製の盾を持った警官たちが窓の外を固め、入り口から何人もなだれこんできた。

警官たちはすぐに戸惑いの表情を浮かべた。突入した倉庫の中には、頭に思い描いていた広域手配犯とはまるで様相の異なる男たちが六人いるのだ。

やがて、スーツ姿の男が二人入ってきた。

「白戸！　なんでここに」

そのうちの一人は本庁組織犯罪対策部の小池で、目を大きく見開いていた。白戸も驚いた。タクシー乗車中にナンバープレートに気づいた時点で組対の出動は予期していたものの、小池が出てくるとは思わなかった。交番、所轄だけでなく本庁組対も集結しての大隊とは、よほどの優先事項としてスクランブルがかけられたということか。須波の選んだナンバープレートはそれほど有効だった。

そしてすぐ、小池は右手に銃を提げた男の顔に気づいた様子で、川本を警戒しながら倉庫の奥にいる白戸たちの顔へ目を向けた。須波の顔にも気づいたのか、その場に漂う緊張感と裏腹に口をだらしなく開けてしまっている。

「公安の川本さんに、あんた……こんな所でなに、してる?」

川本の目が大きく開かれ、顔面が白くなっていっているのが白戸にはわかった。あらゆる血管が収縮し、普通ではない状態になっている。白戸の視力はいつにもまして冴えわたり、追いつめられた男のすべてを捉えていた。

須波が木製コンテナの横から姿を現した。両手を胸の高さまで上げながら川本へ近づいていき、三メートルほどしか離れていない場所に立った。状況を呑み込めていない警官たちの何人かが血走った目で銃口を須波へ向けている。

「おまえも、死んだな。俺と同じ、死人だよ、今日からは」

須波のその言葉が起爆剤となった。

川本の両腕が上がり、轟音《ごうおん》が響いた。

後ろへ吹き飛ぶ須波の姿が視界に入ると同時に自分のほうへ向けられた銃口に気づいた白戸はニューナンブを構えかけてやめ、屈んでコンテナの陰に身を隠した。

何発かの銃声が轟《とどろ》いた。

16

班員三人で行っていた南千住での見当たりを午後八時に終了させた白戸は、帰路の途中で常磐《じょうばん》線から山手線への乗換駅である日暮里で他の二人と別れ、隣の西日暮里で乗り換えた地下鉄千代田線で赤坂へ向かった。

下車し駅直結の商業施設を地上へと上がる途中、白戸の携帯電話がバイブし、見ると千春からのメールを受信していた。

〈やっぱ今晩遅くなります。洗濯物の取り込みお願い。〉

駅へ下りてくる人々の流れに逆らうようにして歩きながら、白戸は携帯電話を閉じた。

飲食店街へ足を踏み入れ、頭の中へ刻み込んだ地図を頼りに一棟の雑居ビルへとたどり着いた。一階のエレベーターホールの前にはスーツ姿の若い男女が数人群れて騒いでいた。白戸は階段を使って三階まで上がった。

オイルステインだろうか、濃い茶系の色で塗られた木貼《きば》りの扉を肩で押すようにして開けると、思いのほか明るい店内の明かりに瞳孔《どうこう》が収縮した。

「いらっしゃいませ」

カウンターの向こうに立つ白いドレス姿の女が白戸に声をかけ、女と向かい合うように座っていたスーツ姿の中年男三人のうち一人が白戸を一瞥した。二人掛けのテーブル席も三ヶ所あるが、他に客はいない。白戸は客たちから離れるようにカウンター席の端、厨房の近くに座った。

二〇代半ばだろうか、しかし最近の女は皆若く見えるから三〇過ぎということも考えられるが、背中の開いた白いドレスの女がウェーブした髪を揺らしながら白戸の前までやって来ておしぼりを置き、振り返って酒を作ると三人連れのうち一人にそれを渡した。

「いらっしゃいませ」

しばらくすると厨房から、黒い作務衣を着た短髪の男が姿を現し、白戸へ声をかけた。さきほどから居る気配だけは感じていたものの、料理担当らしき男は華奢で、声は低かった。

「ご注文決まりましたらどうぞ」

「ハーパー」

「飲み方はどうされますか?」

「ロックで」

「かしこまりました」

浅くうなずいた男は並べられている酒棚から一本の瓶を取り、酒を作り始めた。今交わしただけのやりとりで、白戸は確信できていた。

「お待たせしました」

「海老原貫一さんですか」

カウンターに置いたグラスから指を離す直前の状態で男の動きが一瞬止まり、ぎこちなくカウンターの奥に身を引いた。

「はい……」

唇をわずかに開いたままでいる男のその目で、白戸を昔来た客だとは思っていないことが明らかであった。

「宮坂《みやさか》千春さんとお知り合いですか？」

白戸が少し大きめの声で尋ねると、三人連れの客のうち二人とカウンターの向こうに立つドレスの女も白戸へ目を向け、海老原は反射的に威嚇めいた険しい顔つきをしたものの、すぐに不安そうな顔になった。目の前にいる男が刑事だということに気づいたようだ。それは海老原自身の観察眼が鋭いというより、同棲相手が刑事をやっていると千春から聞かされていたに違いなかった。

「宮坂はうちで働いている従業員ですが」

なんとか笑顔を取り繕った海老原の額には、二センチほどの線状の傷痕《きずあと》がうっすらと残っている。千春と同い年であるこの男が、もっと若い頃に喧嘩《けんか》などでつけた傷だろうか。一〇ヶ月前にできたばかりのこのバーを白戸が尋ねあてることができたのは、店主である海老原が約半年前に起こしていた都内でのスピード違反の罰則記録からであった。

「宮坂の同棲相手です」

海老原は弱くゆっくりとうなずく。白戸が言わんとしていることの内容はわからないものの真摯《しんし》に聞く態度を表明しているともとれるし、自分のほうからはボロは出すまいとしているともとれる。

「千春は今日、店には出ないんですか？」

「今日は出ません、けど……」

同棲相手がなぜそんなことも知らないのかと非難するかのごとく、あるいは、そのことについてのやりとりが二人の間で一切交わされたことがないことを知っているかのごとく、今までとは別種の笑みを海老原は顔に浮かべた。

「素敵なお店ですね」

白戸の言葉に、海老原は不意をつかれたように相好を崩した。

「あ、ありがとうございます」

「このお店の前は、どこかでやられていたんですか？」

「はい、博多の中洲《なかす》で和風ダイニングの店を五年やっておりまして、その店は共同経営者だった従兄《いとこ》に譲り、自分だけこっちへ移ってきました、身体一つで」

「博多でやられてたんですか。こちらに商売のツテはあったんですか」

「なにもなかったので大変でした。だからがむしゃらにやるしかありませんでしたね、身体一つで」

さきほどまでの牽制気味の態度から転じ、柔らかな口調で話を進める白戸はハーパーを飲み干し、同じものをお代わりした。

新しく置かれたグラスに手をつけた白戸が黙って飲んでいると、海老原のほうから口を開いた。

「宮坂は私と同郷でして」

「熊本の？」

「ええ」

白戸は目の前にいる男の交通違反記録や千春のクレジット利用履歴、原付のNシステム通過履歴を照会しはしたが、もっと単純で根源的な背景について知らないことが多すぎた。彼女の出身地が本当に熊本であるという裏付けを交際五年目にして今、初めてとることができた。しかしそれも海老原という他者から発せられた言葉を鵜呑《うの》みにしているだけであり、確固たるものではない。かといって、本人に口頭で訊けばすむことを訊かず、警察的手法で明らかにするのは、二人の関係にとってまったく意味のないことであるとも白戸は思っていた。それではどうして口頭で訊きもしなかったのかと問われれば、顔だけで選び、顔だけに重きを置いてつき合った期間が長すぎたからだ。顔だけで知り合ったという出発点から関係性を極限にまで深める、ということに関しまったく後ろめたさがなかったということではないのだろうと、白戸は認めざるをえなかった。

「千春とは古くからのお知り合いなんですね」

「チーとは家が近所で、田舎でしたし、小学校から高校まで同じ学校へ通っていたんです。そのよしみで、今は週に二度ほど、この店の手伝いをしてもらっています」

週に二度ほどの手伝い。海老原は言葉の中にさりげなく具体的状況を交ぜてきて、同棲相手であり刑事でもある男の反応をうかがっているようでもあった。白戸は表情を取り繕う必要性を感じず、感情に素直にかすかな驚きを顔に表した。

「基本的には自分と、同じく同郷の……今日来ている彼女と二人で店を回しているんですが、開店以来何人かに手伝ってもらっていて、チー……千春ちゃんには、本当に助かっています」

話しながらグラスを磨く海老原の左手薬指には色の白くなっている部分がある。普段はそこに指輪をはめているのだろうか。白いドレスの女を目で示した際に必要以上のさりげなさが意識されていたようで、二人の関係性が逆に露わとなった。

「彼女からは何も聞かされていないんですか」

「はい。海老原さんは千春から、私に関する話なんか、聞かされてはいませんか」

「チーはなんでも喋りますよ。ああいう性格ですから」

自然な笑みを浮かべながら海老原が誰のことを話しているのか、白戸には一瞬わからなかった。東京で知り合い五年交際している刑事より、同郷で同い年である自分のほうが千春の内面に通じている、という彼なりの態度だろうか。白戸はそれに対し頭ごなしに拒否感を覚えるというようなことはなく、ひょっとしたらその通りかもしれないと思った。

「たとえばどんなことを？」

「刑事さんで、街でナンパされて知り合った、とか。でも、よくよく思い出してみてもそれくらいですかね。彼女自身は話しているつもりでも、話すべきことが他になかったんじゃないでしょうか。そういう感じでしたよ」

言いすぎたと思ったのか海老原が口をつぐんだところで三人連れの客から料理の注文が入り、海老原は厨房へと消えた。


翌日の午後三時過ぎ、高さ一五〇メートル地点に位置する大展望台を三六〇度見てまわると、千春が何か気づいたというふうに口を開いた。

「東京タワーが見えない展望台、ってなんだか新鮮」

白戸は思わず、否、笑う準備を整えていた上でそのことをほとんど忘れて笑った。円滑な人間関係を保つためには意味もなく笑うということが不可欠で、言葉はなくとも笑みだけあれば相手を満足させられるし、逆をいえば自分自身も相手の笑顔を求めている。仕事中は無表情でいる白戸は、千春と接する時にしか動かさない顔の筋肉があると思った。

「自分たちが東京タワーの展望台に立っているんだから、東京タワーが見られないのは当たり前だろ」

「最近のオシャレな展望スポットって、視界の中に東京タワーが入るようになっている場所がほとんどだから」

言われて白戸も気づいた。たしかに自分も東京タワーを久しく〝見る対象〟としてしか認識しておらず、〝見る場所〟としては捉えていなかった。東京タワーを〝見る場所〟とすると、高さこそ東京タワーには及ばないものの存在感のある六本木ヒルズや、世界二位の高さの東京スカイツリーが際立つ。東京タワーに立っていると、東京タワーを比較の対象として見るという意識が頭の中で薄まる。逆をいえば東京タワーに立たない限り、その位相感覚の変化はもたらされないのであった。

「あんまり離れていない場所に、なんでここよりも高い建造物を造っちゃったんだろうね」

夕暮れ直前のわずかに赤みを帯びた光が、建物それぞれの輪郭を明瞭《めいりょう》に浮き立たせている。千春の目線の先にある東京スカイツリーは、淀《よど》んだ空気を通して見ると、黒い塔として目に映った。

「たしかに、実用性という点で、あんな高い塔はまったく必要ないんだってよ」

「そうなの？」

「東京タワーが完成した当時と違って東京に高い建物が増えたから電波の発信基地としてもっと高い塔が必要になった、っていうのが表向きの理由だけど、今時高い場所から電波を飛ばさなくても地下に設けたケーブルでデータの送受信をしちゃえば済む話で、他の先進国はその方式らしい」

「じゃあなんで、日本……東京では？」

小手先のわかりやすいもので国民を騙《だま》す、というこの国の役人たちの基本的な考え方がもろに反映されており、一方ではそれに踊らされるのが好きな国民性もある。

「要は、シンボルが欲しかった、ってことなんじゃないかな」

「シンボル」

「北京の天安門やパリの凱旋門《がいせん》、ニューヨークの自由の女神像みたいに、どの国の都市にも、その土地を一目で表象する歴史的な建造物があるけど、日本の都市にはそういうのがない。江戸時代から在る皇居も、どこからも一望することはできないし、周りを歩いても同じような堀沿いの景色が続くだけでさ」

千春は数歩移動し、皇居が見える位置で足を止めた。もやがかった雲の下に、木々で覆われた一帯が見える。

「わかりやすいものに、皆、騙されたいのか」

つぶやいた千春の横顔を見た白戸は、不意に落ち着きのなさを感じ、売店でジュースを買って戻ってきた。

「ああ、ありがとう」

ジュースを受け取った千春は目を大きく開き口角を上げて笑みを浮かべ、一秒足らずで元の顔に戻った。ジュースを渡されたくらいで大げさに感謝の表情を浮かべる女だっただろうか。四年間同棲している男相手にそのような所作を見せる社交性はいったいどこで培われ保持されているのか。昨日白戸が訪れた赤坂のバーでの接客業でだろうか。知り合ったばかりの人に対しては無意識的にできる表情の変化も、見慣れた相手に対して行うのは疲れる。もう長らく、二人でいる時は表情の変化に乏しい生活を送っているため、白戸は不安を覚えざるをえなかった。千春は同棲相手に新鮮さを感じている状態でいるのかもしれない。白戸から心が離れていた時期があったか、今も心が離れている状態であるからこそ逆に二人の関係性自体に新鮮さを感じているという可能性も考えられた。

白戸はまだ、昨夜海老原の店を訪れた件を千春に話してはいない。海老原のほうからとっくに連絡がいっていると考えるべきだし、逆にわざわざ店にまで詮索しに来た刑事が同棲相手の携帯電話を盗み見ることも考慮し、彼自身から千春への連絡は入れられていないという可能性もあった。一番わからないのは、隠れて兼業をしていた千春本人の内面であった。

「千春はさ」

腰骨に振動を感じた白戸は言いかけてやめ、ウェストポーチから携帯電話を取り出した。組織犯罪対策部の小池からの電話だった。

出ると、興奮冷めやらぬ口調での報告を聞かされた。今日の午前中から昼にかけて、西新宿にある張一派のダミー会社へ踏み込み、主犯格を全員捕まえることができたという。

——ぎりぎりのところだった。外務省の幹部に情報が漏れだしたということが昨日こちらにも伝わったところで、金融Gメンたちと急ぎで固めて、今朝踏み込んだ。

「それはよかった。手間暇のかかった下準備を、同じ国の役人から無下にされずに済んだわけか」

——本当だよ。それもこれも、おまえが川本を落としてくれたおかげだ。

「いや、俺が……何かをしたわけでもない」

——謙遜しなさんな。

あの日も、自分は顔を見つけただけだ。

白戸は一〇日前のことに思いを馳《は》せた。四年ぶりにまともに正視し、その日のうちにまた顔を二度と見ることのなくなった須波通の声が、いやにはっきりと耳に残っている。

——しかしあれから倉庫内の捜索が続けられたんだが、本物のカメラは一つも見つからなかったよ。

一呼吸分、白戸は考える時間を要した。

「本当にそうだったのか？　一台も、か？」

——ああ。データの記録された媒体なんかも何一つとしてあの場からは発見されていない。つまり川本たちは、ありもしないカメラに騙されて、勝手に口を開いたというわけだ。

ダミーカメラを仕掛けた意味。公安の川本一派が用意したシステムを駆使して任務を遂行してきた男が、最後に信用したのは、アナログな心理戦だったということか。あの男が何を信頼し、何を信頼していなかったのか。白戸の中でまた一つわからないことが増えた。

——あと、須波通によく似た人物、についてなんだが。

小池の言い方そのものが、警察機構の隠蔽体質を表している。川本の発射した凶弾に倒れた男は、今のところ〝須波通によく似た男〟として処理されているらしい。

――司法解剖を行った病院が、どこだか知っているか？

「いや」

小池はとある大学病院の名を告げた。白戸にも聞き覚えがあった。

「その法医学研究室って、例の……」

――そう、四年前にも三人の焼死体の司法解剖を行い、その一つが須波のものであるという鑑定書を提出した先生のいた病院だ。

「まさか、同じ先生じゃ」

――そんなわけはない、あの先生はもう法医学の世界からは追放されている。しかし、その弟子筋にあたる若い法医学者が、今回の担当だったらしい。

四年前は江戸川の河川敷で、今回は多摩川付近の倉庫と、別の場所で〝死亡〟した一人の男が、同じ研究室へ運ばれたという事実。

――しかも、遺体は既に無縁仏として焼却された。

「本当か？」

――ああ。異様な早さだとは思わないか。銃で撃たれて一週間足らずで、須波通に似た人物は司法解剖され灰になった、というわけだ、俺たちの生きる現世では。

小池の口調はどこか愉快そうでもあった。あるいは単に、自分にはそう聞こえたということであろうか。

「なに？」

通話を終えた白戸は、少し離れた場所へ移動していた千春の元へ歩み寄った。

「え？」

「さっき電話に出る前、私に何か言おうとしてたでしょ」

白戸の脳裏に、自分へ向けられていない千春の顔が浮かんだ。

「最近、介護の他にも何かしてるんじゃないか」

「え？」

勢いにのって白戸が言ってしまうと、千春の顔がそのまま固まった。

「行動パターンが変わったよな、この頃。五年もつき合っていればわかる」

「店にまで、どうやってたどり着いたの？」

思考がフリーズ状態に陥るかと予想していた千春から間を置かずカウンターを返され、虚をつかれた白戸は言葉に詰まった。

「俺は、刑事だから」

ようやく発せられた声は憮然《ぶぜん》としたニュアンスを帯びており、白戸自身愕然とした。千春へ本当に連絡を入れていた海老原に対して苛ついているのか、苦しまぎれに虚勢を張ったのか。たぶん、そのどちらでもある。

「そっか、刑事だから、か」

千春は微笑しながら言う。彼女は展望台を窓に沿ってゆっくりと時計回りに移動し、白戸も後に続く。

「五年もつき合っていればわかる、ってさっき言ってたけどさ」

北東の角で千春が足を止めた。

「崇正は、他に何がわかっていると言えるの？」

「何も、わからないよ」

「え？」

今度は千春のほうが不意をつかれたというような反応を見せた。

「千春のことはだいたいわかるよ。千春も、俺のことはだいたいわかるだろう。五年も一緒にいるんだし。だからこそ、わからないことの多さにも気づいているよ。そもそも俺たち、顔だけで出会ったけど、あの頃より、わからないことは増えた」

「……そうだね。そうかも、しれない……」

千春の声は尻すぼみで、白戸の意見に同意してしまうことに自信を抱けていないというのが白戸にもよくわかった。

互いの仕事に理解がある、五年もつき合っていて、頻度こそ極端に減ったものの未だに性的関係は途切れていない。少なくとも白戸からすれば一緒にいてストレスがないどころか彼女のことを尊重する気持ちになれるし、最も気を許せ、そして最も気を許せない相手は千春の他にいない。自分にとって大事で結びつきが強固である人物ほど、その人に見せてはならない自分の顔も増える。どう思われてもいい人間の前では、いかような顔でも見せることができてしまう。白戸の内に千春へ見せられない顔がいくつもあるという事実は、逆説的に二人の関係性の深さを証明しているに違いなかった。

「同郷の海老原くんの店の手伝いをすること、なんで俺に黙ってたんだ」

「怪しまれたかったから」

時季外れの修学旅行、もしくは課外授業か何かだろうか、中学生とおぼしき体格の制服姿の集団が数人ずつまとまって展望台内へとなだれこんできた。

「怪しまれたかった？」

白戸の発した言葉の語尾に裏声が混じった。

「隠されたから、気配に気づいた俺は千春を怪しみ、この先の二人の関係を心配するようになったんだけど」

まだ幼さの残る声ではしゃぐ中学生たちは、その興奮のしようから地方からの上京組かと思ったが、発せられる言葉はどれも標準語だった。東京近郊に住んでいるからこそ、その年にして初めてここへ来るという者も多いのかもしれなかった。

「隠したつもりは、あまりないんだ。この先どうなるかはっきりとしない私たちの関係を考え直してみたくて」

「他の男と俺を比べて考え直す？」

千春は一瞬白戸を睨んだが、すぐに元の表情に戻った。

「旅に出た、という感じに近いかな。崇正である必要があるのか、一人で自活の道もありなのか、見つめ直してみた。そして崇正にも、見つめ直してほしかった」

顔を見上げてそう言う千春に対し、白戸は疑問を呈することができなかった。

「隠し事をもつようにしてみたら、気づいたんだ。自分がやっていることは、私たちの関係を元の状態に戻してみているんだって」

二人の、元の状態。

ほとんど顔写真だけでの判断で出会い、互いのプロフィール欄に書かれていたわずかな情報の真偽すらわからなかった状態。

「むしろその自然な状態に戻してみて、これからも二人でいられるか、模索してた」

彼女も、同じようなことを考えていたのか。白戸は千春が目をやっている方角へ目を向ける。

今の二人がこうなるまでに必要不可欠で、なおかつこれからの二人にとって脅威にもなりうる懸念事項が、ただ一点だけあった。

出会い系サイトで出会った二人は、出会い系サイトで浮気するかもしれない。

それは最後に活用してから五年経った今でも風化せず白戸の頭の片隅に在り続ける塊であった。

この先どうなるかはっきりしない私たちの関係。千春がさっき口にした言葉が、今までずっと遠ざけてきた事柄についての思考と発言を促した。

「俺たちこれから、どうすべきかな」

言ってしまってから、あまりに他人任せな響きだと白戸は反省したが、正直な考えをありのまま表すとその言葉しかなかった。

「考えてたの?」

「え?」

「今まで、そういうことも考えてたの?」

千春が真顔で尋ねてくる。

「考えるよ、それは。千春も、考えてたんだ」

「当然でしょ、もうすぐ三四なんだし。リミットとか意識するよ」

リミット——それはたとえば出産適齢期だったりするのだろうか。白戸も相手のそれを考える度、腹を決めねばならないと思ってはいた。しかし白戸自身、子を世に生み出していいものかどうかわからないでいる。否、それも欺瞞《ぎまん》か。これからの日本社会がどうなるかの問題ではなく、単にその勇気がもてないという個人の問題だ。自分自身がまだ子を作りたくないのだ。子を生《な》さない限り結婚という形式にとらわれる必要もないだろうが、かといって己の論理で相手を同じように縛っていいわけではないだろう。男と女の身体は、そして、時間の流れ方は違う。

「意識した時に、同郷人の店を手伝ったわけか」

「責めてるの？」

「いや」

眉間に皺を寄せている千春へそう返した声が不機嫌さを帯びており、白戸は自分の不用意さに面食らった。

「たしかに私が悪い」

「だから、責めてない」

「いくらなんでも、疑わしいことを意図的にやっちゃいけないかもね、っていうか、そうだよね、いけないよね」

自省しているように述べる千春の伏せ気味の目を白戸は見ていた。

「内緒で兼業生活送ってみて、どうだった？」

すぐ近くにやって来た中学生数人のグループがやかましく喋っており、自分の言葉がちゃんと相手に伝わったかどうか白戸には確証がなかった。

「教えない」

真顔の千春から発せられた言葉に、白戸は耳を疑った。

「教えない、って言ったか」

「うん。同棲相手に隠れて友達の店を手伝う生活を続けて、どうだったか……何が見えたかは、教えない」

「本当に教えないのか」

「うん」

白戸は千春の言葉に不穏さは感じなかった。彼女には、同棲相手である自分に対し開示できない内容の情報はほとんどないだろうと直感的に思った。それは白戸自身にもあてはまった。話したくないこと、話す気にはなれないことはいくらでもある。しかし、話してマズくなるようなことは、ないように思える。少なくとも咄嗟には何も思い浮かばなかった。

「崇正も、教えないでしょ」

「何に関して、俺が千春に教えていないことがあると思う?」

「ぜんぶだよ。仕事とかも」

これからどうしたいのか。二人の間にどういった問題が残っているのか。

漠然と、漫然と考えていたことを、白戸は千春にどころか誰にも口にしたことはなかった。

情報や意志を開示すれば、次のステップへと進むことを促される局面に置かれることがある。

だからこそ自分の中身は隠し、相手の中身を見ないようにしてきた。

「五年前」

白戸がそう口にすると、千春が正視してきた。

「というかそもそも、なんでサイトを利用しようと思った？」

たったそれだけで、白戸が言わんとしていることの意味は伝わったようであり、彼女は落ち着き払っていた。

「偶然なんて、馬鹿らしいと思ったから」

なんでもないことのようにあっさりと口にされた千春の言葉からは思いのほか、強い信念のようなものが感じられた。

白戸もその当時、職場で〝偶然〟出会った女との交際を終えた後で、少なくとも職場内で異性との出会いを新たに求めるという選択肢はなくしていた。新たな出会いを能動的に求めようとした時、警察関係者からの紹介の類は真っ先に除外し、最も手軽にそれを可能にするのがその手のサイトであると、当時の白戸は判断した。

「自分の衝動をよく考えたことはなかったけど、俺もそうだったのかもな」

「偶然出会った相手と恋に落ちなければならないなんて、二〇歳そこそこまでしか思わなかった。職場とか、昔からの知人とかの狭い人脈を抜きにしたら、もうナンパ待ちとかしかないもんね。手っ取り早く色々な人と知り合うのに合理的なのは、ああいうサイトなんだと、当時は思ってたけど」

そのしわ寄せがきたことを感じているのは、千春も同じだったということか。

事実としては何も起こっていなくても、自分たちの関係性の出発点について、二人はそれぞれの内面世界で考えざるをえない。

「崇正は私の他に何人くらいと、連絡とったの？」

そのことについてこの五年間で訊かれたことはあっただろうか。本名を教えてもらう前に答えたことがあるような気もするが、明確な記憶がないということは、ただの一度もないのかもしれない。

「千春を含めてメッセージを送ったのは一〇人くらい、返事があったのはその半分くらい、実際に会ったのは、千春一人だけ」

答え始めこそ嘘をつく気はなかったが、正直に話してすべてを放棄してしまうのは、相手任せの無責任な態度でしかないと白戸はすんでのところで判断した。

「千春は？」

「私？　私は……私も、メッセージのやりとりをしたのは数人で、会ったのは一人だけだよ」

ここに、二人だけの契約が成立した。

「そそる顔写真をアップして、男たちからさぞかし大量のメッセージが届いただろうね」

「造作に関係なく、女が顔さえ載っけていれば、男の人たちは接触をはかってくるもんでしょ」

あのサイトを男側の目線でしか捉えていなかった白戸は真面目に考えたこともなかったが、当時「ユウコ」にメッセージを送った人間は数人というレベルでは済まず、数十人は確実で、百人以上の男たちから連絡があったとしてもおかしくはないだろう。敷居だけは低いデジタルのナンパなら、それが自然だ。

「何人からもメッセージを送られた中で、どうして俺に会おうと思ったんだ」

白戸からの問いに千春は数秒間、口をつぐんだままでいた。

「あなたには、顔がなかった」

それが自分ではない第三者へ向けられた言葉のように思え、白戸は千春の目を見る。その目は白戸を捉えていた。

「ああいうところで顔を晒す男は、ダメでしょう」

女は晒してもいい、という認識か。少なくとも当時の白戸はそれを受け入れた。千春の言葉は、視覚情報を重視するといわれる男の短絡性を批判するというより、女の、限られた情報から前後の文脈を読み取る能力の高さを如実に表していた。

プロフィールに顔写真を晒すことのない、当時「三四歳」の、「公務員」。趣味は「マリンスポーツ、映画鑑賞」という、必要以上に無個性を狙ったような記述。そこから多くを読み取り、顔もなかった男へ会う気になった。

「男で顔写真アップする奴のほうが、少ないんじゃない」

「うん」

「他の顔なし男たちには、会わなかったんだ」

千春はうなずいた。

その反応でもう充分だろう。

白戸はそう感じた。

相手を尊重する気がなければ、嘘をつく気にもなれない。少なくとも白戸は千春を尊重する気になれていて、それは五年前よりも深まっている。

どうせ身体は、一つしかない。東京の賃貸マンションの２ＬＤＫで毎日、寝起きを共にしている。

展望台の西側へ移動し、沈みゆく太陽を目にしている千春の、朱に染まった横顔を、白戸は見る。五年前、新宿南口で初めて会った時の顔は記憶の中にしかなく、彼女の顔は確実に五年分の齢《よわい》を重ねていた。目に見えて皺が増えたというわけでもなく、どこがどう変わったのかはよくわからないが、白戸の脳内にある相貌を認識する部位が、五年前の千春と今の千春の顔が別のものであると結論づけていた。

時の経過に奪われた五年前の、二八歳の顔。そして出会い系サイトのプロフィール欄にアップされていた当時の顔は、対面した時の千春の二八歳当時の顔とも異なっていた。いずれにせよサイト上で出会った顔は、電子ディスプレイの中でしか見たことがない。あの顔は時に奪われたのか、何に奪われたのか、白戸にはわからない。少なくとも自分は彼女を五年間占有し二八歳当時の顔を奪った張本人の一人であると、白戸は自覚した。

記憶の中に浮かぶ二つの顔と、朱色に染まった現在の顔。この先長きを共にしただけ、似たようでいて異なる無数の千春の顔が、不断に更新され、記憶の中に刻まれてゆくのだろう。

エレベーターで展望台から降り東京タワーを後にした二人は、地下鉄の駅がいくつもある東の方向へと歩きだした。夕飯は新橋近辺でとることにし、だったら歩いて向かってもいいと話してすぐ、半歩だけ先導するように歩いていた白戸は左隣にいたはずの千春の姿がないことに気づいた。後ろを振り返ると、千春は屈んで靴の紐《ひも》の結び目を直しているところであった。彼女の背後には、夕暮れの景色の中、ライトアップされる前の東京タワーがそびえ立っている。

結び終えた千春は立ち上がりながら、白戸を探すためか人混みの中あらぬ方向へと顔を向けた。

白戸は目の奥を弛緩させる親しみ、そして、怖さを感じた。

自分に向けられていない、女の横顔。

女の背後には塔が建っている。

今よりも明るい髪色の女は、スーツ姿の裕福そうな男と一緒に歩いていた。

それを見ている白戸自身も春物のスーツを着ており、隣には先輩刑事がいた——西新井署の刑事課時代だ。

「置いて行かないでよ」

この顔を、自分は知っていた。

「さ、行こう」

そして再び、出会い系サイト上で見つけたのだ。

「どうしたの?」

記憶の糸を手繰るように顔写真が白戸の頭に浮かぶ。手配写真? いや、違う、それなら捜査共助課に配属される以前のものでもちゃんと記憶している。

「体調でも悪い?」

千春は眉根を内に寄せ、不安そうな表情をした。

この顔だ。

白戸は愕然とする一方、同時にわずかながらも安堵していた。

こんな表情の顔で写っている参考写真を、かつて目にしたことがある。

写真から他の参考資料へと白戸の意識は飛び、当時——七年前の西新井署刑事課時代、少しだけ関わった事件の記憶が甦った。

国際的芸術品詐欺グループ、中枢メンバーの一人の男、懇意にしていた何人かの女たち、そのうち最も熱を注がれていた赤いアストンマーティンの女――。

「いや」

「そう、ならいいんだけど」

協力者を洗い出すため男を尾けた日、東京タワーにも寄った。組織はほどなくして一斉検挙されたため、赤いアストンマーティンの女にもそれ以上関心が向けられることはなかった。

「やっぱ芝公園か大門から地下鉄に乗っちゃう？　具合悪いんだったら。私もこの靴、ちょっと失敗したかも」

出会ったのは、運命なのではない。

ただ単に自分の内で一貫する好みの顔だった、というだけでもない。顔の記憶にひっかかりがあったのだ。

すべては、白戸の脳が引き寄せた繋がりだった。

「車でも欲しいよな、こういう時」

「そうだね。駐車場困りそうだけど。あと、軽じゃなきゃ取り回しとかも不安」

自分たちの未来について具体的な仮想をして喜んでいるのか、白戸が以前に同じことを訊いた時とは違い、千春は笑顔である。

「あるいは、思い切って外車にするか」

「たとえば？」

「メルセデス、ＢＭＷ、フェラーリ、プジョー、ポルシェ、ジャガー、アストンマーティン」

進行方向右側の車道へ目を向けながら白戸が言うと、千春が苦笑した。視界の端に、ずっと自分のほうへ向けてくる彼女の視線を白戸は感じた。何かを偽ろうとする時、男は目を逸らし、女は凝視する。

「……嫌だな、そんな車。全然憧れない。私は、ホンダ、トヨタでいいです、もう」

白戸が左横に立つ千春の目を見つめると、彼女は目を大きく縦に開き、大げさなほどの笑顔で白戸の視線を受け入れた。白戸も、笑顔を返した。

17

東京郊外で白昼行われた銃撃戦と大捕り物劇は官による情報統制をもってしても隠し通すことはできず、倉庫へ集まる十数台のパトカー、敷地内外で大声を上げる中国人たちと警察官たち、銃撃音、救急車といったすべての映像が、その場に居合わせたらしい市民の手にしていた携帯電話で動画撮影されており、ネット上の動画投稿サイトへのアップを皮切りに各メディアへも広がった。やがて現職公安部員を含む数名が逮捕されたこと、その中に日本ネクソスの社員が含まれていたことまで露見し、一昨日あたりからテレビや新聞をはじめほうぼうで大きなニュースとして扱われ始めていた。特に、官庁発表に頼らず記事を作り上げているメディア、大手出版社発行のある写真週刊誌においては、はっきりと川本とチームの構成員全員の実名掲載、それに「二度死んだ元捜査共助課刑事」との繋がりの形跡にまで触れていた。

白戸は車内に掲示されているカラーの電子掲示板を見た。ビールの広告の後、新聞社編集のヘッドラインニュースが流れ始める。

《田島仁志《ひとし》弁護士（享年五八歳）殺害容疑に問われていた塚本孝治氏（元日本ネクソス社員）の弁護団体が発足。警察と日本ネクソスを相手に訴訟か》

　昨日までに白戸が得た情報によれば、弁護団は既に塚本の供述を基に調べを進めており、長野の赤荻歯科医の殺害についても、そして背後にあるＤＮＡ採取事業についても、他の市民団体とも相互協力しながら追及中であるという。

　政府の汚点を隠すべく、警察組織においても連日のように秘密厳守が言い渡されていた。逮捕された川本が活用していたＮシステムについて膨大な量の問い合わせがきているという状況で、広報は対応に追われているという。

　ＪＲ新宿駅で下車した白戸はそのままホームを伝い南口へ通じる階段へ向かった。通勤ラッシュは過ぎているとはいえ人の密度は高い。広角視野でなるべく多くの顔を捉えるようにしながら歩きつつ、それらの顔と海馬に刻まれた知人たちの顔を脳が自動的に照合するのに任せる。ホームの階段を上り甲州街道に面した南口に出た時点で、白戸は一人の知人を見つけた。スーツ姿で同年輩だったその男は、一〇年近く前に警察官を辞めていた。やがて白戸の視界内に、開店前のルミネ2のある東南口方面から安藤が、先に来ていたのか甲州街道を挟んで南側のサザンテラスから谷が姿を現した。

　谷は三日前、大塚のパチンコ屋で一人のホシを当てていた。視認と身柄確保に協力した白戸と安藤のほうが興奮気味で、半年ぶりに当たりを引いた谷本人は冷静さを保っており、ピッキング窃盗犯であったホシの身柄を近くの交番へ運ぶまで表情は硬いままだった。

「おはようございます」

ベージュのトレンチコートにストレッチデニム地の黒パンツという、一般ＯＬと変わらないような格好の安藤から挨拶され、それに白戸が返して数秒後、大柄な谷がやって来た。挨拶を交わす際の彼の顔にぎこちなさや強ばりはなく、内面と外面がフィットしている自然さを、半年ぶりに取り戻せていた。

安藤は南口、谷は西口、白戸は北の歌舞伎町方面へとそれぞれ散開し、今日一日の見当たり捜査が始まる。


天使の輪、というやつだろうか。ただ脱色しただけではなく赤色系の染料で染められた長髪は、屋内ではほとんど黒に近い暗色系の色に見えるだろう。上下白のパンツスーツで小ぶりのショルダーバッグを抱えて歩く女の横顔は派手で、午前の太陽光に照らされた髪は明るく輝いていた。出会う前の、いや、こちらが一方的に見ていた頃の千春のシルエットもこんな感じであったと白戸は思う。歌舞伎町ラブホテル街の電信柱に寄りかかりながら女の後ろ姿へ目をやっていると、一〇メートルも離れていない地点で女が後ろを振り向き、白戸と目を合わせ、また前へ向いてそのまま歩きだした。視線を誤魔化そうにも遅かった。女は道路を渡ろうと車の行き来を確認したわけではない。背後から向けられた視線に気づき、それを確認するのが目的であったとしか思えなかった。まるで七年ぶりに、当時の赤いアストンマーティンの女が自分へ顔を向けてきたように思えた。白戸はナイロンバッグの中からペットボトルを取り出し、いくらか温くなった緑茶をわずかに口にふくんだ。

　国際的芸術品詐欺グループの事件の情報を本庁組織犯罪対策部組織犯罪対策第二課に照会してもらっていた白戸は、不審な情報を得ていた。金銭分配をめぐる結束のもつれからボロを出し一斉検挙された当時の幹部メンバーは全員懲役刑に処せられていた。

船越守《ふなこしまもる》――赤いアストンマーティンの女を含む数多くの女たちに入れあげ内部分裂のきっかけをつくった男は去年の六月に仮釈放されており、出所から一〇日後、北海道の石狩湾に浮いているのを小樽《おたる》港を基地とする漁師に発見されていた。道警と警視庁の連携で捜査が進められているが、それから半年以上経った現在も、大きな進展はみられないという。

　東京に自宅マンションを借りていた人間が、遠く離れた北海道の石狩湾で水死体となって見つかる――地理的に、ロシアとは近い。仮釈放された人間が、警察の手から逃れるため海外へ渡航する必要などない。逃亡を企てていたとしたら、組織の残党からの報復を怖れてとみるのが妥当である。それとも、残党とともに商売を再開しようとしていた矢先だったか。ともかく船越守は何かをしくじり、この世から意図的に消された。

　船越守を消すという意志決定を下した誰かはおそらくまだ、この世界のどこかで、ごく普通の顔をして何不自由ない社会生活を送っている。消された船越の顔の代わりに、代替可能なのっぺらぼうの顔が、白戸の意識内で浮かび上がっていた。そしてそののっぺらぼうの顔には誰の顔でもあてはまる。安藤の顔、谷の顔、そして自分や千春なんかの顔もあてはまり、そのどれもがしっくりときた。

歌舞伎町から靖国通りへと移動し、横断歩道の信号が赤になるのを待つ。

正午近くの時間帯、街を行き交う人口は増える一方であり、一秒ごとに信号待ちの人だかりは大きさを増し、それは靖国通りを挟んだ向かい側も同じであった。自動車用信号が黄色になり車の通行もまばらになってきた頃、片側三車線の広い道路を横断しようと向こう側の歩道から一人歩きだした鳶職《とびしょく》風の中年男が、すぐ目の前へやって来て過ぎ去った二種登録の原付に対し身体を硬直させ、瞬く間に過ぎてゆく原付を睨むとバツが悪そうに足早にこちらへ向かって再び歩き始めた。その他大勢の歩行者たちはその中年男に蔑《さげす》むかのごとき視線を送り、歩行者用信号が青になるまで誰も横断を始めなかった。

幅広の歩道からさらに横へと大きくはみ出しながら、向こう側から無数の顔が迫ってくる。白戸は移動する目となり、街の風景の一部として、無数の顔を視界に捉えていた。見つけようとはせず、ただ、視界に映るものすべてにたえず焦点を合わせる。向こう側から渡ってきた先頭集団と擦れ違ってから一呼吸後、白戸は反射的に後ろを振り向いた。

その感覚に、全身が総毛立つのを自覚した。

目の奥が、弛緩する。

知っている顔を見つけたことによる弛緩と、見つけてしまったという緊張が、奇妙に入り交じったまま流動物のように身体中を駆けめぐっている。

自分は、そもそも手配すらされていないあの男を捕まえるべきなのかどうか。

それすらもわからないまま白戸が横断歩道の真ん中で立ち尽くしているうちに、歩行者用信号は点滅を始めた。決断を迫られるようにしてその顔を再び探そうとしたが、遠ざかる無数の後ろ姿の中に同じ男を見つけることはできなかった。

半ば走るようにして歌舞伎町側へ引き返した白戸は、渡ってきたばかりの歩行者たちの前へとまわりこみそれぞれ確認したが、目の奥を弛緩させる顔はない。

立ち尽くす白戸の周りに、人が集まってきていた。赤信号を前にして人だかりが形成されるという、無限に繰り返されるプロセス。車道を挟んだ向かい側へと白戸が再び向き直った時、知っている顔の男が最前列で白戸の顔を捉え、目だけで薄笑いを浮かべていた。異様な顔の男は集団の中で目立っている。しかし白戸と同じ側に立つ集団内でそれに気づいた様子の者はいないようで、自分にしか見えない顔なのかと、白戸は己の目を疑った。目だけで薄笑いを浮かべた男はやがて表情を消し、人混みの奥へと消えた。

本書は書き下ろしです。原稿枚数６４３枚（４００字詰め）。

主要参考資料

「スーパーニュース二〇一〇年六月二三日放送」（フジテレビ）
『刑事眼　――伝説の刑事の事件簿』（東京法令出版）
『組織犯罪』（中央公論新社）
『大量監視社会　――誰が情報を司るのか』（築地書館）
『池袋チャイナタウン――都内最大の新華僑街の実像に迫る』（洋泉社）
『おい、小池！　――全国指名手配犯リスト付き未解決事件ファイル』（講談社）
『監察医が書いた死体の教科書　――「8何の原則」が謎を解く』（朝日新聞出版）
『監視カメラは何を見ているのか』（角川書店）
『顔面考』（河出文庫）
『記憶術』（水声社）
『黒社会の正体』（文庫ぎんが堂）
『警察官という生き方』（洋泉社MOOK）
『警視庁組織犯罪対策部』（文庫ぎんが堂）
『公安警察スパイ養成所』（宝島社）
『公安警察の手口』（ちくま新書）
『公安は誰をマークしているか』（新潮新書）

「週刊新潮二〇〇九年一一月一九日号」（新潮社）
「週刊文春二〇〇四年六月一七日号」（文藝春秋）
『銃器使用マニュアル』（データハウス）
『新装版　公安アンダーワールド』（データハウス）
『続・警察裏物語　――27万人の巨大組織、警察のお仕事と素顔の警察官たち』（バジリコ）
『デジタル社会のプライバシー　――共通番号制・ライフログ・電子マネー』（航思社）
『日本の警察解体新書』（笠倉出版社）
『日本の公安警察』（講談社現代新書）
『美人は得をするか　――「顔」学入門』（集英社新書）
『人殺し大百科』（データハウス）
「論座二〇〇四年七月号」（朝日新聞社）
「ＦＬＡＳＨ一九九四年五月三一日号」（光文社）

ほか多数の書籍やインターネット上のニュース記事を参考にさせていただきました。また、多くの新聞・雑誌記者、警察関係者にお話をお伺いし、特に警察官ＯＢのＫ氏には大変お世話になりました。皆様に厚く御礼申し上げます。

二〇一二年一〇月　羽田　圭介

〈著者紹介〉
羽田圭介　1985年、東京都生まれ。明治大学卒業。2003年、「黒冷水」で第40回文藝賞を受賞してデビュー。08年「走ル」、10年「ミート・ザ・ビート」が芥川賞候補になる。著書に『不思議の国の男子』『御不浄バトル』『ワタクシハ』『隠し事』など。

GENTOSHA

盗まれた顔
2012年10月25日　第1刷発行

著　者　羽田圭介
発行者　見城 徹

発行所　株式会社 幻冬舎
〒151-0051 東京都渋谷区千駄ヶ谷4-9-7

電話:03(5411)6211(編集)
03(5411)6222(営業)
振替:00120-8-767643
印刷・製本所:図書印刷株式会社

検印廃止

ISBN978-4-344-02268-3 C0093
幻冬舎ホームページアドレス　http://www.gentosha.co.jp/

この本に関するご意見・ご感想をメールでお寄せいただく場合は、
comment@gentosha.co.jpまで。